L'effet domino

Stéphanie Gauthier

L'effet domino

ÉDITIONS DE MORTAGNE

Données de catalogage avant publication (Canada)

Gauthier, Stéphanie, 1971-

L'effet domino

ISBN : 978-2-89074-782-1

I. Titre.

PS8613.A973E33 2009   C843'.6   C2008-942360-7
PS8613.A973E33 2009

Édition
Les Éditions de Mortagne
Case postale 116
Boucherville (Québec)
J4B 5E6

Distribution
Tél. : 450 641-2387
Téléc. : 450 655-6092
Courriel : info@editionsdemortagne.com

Dépôt légal
Bibliothèque et Archives Canada
Bibliothèque et Archives nationales du Québec
Bibliothèque Nationale de France
1er trimestre 2009

ISBN : 978-2-89074-782-1
1 2 3 4 5 – 09 – 13 12 11 10 09

Imprimé au Canada

Nous reconnaissons l'aide financière du gouvernement du Canada par l'entremise du Programme d'aide au développement de l'industrie de l'édition (PADIÉ) et celle du gouvernement du Québec par l'entremise de la Société de développement des entreprises culturelles (SODEC) pour nos activités d'édition. Gouvernement du Québec – Programme de crédit d'impôt pour l'édition de livres – Gestion SODEC.

Membre de l'Association nationale des éditeurs de livres (ANEL)

À la mémoire de Louise, ma mère.

REMERCIEMENTS

Je remercie avant tout Marc, mon amoureux, mon premier lecteur, mon premier critique (parfois trop complaisant à mon goût) et mon premier *groupie*. Merci de me lire avec autant d'intérêt et d'émerveillement. Merci de partager ce plaisir que j'ai d'écrire et de m'encourager à continuer.

Merci à ma sœur Judith, ma deuxième lectrice, ma deuxième critique... Oui, bon, vous aurez compris.

Un merci particulier à Jacqueline pour ses mots encourageants et pour m'avoir si gentiment aidée dans la correction de ce roman.

Et évidemment, merci aux Éditions de Mortagne de m'avoir choisie parmi la tonne de papiers qu'elles reçoivent chaque année et de m'avoir fait une petite place parmi leurs auteurs.

Le hasard dans certains cas,
c'est la volonté des autres.

Alfred Capus

～ 1 ～

MARILYN

Montréal, 9 h 45

— Que vous êtes belle aujourd'hui, mademoiselle, déclara Marilyn à son propre reflet dans le miroir. Cette robe vous va à ravir !

Elle porta la main à son cou et répliqua avec fausse modestie :

— Vous trouvez ? Pourtant, c'est une robe toute simple.

— Oh ! Mais sur vous, elle est magnifique ! Elle vous va comme un gant. Vos courbes sont...

La sonnerie du téléphone fit sursauter la jeune fille. Elle ondula des hanches et se dirigea lentement vers l'appareil. Bien qu'elle fût seule dans la pièce, Marilyn imaginait plusieurs regards intéressés braqués sur elle. Sur un ton de grande dame, elle répondit :

– Marilyn à l'appareil, à qui ai-je l'honneur ?

– Oh, Marilyn, franchement ! Arrête de répondre comme ça, c'est énervant ! opposa la voix féminine au bout du fil.

Aucunement contrariée, Marilyn ricana.

– Je savais que c'était toi, Anaïs ! Je te taquinais, voyons !

– Ouais bon, es-tu bientôt prête ?

– Presque. J'essayais une nouvelle robe, ou plutôt, je m'admirais dedans. Mes valises sont déjà déposées près de la porte. Et toi ?

– Moi ? Je suis prête depuis longtemps ! Mais j'attends encore Steve, se plaignit-elle. Il est en train de se raser. Si je n'avais pas rempli ses valises à la hâte hier soir, je te jure, je crois qu'il ne les aurait jamais faites !

Marilyn rit. Elle imaginait bien son ami paresser tranquillement pendant qu'Anaïs se chargeait de tout. En s'énervant, comme d'habitude. Sacré Steve, pensa-t-elle, tellement gentil, mais si peu organisé. Au fond, ce n'était pas un hasard s'il sortait avec une fille comme Anaïs. Dirigeante pour deux, elle voyait à tout de façon autoritaire. Mais Steve ne s'en offusquait pas, il se laissait tranquillement faire, comme un enfant obéissant à sa mère.

– On va venir te chercher dans une demi-heure. Tu vas être sur le pas de la porte, j'espère ? demanda Anaïs avec autorité.

– Oui, chef !

Marilyn porta la main à son front et fit le salut militaire.

– J'ai intérêt, sinon je vais y goûter !

Anaïs soupira au bout du fil. Elle n'appréciait pas qu'on prenne son autorité à la légère.

– Bon. Steve montera te chercher et t'aidera à descendre tes bagages. À tout à l'heure.

Le cœur de Marilyn fit un bond dans sa poitrine. Ainsi, elle serait seule avec Steve durant quelques minutes. Cette perspective la troubla. Elle balbutia un au revoir maladroit à son amie et raccrocha. Elle regarda de nouveau sa silhouette dans le miroir. Se tournant vers la gauche, puis vers la droite, elle lissa avec soin les plis de sa robe et releva ses cheveux à la hauteur de ses oreilles avec satisfaction. Vingt et un ans, cheveux blonds coupés aux épaules, yeux bleus, de taille moyenne et légèrement enveloppée. Elle se trouvait jolie. Bien sûr, il y avait ces quelques petites rondeurs, ici et là, mais Marilyn ne s'en faisait pas trop. Au contraire, elle estimait que ce léger embonpoint la dotait d'un certain charme puisqu'il était souvent absent chez la plupart des filles de son âge, beaucoup trop obsédées, selon elle, par leur poids. Et aujourd'hui, sa petite robe d'été lui allait à ravir. Rouge, parsemée de jolies fleurs blanches et retenue par de petites bretelles délicates, elle n'avait rien de vulgaire, car le tissu était suffisamment épais pour ne pas faire ressortir de plis disgracieux. Le vêtement accentuait même sobrement ses formes pulpeuses.

Marilyn porta une nouvelle fois la main à son cou et effleura de ses doigts son collier de perles. Il ne s'agissait pas d'un bijou de grande valeur, mais il avait appartenu à sa mère, qui l'avait elle-même reçu de sa grand-mère. Marilyn en avait hérité lors de son dixième anniversaire. C'était le collier du destin, lui avait avoué sa grand-mère, car lorsqu'on le portait, quelque chose de spécial se produisait. « De bien ou de mal ? » avait demandé la fillette. « Ça dépend des jours. On ne peut jamais savoir », avait répliqué la vieille femme.

Avant ce jour, Marilyn ne l'avait porté qu'à deux reprises. La première fois à l'âge de onze ans. Le soir même, sa grand-mère était morte. Simple coïncidence, avait dit sa mère pour la consoler. À l'agonie depuis des semaines, le médecin les avait prévenus la veille que la dame ne passerait pas la nuit. La deuxième fois, Marilyn l'avait enfilé lors de son quinzième anniversaire. C'était le jour où elle avait rencontré Steve pour la première fois, en quatrième secondaire, durant le cours de chimie. Un nouvel élève avait fait son apparition dans la classe et s'était installé au pupitre voisin du sien. « Joli collier ! » avait-il dit avec un sourire en coin. Le coup de foudre avait été instantané. Du moins, pour Marilyn. Elle se rappelait avoir fait tourner les perles entre ses doigts à chaque œillade du garçon. Pourquoi ne l'avait-elle jamais remis depuis ? Elle n'en savait trop rien. Peut-être que le bijou, à l'allure trop ancienne, ne convenait pas tout à fait à une adolescente ? Ou peut-être avait-elle eu peur de tomber sur un jour funeste ? Sans trop savoir pourquoi, ce matin, après avoir enfilé sa robe, elle l'avait tout bonnement attaché à son cou. Était-ce un bon ou un mauvais présage ? L'avenir le lui dirait.

La jeune femme se mit à penser aux vacances de rêve qui l'attendaient. Une semaine à Cuba ! Pour la première fois, Marilyn voyagerait sans ses parents. En fait, ses dernières vacances remontaient à l'été de ses quatorze ans, alors qu'elle était allée, avec sa famille, à Old Orchard. Elle n'en gardait aucun bon souvenir. Elle s'était sentie bien seule, à l'époque, entre des parents distants et deux petits frères jumeaux détestables. Sans oublier que ses complexes avaient gâché ses vacances. Mal à l'aise à l'idée d'enfiler un maillot et d'aller se baigner dans la mer malgré la chaleur suffocante, Marilyn avait dû se taper les moqueries des jumeaux et l'exaspération de ses parents relativement à ce qu'ils appelaient « des caprices de petite fille gâtée ».

Or, elle voyagerait aujourd'hui en compagnie de ses deux meilleurs amis. Tous les trois étaient inséparables depuis la fin de l'école secondaire. Bien sûr, le trio avait traversé quelques périodes difficiles au cours des années, mais leur amitié était demeurée intacte. Personne ne connaissait Marilyn aussi bien que ces deux-là. Avec eux, elle se permettait d'être elle-même et osait se présenter sous son vrai jour. Ses parents ne l'avaient jamais vraiment comprise. En vérité, elle avait toujours été différente des autres enfants de son âge. Petite, elle vivait déjà dans un monde imaginaire. Elle s'inventait des personnages, interprétés avec un tel réalisme qu'elle finissait par y croire. La fillette avait déjà consulté un psychologue, deux même, entre l'âge de quatre et neuf ans. « Ça lui passera », avaient-ils affirmé. Mais en grandissant, Marilyn n'avait jamais cessé de jouer à l'actrice. Bien au contraire.

Lorsque la situation dans laquelle elle se retrouvait devenait embarrassante, malheureuse ou même joyeuse, spontanément, la jeune femme empruntait une autre personnalité. C'était plus fort qu'elle. Les répliques se glissaient automatiquement dans sa bouche. Comme un texte récité et appris par cœur. Bien sûr, cette manie agaçait les gens, car Marilyn ne se contentait pas de parler. Tout chez elle se transformait : sa façon de bouger, de regarder et même de rire. Quelquefois, cette conduite embêtait aussi Anaïs, qui lui reprochait de fuir la réalité. Seul Steve la laissait mener son petit manège. Il trouvait ses agissements drôles et inoffensifs. Parfois, il l'encourageait en se glissant dans son jeu.

Certaines personnes, dont ses parents, ne comprenaient pas cette amitié à trois. On ne s'expliquait pas pourquoi Marilyn restait accrochée à ce couple. D'autant plus que la jeune femme était amoureuse de Steve. Ce n'était un secret pour personne. On lui conseillait de prendre ses distances, trouvant malsain qu'elle fréquente un garçon inaccessible, ou alors on insistait pour qu'elle se fasse un copain bien à elle. Marilyn n'en avait cependant aucune envie. Du moins, pas pour l'instant. Ce que personne ne saisissait, c'était que de le voir avec Anaïs ne la faisait pas souffrir. Enfin, plus maintenant. Elle adorait son amie et savait Steve heureux avec elle. Marilyn n'était pas jalouse. Anaïs non plus. D'ailleurs, pourquoi l'aurait-elle été ? Anaïs la belle ne pouvait pas considérer son amie, Marilyn, la fille ordinaire, comme une rivale. Leur amitié était particulière. Tous les trois en étaient bien conscients. Ils restaient convaincus d'une chose : peu importe ce qui arriverait, ce qu'ils vivraient et où ils se trouveraient, leur amitié demeurerait toujours intacte.

Quelques minutes avant l'arrivée de Steve, l'inquiétude gagna Marilyn. Elle caressa nerveusement les perles de son collier. Si sa grand-mère n'avait pas menti ? S'il lui arrivait aujourd'hui quelque chose d'inattendu comme lors des deux précédentes fois ? Son angoisse monta d'un cran. Si l'avion devait s'écraser ? Mais non, voyons, ce genre de choses se produisait rarement. D'ailleurs, ne disait-on pas qu'il s'agissait du moyen de transport le plus sécuritaire ? Un accident de voiture, alors ? Aucune chance : Anaïs était une conductrice hors pair. Alors quoi ? « Rien, conclut Marilyn. Le pire qui peut m'arriver est un coup de soleil ! » Elle observa une dernière fois son reflet dans le miroir et pouffa de rire.

JUSTIN

Boucherville, 9 h 31

— Ton père arrive, Justin ! Dépêche-toi ! cria Patricia du rez-de-chaussée.

— Déjà ? répondit la petite voix contrariée.

Patricia attendit quelques secondes et grimaça d'impatience. Elle devrait monter chercher son fils qui s'éternisait inutilement. Depuis le matin, il faisait tout pour ne pas se presser. Elle avait dû entrer par deux fois dans sa chambre pour le forcer à se lever. Au petit déjeuner, il avait avalé ses céréales avec une telle lenteur qu'elle avait fini par prendre son bol et le mettre dans l'évier. Un coup de klaxon retentit dans l'entrée. « Ça y est, se dit-elle, voilà Christophe qui s'impatiente. » Elle mit le pied sur la première marche et aperçut son fils en haut, sur le palier. Il fit la moue et descendit l'escalier d'un pas lourd.

— Je n'ai pas envie d'y aller ! fit-il, mécontent.

— Oh ! Justin, voyons ! Ta grand-mère est malade. Tu n'as pas le choix...

— Ce n'est pas Mamie, le problème, et tu le sais.

Elle s'approcha de lui.

— Je suis sûre que ça va bien se passer avec ton père.

Elle posa sa main sur l'épaule du garçon.

– Tu sais, il est triste. Sa maman est très malade et il a besoin de t'avoir auprès de lui.

Justin se mordilla la lèvre et regarda sa mère d'un œil mauvais. Comment osait-elle lui dire que son père avait besoin de lui ? Il eut envie de lui crier : « Ah oui ? Et depuis quand ? » D'ailleurs, pourquoi le défendait-elle après toutes ces années ? Après tout ce que Christophe lui avait fait endurer ? Mais l'enfant se retint, car il ne voulait pas quitter la maison en colère. Surtout, il refusait d'agir comme son père.

– Je peux apporter le cellulaire ? demanda-t-il.

Le klaxon de la voiture retentit une seconde fois. Évidemment, pour rien au monde Christophe ne descendrait de sa voiture pour venir chercher son fils. Chaque fois, c'était la même chose : il restait dans sa voiture et attendait, même lorsque l'enfant trimballait ses bagages avec lui. Et lorsque le gamin traînait trop à son goût, il klaxonnait. L'homme agissait ainsi parce qu'il ne supportait pas la vue de son ex-femme. Il acceptait encore moins d'avoir à lui parler. Voilà déjà plus de quatre ans que ça durait.

– Franchement ! Il pourrait descendre pour une fois ! Tu ne peux pas transporter ça tout seul ! dit Patricia, excédée, en jetant un regard par la fenêtre. Je vais devoir sortir !

Elle empoigna la lourde valise et sortit en vitesse de la maison, Justin sur ses talons. Christophe, bien installé derrière le volant de sa luxueuse Lexus noire, leva un œil vers elle. Lorsqu'il la vit s'avancer vers lui, il tourna aussitôt la tête dans la direction opposée. Patricia déposa la valise dans le coffre arrière et se pencha vers son fils. Il avait l'air triste. Elle caressa doucement ses cheveux.

— Tu m'appelleras aussitôt que tu arrives chez ta tante Sonia, d'accord ?

— Je ne veux pas y aller...

Christophe était parfaitement conscient de la réticence de son fils. Il voyait bien à quel point Justin ne se montrait pas du tout enchanté de partir avec lui. Il détestait ces enfantillages. Patricia désirait rassurer son fils, mais elle n'était pas à l'aise de se retrouver accroupie, là, près de la voiture de son ex-mari. Elle embrassa tendrement l'enfant sur la joue.

— Je vais penser à toi très fort. On va faire comme quand tu pars pour les fins de semaine, d'accord ? On va se parler par télépathie.

— Mais ce n'est pas pareil...

— Justin ! fit Patricia avec impatience.

Le garçon posa la main sur sa cuisse et tapota une des petites poches situées sur le côté de son pantalon cargo.

— J'ai pris ton cellulaire...

Patricia soupira.

– Bon, OK, mais tu m'appelles seulement si c'est urgent, d'accord ?

– Promis. De toute façon, je ne veux pas que papa le sache. Il serait fâché si....

– Bon, Justin, t'arrives ou quoi ? cria Christophe à travers la vitre, la tête toujours tournée vers l'avant.

Patricia embrassa encore son fils, en vitesse, et lui souhaita bon voyage. Elle jeta un coup d'œil en direction de Christophe, mais celui-ci évitait de la regarder. Elle s'avança vers la portière avec l'intention de le prier d'être gentil avec le petit, mais se ravisa. À quoi bon ? Il la détestait tellement que ce serait encore Justin qui en souffrirait. Elle se retourna vers l'enfant. Il l'observait d'un air suppliant. Un pressentiment, une étrange impression fouettèrent aussitôt Patricia. Et si elle ne devait plus jamais le revoir ? Si ce regard malheureux était le dernier souvenir qu'elle devait garder de son fils ? Ébranlée par cette vision soudaine, elle détourna les yeux et lui envoya un dernier baiser de la main. Puis, sans se retourner, elle fit claquer la porte de la maison derrière elle.

Justin regarda partir sa mère, attristé.

– Tu montes ?

Christophe ouvrit la portière du côté passager. Justin hésita. Il n'avait aucune envie d'aller dans sa famille paternelle. Sa grand-mère était peut-être mourante, mais au fond, il s'en fichait pas mal. Il ne l'avait pas vue depuis longtemps, alors pourquoi son père avait-il insisté pour l'emmener avec lui ? Ils avaient une longue route à faire, car sa grand-mère habitait depuis quelques années chez sa fille, dans le nord de l'Ontario. Justin ne connaissait presque personne là-bas. Jamais il n'avait été séparé aussi longtemps de sa mère.

— Est-ce qu'il va falloir que j'aille te chercher ? insista Christophe.

Le cœur battant la chamade, Justin grimpa dans la voiture. Il s'installa sur le siège du passager et regarda droit devant lui. Christophe l'observa à la dérobée et se moqua.

— Ne me dis pas que tu t'ennuies déjà de ta mère ? Franchement, Justin, tu as neuf ans !

Le garçon se tourna vers lui et le foudroya du regard. Christophe cessa de rire. Rarement il avait vu autant de haine dans les petits yeux bleus de son garçon. Troublé, il détourna la tête et démarra la voiture.

— Attache-toi, on part, dit-il, la voix cassée.

LOUISA

Laval, 9 h 45

Louisa vérifia la liste soigneusement préparée à l'intention de son mari : les plats cuisinés et congelés laissés à sa disposition, le fonctionnement de la machine à laver et les plantes qu'il fallait arroser au besoin. Bien sûr, il était peu probable que Gaston utilise la laveuse durant son absence, car tous ses vêtements avaient été préalablement lavés et repassés. Or, personne n'était à l'abri d'un dégât. Mieux valait prévoir. Et même si les plantes venaient de subir une fastueuse séance d'arrosage, certaines se montraient plus assoiffées que d'autres et n'auraient pas la patience d'attendre son retour. Elle était nerveuse et s'inquiétait pour son mari. Oubliait-elle quelque chose ? Gaston n'était jamais resté seul à la maison aussi longtemps. « Tu ne seras partie qu'une seule semaine ! » lui avaient répété en chœur ses filles et ses deux sœurs. Oui, mais Gaston se fiait tellement à elle ! Comment parviendrait-il à se débrouiller tout seul ? En trente ans de mariage, elle l'avait trop gâté. Louisa était la première à le reconnaître. Son entourage avait raison : à son âge, il était plus que temps de penser un peu à elle.

Elle avait toujours rêvé de voyager et de visiter de beaux endroits. Malheureusement, Gaston n'aimait pas s'éloigner de la maison. De plus, il était pingre ; tout était toujours trop cher à ses yeux. Louisa nourrissait quant à elle le désir secret de visiter les chutes du Niagara au moins une fois dans sa vie. Cette chance s'était présentée le mois dernier : le club de l'âge d'or de sa paroisse organisait le voyage, un séjour d'une semaine, hébergement, transport et repas inclus. Louisa avait rapidement sauté sur l'occasion, réjouie d'apprendre que l'un de leurs bons couples d'amis, Robert et Danièle, serait du voyage. Gaston, évidemment, avait décliné l'offre, prétextant que c'était trop cher pour ce que ça valait. « Si tu penses que je vais gaspiller mon argent pour aller voir de l'eau tomber d'une falaise ! » lui avait-il dit de mauvaise foi. L'argent ! Il n'avait que ce mot-là à la bouche ! Pourtant, ils n'étaient pas à plaindre. Bien sûr, ils ne roulaient pas sur l'or, mais leurs dépenses se limi-taient à quelques sorties ici et là. Un repas au restaurant de temps en temps, et encore, ils choisissaient toujours ce qu'il y avait de moins cher. Sans dessert et sans alcool, bien entendu. Louisa n'avait pas insisté. Tant pis pour lui. Elle ne se priverait pas, cette fois-ci. Elle avait si peu voyagé dans sa vie et, à soixante-six ans, considérait ne pas pouvoir laisser passer de belles occasions comme celle-là. Comme elle ne tenait pas à partager sa chambre avec une inconnue, sa sœur Florence, de onze ans sa cadette, avait décidé de l'accompagner avec plaisir.

Tandis qu'elle déposait sa liste sur la table de la cui-sine, elle vit son mari l'observer du coin de l'œil.

— Il paraît qu'il fait très froid, là-bas, dit-il.

— J'ai mis quelques vestes de laine et un bon coupe-vent dans ma valise.

Elle sortit de la cuisine. Son mari lui emboîta le pas.

— Oui, mais il paraît qu'on reçoit beaucoup d'eau à cause des chutes.

– J'apporte mon imperméable neuf et un bon parapluie.

– Oui, mais il paraît que c'est très humide. Avec ta santé fragile, tu risques d'attraper un rhume facilement.

– J'ai prévu des réserves de kleenex ! répondit Louisa avec agacement.

Gaston secoua les épaules, l'air de dire : « Mais pourquoi tu t'énerves ? »

– Ah moi, je dis ça pour toi... Si tu as envie de passer une semaine clouée au lit avec de la fièvre...

– Parce que tu crois que je suis incapable d'aller aux chutes sans attraper mon coup de mort ?

– J'ai lu qu'une femme de ton âge est morte l'année dernière parce qu'elle avait attrapé la grippe espagnole en Hongrie.

Excédée, Louisa leva les yeux au ciel.

– Ah, franchement, Gaston ! Où est-ce que tu veux en venir avec tes histoires de fous ? Ça te dérange tant que ça que je parte ?

– Mais non ! Tu fais comme bon te semble. Mieux vaut prévenir que guérir.

– Me prévenir de quoi ? De ma mort prochaine ?

D'un ton faussement indifférent, il crut bon préciser :

– Il paraît que ce n'est pas si beau que ça, les chutes. Tu risques d'être déçue...

– Tu n'y as jamais mis les pieds, alors qu'est-ce que tu en sais ? cracha-t-elle.

– Je connais quelqu'un qui y est allé. Puis à part les chutes, il paraît qu'il n'y a pas grand-chose à voir.

Il fit la grimace.

– En tout cas, lui, il s'est bien ennuyé...

– Tant pis pour lui ! répondit Louisa, qui en avait assez de cette conversation ridicule.

Elle reconnaissait bien là son Gaston. Toujours à jouer les trouble-fêtes avec des mots choisis pour la décourager ou la culpabiliser. Pourtant, cette fois-ci, elle n'avait aucune raison de se sentir fautive. Elle lui avait demandé au moins cent fois s'il ne voyait pas d'inconvénients à ce qu'elle y aille sans lui. « Non, non, bien sûr que non, avait-il dit. Si tu as envie de gaspiller ton argent, c'est ton problème. » Il saurait très bien se débrouiller sans elle. Pour qui le prenait-elle ? Pour un enfant ?

Elle avait passé toute la précédente semaine à lui cuisiner ces satanés plats. Elle avait changé les draps, nettoyé la maison de fond en comble pour qu'il n'ait pas à lever le petit doigt pendant son absence. Malgré tout ça, elle s'en voulait de partir. De prendre un peu de bon temps. Lui, en retour, ne lui souhaitait que des malheurs. Elle commençait à croire qu'elle n'aurait jamais dû accepter d'entreprendre ce périple sans lui. Gaston avait toujours eu le don d'employer les grands mots – pour ne pas dire les grands maux – une fois l'action accomplie, lorsqu'il était trop tard. Au fond, il la connaissait bien. Il savait que, maintenant, elle ne partirait plus l'esprit en paix.

Louisa alla dans sa chambre et ouvrit sa valise. Elle enleva deux paires de bermudas ainsi que trois chandails à manches courtes. À la place, elle y fourra son manteau d'hiver et une paire de gants. Puis elle s'arrêta et réfléchit. « Franchement, on est au mois de juin ! Est-ce que je suis en train de perdre la tête ? » Elle retira le manteau et remit les bermudas en place. « Oui, mais si on gèle vraiment là-bas et que j'attrape une pneumonie, je serai bien avancée avec une paire de bermudas sur le dos ! » Bon, voilà ! Gaston avait déjà gâché son voyage ! Elle ne savait plus quoi mettre dans ses bagages. Inquiète, elle consulta sa montre. Il était déjà dix heures et l'autobus partait dans quinze minutes. En vitesse, elle téléphona à Florence et l'interrogea sur les vêtements qu'elle prévoyait apporter.

– Un manteau d'hiver ? Au mois de juin ? Mais tu es folle ? s'étrangla sa sœur cadette en riant.

Louisa eut honte, mais ne voulut pas perdre la face.

– J'ai entendu dire que, près des chutes, c'est très humide et froid. Vaut mieux prévenir que guérir...

Comme son mari l'avait fait pour elle quelques minutes auparavant, elle mit un doute dans l'esprit de sa sœur. Elles étaient très semblables, toutes les deux : influençables et craintives devant le moindre coup de froid. Elles en discutèrent pendant un moment et décidèrent d'apporter avec elles leur manteau d'hiver et une paire de bermudas chacune, au cas où. S'il faisait trop chaud, elles achèteraient sur place un t-shirt à l'effigie des chutes du Niagara. Voilà tout. Ça leur ferait un souvenir de voyage !

Louisa téléphona ensuite à ses deux filles. Elle s'assura auprès d'elles que tout allait bien et qu'elle pouvait partir l'esprit tranquille. Puis, d'une voix hésitante, elle leur demanda de bien vouloir passer un coup de fil à leur père durant la semaine, ou encore mieux, de lui faire une petite visite à la maison. Louisa n'aimait pas l'idée de partir seule sans sa famille. Bien sûr, elle voyageait avec sa sœur adorée, mais s'il devait lui arriver quelque chose, comment feraient-ils pour continuer à vivre sans elle ? Elle détestait l'impression qu'elle ressentait d'avoir peut-être parlé à ses deux filles pour la dernière fois. Il n'y avait aucune raison logique derrière tout ça, mais, de nature anxieuse, Louisa imaginait souvent le pire. Toutefois, elle se raisonna, se sermonna et se jura que tout allait bien se passer.

EMMANUEL

Saint-Zotique, 9 h 22

Emmanuel observa ses mains. Elles tremblaient. Il avait beau tenter de se calmer, rien n'y faisait. Ses doigts gigotaient, comme si de petits insectes hyperactifs en avaient pris possession. Il n'y pouvait rien. C'était toujours la même chose : lorsqu'il était nerveux, ses maudites mains révélaient sa panique. La plupart du temps, il les fourrait dans ses poches pour éviter d'attirer l'attention sur ces foutus tremblements. Aujourd'hui, cependant, il ne pourrait les camoufler nulle part. Elles seraient au centre même de l'action. Elles devaient surtout éviter de le trahir. Même s'il était mort de peur, personne ne devait s'en apercevoir.

Surtout pas Gabrielle.

Il alla vers la chambre pour vérifier si elle dormait encore. Il s'arrêta dans l'embrasure de la porte et la contempla un instant. La jeune femme était couchée en travers du lit, nue, un bras pendant en dehors du matelas. Emmanuel s'approcha doucement. Elle dormait à poings fermés. Comment arrivait-elle à dormir un jour pareil, tandis que lui n'avait pratiquement pas fermé l'œil de la nuit ? Pourtant, ce serait aussi la première fois pour Gabrielle. Il voulut la réveiller, mais se ravisa au dernier moment. Ils ne pouvaient tout de même pas manquer tous deux de sommeil pendant une journée comme celle-ci !

Il entra dans la salle de bains. Un puits de lumière inondait la pièce et aveugla un moment le jeune homme. C'était l'endroit le plus éclairé de l'appartement de Gabrielle. Emmanuel n'avait pas l'habitude de tant de lumière, lui qui vivait dans un minuscule logement situé au sous-sol d'un vieil édifice. Il aspergea son visage d'eau. Ses mains tremblaient toujours. Il se regarda dans la glace et en éprouva presque un choc. Il avait les yeux cernés, le teint pâle et les joues creuses. Lui qui d'ordinaire faisait à peine ses vingt-trois ans, il paraissait aujourd'hui en compter dix de plus. Bien sûr, sa barbe le vieillissait. Ça faisait déjà plus d'une semaine qu'il la laissait pousser et le résultat ne lui plaisait guère. Elle lui donnait un air négligé qu'il n'aimait pas du tout. Et ses cheveux, alors ! De vilaines mèches rebelles, impossibles à coiffer, se dressaient, ici et là, à même son épaisse chevelure noire. Lui qui avait l'habitude de porter ses cheveux courts ne se reconnaissait plus dans ce miroir. Ce n'était que temporaire, il le savait bien. Dès demain, ou même ce soir, il redeviendrait comme avant.

Emmanuel pensa à cette journée qui l'attendait et souhaita revenir en arrière. Mais il ne pouvait pas, bien sûr. Il avait promis à Gabrielle et il était trop tard pour se dégonfler maintenant. Si c'était à refaire, sans doute refuserait-il. Même s'il avait terriblement besoin de cet argent, même si Gabrielle avait beaucoup insisté et bien que sa présence à lui soit devenue nécessaire, il savait qu'il aurait pu résister. Qu'il aurait dû... mais il était trop tard.

— T'es déjà levé ?

Emmanuel sursauta et se tourna vers la porte. Gabrielle se tenait devant l'entrée de la salle de bains, le corps nu et le visage encore endormi. Elle s'étira, bâilla bruyamment et pénétra dans la pièce.

– Ça fait longtemps.

– Oh ! Moi, j'aurais encore dormi, mais les voisins d'en haut m'ont réveillée. Je ne sais pas s'ils ont des sabots dans les pieds ou quoi, mais ça résonnait fort.

Emmanuel fut frappé par son insouciance. Comment faisait-elle pour avoir l'air aussi détendue ? N'était-elle donc pas nerveuse, elle aussi ?

– Mon Dieu ! On dirait que t'as dormi sur la corde à linge ! T'es-tu vu l'air ? demanda Gabrielle, amusée.

– Et toi, comment fais-tu pour dormir un jour comme ?...

Il s'arrêta, car sa voix aussi tremblait. Il baissa la tête et fixa le plancher. La jeune femme s'approcha de lui. Son visage se retrouva à quelques centimètres du sien, mais Emmanuel refusa de la regarder dans les yeux. Elle fit promener son doigt le long de la joue barbue et lui souleva le menton.

– Ça va bien aller. Tu n'as pas à t'inquiéter.

Emmanuel ne répondit pas et la dévisagea. Gabrielle était rayonnante, comme toujours, même si elle venait à peine de se lever. Ses yeux verts, à peine gonflés de sommeil, pétillaient déjà d'impatience. Ses cheveux roux, en bataille, lui donnaient cet air félin et sauvage qui avait le don de le faire craquer. Elle était grande, presque autant que lui. Même s'il la dépassait de quelques centimètres, Emmanuel se sentait petit à côté d'elle. Elle possédait le cran et l'assurance que lui n'avait pas. Pourtant, tout était calme et douceur chez elle. Elle paraissait toujours contrôler la situation, et d'un simple sourire, sans même ouvrir la bouche, elle arrivait à le convaincre de la suivre n'importe où. Emmanuel la contempla et en fut presque ému. Elle se tenait là, nue devant lui, sans aucune pudeur. Comme il adorait cette fille ! C'était la seule qu'il ait autant aimée. Il se sentait important avec elle. Elle l'avait choisi, lui. Il ferait n'importe quoi pour elle. Et ça, Gabrielle le savait.

— Il y a peu de risques, poursuivit-elle comme si elle lisait dans ses pensées. Il ne faut pas que tu te dégonfles, Manu. Tu le sais.

Elle avait prononcé la phrase d'un ton doux et rassurant. Tendrement, elle lui sourit et glissa sa main dans ses cheveux. Tout doucement, il se laissa aller à ses caresses. Emmanuel était rassuré, maintenant. Ses mains ne tremblaient plus.

LÉO

Léo tendit l'oreille. Il lui semblait avoir entendu des bruits de pas derrière la porte. Il se leva, l'entrebâilla et passa nerveusement la tête dans l'embrasure. Il jeta un coup d'œil inquiet vers la salle de jeu, mais il n'y avait personne. « Calme-toi, se dit-il, dans les soussols de maison, on entend souvent ce genre de bruit. » Il referma la porte de l'atelier et alla se rasseoir sur son petit banc de bois. Il reprit le coffre entre ses mains, mais hésita à l'ouvrir. Pourtant, ça faisait maintenant quelques mois qu'il y songeait. Des mois qu'il tournait et retournait tous ses problèmes dans sa tête. Des mois qu'il tentait de trouver des solutions, mais sans jamais rien obtenir. Il avait même consulté un psychologue durant quelque temps, avec pour seul résultat de dépenser inutilement son argent. Ce type n'avait fait que l'écouter et lui poser des questions. Bien sûr, ça lui avait fait du bien, au début, de parler avec quelqu'un. Ça faisait changement, mais à la longue, Léo avait eu besoin de plus que de parler. Il voulait des réponses, une issue à ses problèmes. À son mal de vivre. Mais le spécialiste ne donnait pas de conseils. Léo devait tirer lui-même ses propres conclusions. Comment pouvait-il y arriver alors qu'il avait constamment le nez dedans et que seule une bouée de sauvetage lui était nécessaire pour ne pas couler au fond ? Non, Léo avait trop attendu, et maintenant, sa patience ne lui permettait plus de croire que les choses allaient s'arranger d'elles-mêmes. Tout ce dont il avait besoin en ce moment était d'une solution rapide et efficace.

Et celle-ci se trouvait dans ce coffre.

Léo avait eu du mal à le retrouver. Il était bien caché, au fond de la dernière tablette du haut de son atelier. Il se rappelait l'avoir enfoui là il y avait plusieurs années, lorsque ses enfants étaient encore jeunes. Il n'avait surtout pas voulu que ceux-ci tombent sur le coffre et l'ouvrent. Même sa femme, qui ne mettait pratiquement jamais les pieds dans cette pièce – elle trouvait ça trop sale et encombré – ignorait qu'il s'y trouvait toujours. « Ne compte pas sur moi pour aller faire le ménage dans ton bric-à-brac ! » lui disait-elle souvent. Léo lui en avait toujours été reconnaissant. C'était le seul endroit de la maison qui lui appartenait vraiment.

Maintenant qu'il tenait la boîte de bois entre ses mains, Léo hésita à l'ouvrir. Si, par malheur, il ne s'y trouvait plus ? Allons donc ! Si quelqu'un l'avait ouvert, il en aurait sûrement entendu parler. L'amas de poussière sur ce coffre confirmait bien qu'aucune main indiscrète n'y avait touché. Léo souffla sur le couvercle et un nuage de saletés se répandit dans la petite pièce mal aérée. D'une main tremblante, il entrouvrit le réceptacle. Soudain, la peur lui noua l'estomac. S'il l'ouvrait complètement, son acte deviendrait officiel : il ne pourrait plus revenir en arrière. Le cœur de Léo s'emballa. Une bouffée de chaleur lui monta au visage et il se sentit légèrement étourdi. « Mais non, se dit-il à voix haute, l'ouvrir ne m'engage à rien pour l'instant, car je n'ai pas l'intention de passer à l'acte ici, aujourd'hui. »

Sans réfléchir davantage, il souleva le couvercle avec précaution. Son pistolet s'y trouvait toujours. Un Walther semi-automatique de calibre 22. Il le vérifia : le chargeur contenait dix balles. Il était plein. Son pouls s'accéléra de plus belle. Il y avait des lunes que cette arme n'avait pas servi. Léo ne se souvenait plus de la date ni même de l'année. Tout ce dont il se rappelait était d'avoir tenu ce pistolet dans ses mains à deux occasions et d'avoir détesté l'expérience. L'idée de s'inscrire à un club de tir n'était pas venue de lui, mais plutôt de son beau-frère. « Tu sais tellement bien viser, Léo. Je suis sûr que t'aimerais ça ! » Même sa femme, Pierrette, s'était mise de la partie : « Ça te donnera un air viril et, pour une fois, t'aurais un passe-temps différent de ton travail ! » Il avait acheté cette arme et s'était inscrit au club de tir de Montréal sans grand enthousiasme. Il n'y était allé qu'à deux reprises. Léo était vraiment habile, mais il ne voyait pas en quoi tirer sur des cibles en carton pouvait être excitant. Il avait vite cessé de pratiquer le tir, mais, sans trop savoir pourquoi, il avait conservé l'arme. Plusieurs fois, il avait pensé s'en débarrasser – les enfants pouvaient la dénicher et se blesser gravement, voire même se tuer. Cependant, chaque fois, une petite voix au fond de lui avait murmuré : « Attends, on ne sait jamais, ça peut toujours servir. » Léo ressentit à la fois un mélange de soulagement et de peur. Il était rassuré de savoir que la réponse à tous ses problèmes se trouvait maintenant entre ses mains. Mais il éprouvait aussi la peur de manquer de courage.

— P'pa, est-ce que t'es là ?

Léo sursauta. C'était la voix de Francis, son fils de dix-sept ans. L'adolescent l'appelait de la pièce voisine. Depuis combien de temps y était-il ?

— P'pa ! cria de nouveau la voix avec impatience.

Léo remit en vitesse le pistolet dans son étui et fourra celui-ci dans la poche intérieure de son veston. Il sortit de l'atelier, le visage légèrement écarlate. Son fils se tenait derrière la porte. Lorsqu'il aperçut son père, il fit la moue.

— Pourquoi tu ne m'as pas répondu quand je t'ai appelé ?

— Je ne t'ai pas entendu la première fois, répondit Léo, mal à l'aise.

— Alors comment tu sais que je t'ai appelé deux fois ?

— Oui, bon...

Léo se renfrogna et attacha brusquement les boutons de son veston.

— Comment ça se fait que t'es levé à cette heure-ci ? Il est presque neuf heures. Ce n'est pas dans tes habitudes.

— Tu ne te souviens pas qu'aujourd'hui je pars en camping avec Julien et Max ?

— Ah oui, c'est vrai ! J'avais oublié. J'imagine que tu venais chercher ton équipement dans l'atelier ?

« Quelle chance qu'il ne soit pas entré », pensa Léo avec soulagement.

— Je peux t'aider à le sortir si...

– J'ai besoin de *cash*, coupa Francis avec rudesse.

L'adolescent regarda Léo, un sourire en coin et l'œil baveux. Puis, il tendit la main et agita les doigts, l'air de dire : « Je n'ai pas le temps de discuter, je suis pressé, alors sors les billets ! »

« Évidemment, l'argent », se dit Léo, sinon pourquoi son fils lui aurait-il adressé la parole ?

– Combien tu veux ?

– Bof, je ne sais pas...

Il secoua les épaules d'un geste indifférent, presque blasé.

– Deux cents, deux cent cinquante...

Léo siffla.

– C'est rendu cher, le camping ! Du camping sauvage, en plus... Pour deux nuits seulement ! Est-ce que l'hôtel fournit les tentes au moins ?

– Très drôle ! Bon, tu me donnes l'argent ou pas ?

Léo, qui en temps normal aurait tenu tête à Francis – par pure formalité, il faut l'avouer – n'avait aucune envie d'argumenter aujourd'hui. Il sortit trois cents dollars de son portefeuille et les tendit à son fils.

– Tiens, j'espère que ça va au moins payer le bois pour le feu, puis les guimauves.

Surpris que son père règle aussi rapidement la question, l'adolescent tendit la main avec méfiance. Fier de son bon mot, Léo pouffa de rire. Mais Francis, hermétique à l'humour paternel, compta plutôt les billets. L'homme lui tourna le dos et grimpa l'escalier jusqu'au rez-de-chaussée. Lorsqu'il arriva sur le palier, il constata avec surprise qu'il avait le cœur léger, tout à coup. Il n'avait plus ce poids qui écrasait ses épaules depuis si longtemps. Mais Léo n'était pas dupe. Il savait que ce n'était dû qu'à la présence de l'arme à l'intérieur de sa veste. Il avait déjà entendu dire que les gens qui s'apprêtaient à se donner la mort étaient souvent plus détendus quelques jours avant de passer à l'acte. Il sourit.

C'était donc vrai !

MARILYN

10 h

Le carillon de l'entrée de l'immeuble résonna dans le petit appartement. Fébrile, Marilyn alla répondre. Elle enfila ensuite ses sandales à talons hauts, entrouvrit légèrement la porte et prit la pose. Elle reconnut les pas de Steve grimpant bruyamment l'escalier. Le garçon semblait courir, comme s'il gravissait les marches quatre à quatre avec vigueur. Lorsqu'il atteignit le troisième étage, il s'arrêta brusquement devant la porte presque close. Marilyn choisit une voix suave et murmura :

– Entrez, je vous attendais.

À peine essoufflé, Steve ouvrit la porte et regarda la jeune femme. Le bassin appuyé contre le cadre de l'entrée, une main posée sur la hanche et le bras opposé allongé sur le bois, près de la porte, Marilyn s'était transformée en diva. D'abord surpris, le jeune homme éclata de rire. Mais la fille ne broncha pas. Elle le dévisageait avec insistance. Comme elle le trouvait beau ! Plutôt grand, mince, les yeux pers, les cheveux châtains légèrement en bataille, il avait l'air d'une vraie *rock star*. Et toujours cette attitude calme et décontractée qui plaisait tant aux filles. Steve savait l'effet qu'il dégageait, même s'il semblait peu s'en soucier. Il observa Marilyn, d'abord avec curiosité, puis avec intérêt. Ainsi donc, elle jouait les vamps, aujourd'hui. Il n'avait pas l'habitude de la voir ainsi vêtue.

– Wow ! Vous êtes *sexy* aujourd'hui, mademoiselle !

Il prit le collier de perles entre ses doigts.

– Ne me dites pas que tout ça, c'est pour moi ?

– Évidemment ! Pour qui d'autre ?

Elle cligna des cils.

– Nous sommes seuls ici, n'est-ce pas ? Approchez, ne soyez pas timide.

Marilyn recula de quelques pas et lui fit signe d'entrer. Steve l'examina lentement, faisant glisser son regard des pieds à la tête de la jeune fille, et pénétra dans l'appartement. D'un coup de jambe, elle fit se refermer la porte derrière elle.

– Enfin seuls, dit-elle.

– Oui, enfin ! J'attendais ce moment depuis longtemps, vous savez.

Spontanément, Steve s'approcha d'elle. Pourquoi pas ? Après tout, il ne s'agissait pas vraiment de Marilyn, mais plutôt d'une jeune femme attirante qui lui donnait rendez-vous chez elle. Un rendez-vous clandestin. Et puis, d'ailleurs, il n'était pas vraiment Steve, mais un jeune séducteur anonyme qui répondait aux charmes d'une jolie demoiselle. Jouant le jeu, il l'empoigna par la taille et colla sa bouche contre la sienne. Surprise par ce geste imprévu, Marilyn frémit sans le vouloir. Elle fit promener ses doigts dans l'épaisse chevelure et répondit à son baiser. Les mains baladeuses du jeune homme caressèrent les fesses moulées sous le tissu de coton. Bientôt, Steve sentit le désir monter furieusement en lui. Tandis qu'il lui effleurait les seins, il se rendit soudain compte de ce qu'ils étaient en train de faire. Il repoussa brusquement Marilyn, et pensa à Anaïs, qui les attendait en bas. Elle ne devait pas le voir dans cet état. D'un geste vif, presque violent, il se lissa les cheveux du plat de la main. Honteux, il n'osait plus regarder son amie.

— Excuse-moi, dit-il, je ne sais pas ce qui m'a pris... Je n'aurais pas dû.

— C'est une réplique typique, ça !

Il leva les yeux vers elle. Les bras croisés, Marilyn se mordillait nerveusement la lèvre inférieure.

— Bon... Je pense qu'on devrait y aller, maintenant, ajouta-t-il. Anaïs nous attend en bas.

Marilyn ne bougea pas. Elle avait honte. Pas pour ce qui venait de se passer, pas davantage pour Anaïs, qui poireautait dans la voiture, mais plutôt de ce que

Steve pourrait s'imaginer : qu'elle avait tout prémédité, qu'elle l'avait provoqué, alors qu'elle n'avait fait que jouer. Pour sauver la face, elle prit un ton de femme offusquée :

– Je ne savais pas que vous étiez marié !

D'un geste solennel, elle posa la main sur son cœur.

– Je croyais, enfin... Si j'avais su...Vous, les hommes, êtes bien tous pareils, vous...

– Bon, écoute Marilyn, arrête ! Ce n'est plus un jeu !

Elle baissa la tête, confuse. Elle ne faisait que s'enfoncer davantage et se couvrir de ridicule. Steve était fâché, maintenant. Pire encore, il déplorait ce qu'ils avaient fait. Marilyn en fut blessée.

– Excuse-moi, rajouta le garçon. Ce n'est pas ta faute, c'est moi... Je ne sais vraiment pas ce qui m'a pris, je te jure.

– On n'était pas nous-mêmes, on était des personnages. Ce n'est pas pareil !

– Je sais qu'on jouait, mais je n'étais pas obligé de t'embrasser !

– Tu le regrettes à ce point-là ? demanda-t-elle, la voix étranglée.

Il savait qu'il devait lui dire, il n'avait pas le choix :

– J'aime Anaïs. Tu le sais.

Ce qui était pour elle une évidence depuis toujours fut soudain reçu comme la plus dure des réalités.

– Et moi, je t'aime, murmura-t-elle dans un souffle à peine perceptible.

Steve la regarda, désolé. Il prit les mains de son amie entre les siennes.

– Je sais, Marilyn. Mais il ne faudrait pas que tu t'imagines...

Il sourit, d'un sourire forcé, presque crispé.

– Tu sais, on est les trois meilleurs amis du monde ! Je ne voudrais surtout pas que ça change !

Marilyn dégagea ses mains avec rudesse.

– Moi non plus, je ne veux pas que ça change ! Alors pourquoi est-ce que ça changerait ?

Soudain, deux coups de carillon les firent sursauter. Il ne manquait plus que ça ! Anaïs qui s'impatientait. Marilyn appuya rageusement sur l'interrupteur. Quelques secondes plus tard, des pas résonnèrent lourdement sur les marches de l'escalier. Avant même qu'ils aient le temps de réagir, Anaïs ouvrit la porte avec fracas.

– Qu'est-ce que vous foutez ? Ça fait dix minutes que je vous attends en bas ! On a une longue route à faire ! On doit être à l'aéroport de Toronto avant dix-neuf heures !

Elle regarda Marilyn, mécontente.

– Tes valises ne sont pas prêtes ou quoi ?

Pour la première fois depuis le début de leur longue amitié, Marilyn ressentit de la haine envers son amie. Ce sentiment ne dura qu'une fraction de seconde, mais l'ébranla tout de même. Elle n'était que la troisième du trio. Comment avait-elle pu l'oublier ? Vite, elle devait réagir de la manière qu'elle maîtrisait le mieux : par le jeu. Elle opta pour la femme indignée.

– Mais bien sûr que mes valises sont prêtes !

Elle pointa un doigt accusateur en direction de Steve.

– Imagine-toi que j'ai été agressée !

– Bon, ça y est ! répliqua Anaïs, les yeux au ciel.

– Je te jure ! Lorsqu'il m'a vue dans cette magnifique robe rouge, eh bien, il n'a pas pu résister, il s'est jeté sur moi et m'a forcée à l'embrasser ! fit-elle en mettant les mains sur sa taille et en lissant le tissu de sa robe.

– Mais oui, mais oui... Bon, OK, ça va faire la petite comique. On y va !

Anaïs ouvrit la porte avec autorité.

– On n'est pas en avance, je vous le dis !

Évidemment, pour rien au monde Anaïs n'aurait gobé une histoire pareille. Steve, plein de désir, couvrant Marilyn de baisers. Quelle hérésie ! La comédienne s'efforça de rire et récidiva son salut militaire.

Elle lança un regard complice en direction de Steve, aussi léger et innocent qu'à l'habitude. Mais celui-ci la regarda sans sourire. Elle avait maintenant repris son rôle habituel.

Celui de la meilleure amie.

JUSTIN

9 h 42

– On va passer chercher ton cousin Ben.

– Quoi ? s'écria Justin.

– Ton cousin Ben. Il va faire le voyage avec nous.

– Comment ça ? Ce n'était pas prévu ! Tu... tu ne me l'avais pas dit !

– Je l'ai su juste hier soir. Son père est déjà chez ta tante Sonia et sa mère ne peut pas l'emmener là-bas. Elle a attrapé un virus, une grippe ou un truc du genre.

Justin gigota sur son siège.

– Pourquoi tu ne m'as pas appelé ? insista le garçon.

– Je viens de te le dire : je l'ai su juste hier soir !

Il haussa le ton.

– Puis je n'ai pas de comptes à te rendre !

Christophe regarda son fils et s'attendit à une réplique, mais Justin garda le silence. Les bras en croix, il faisait la moue.

– Qu'est-ce que t'as à t'énerver comme ça ? Tu l'aimes bien, ton cousin Ben, non ? Je pensais même que

48

tu serais content d'avoir un peu de compagnie. Mais non ! Il faut toujours que tu rechignes !

Justin ne répondit pas, car s'il avait ouvert la bouche il se serait mis à crier. Il supportait déjà mal l'idée d'aller dans la famille de son père, il fallait de plus qu'il se tape le voyage avec ce cousin détestable. Il se retint pour ne pas pleurer. Il pensa très fort à sa mère et lui adressa des messages télépathiques : « Fais que Ben ne vienne pas avec nous, fais que sa mère guérisse. Non, fais que Ben attrape le virus et qu'il soit malade, lui aussi. Oui, c'est ça. Fais que Ben soit très, très malade. » Justin réfléchit encore. « Fais que l'auto ait une crevaison et que je sois obligé de revenir à la maison. » Cette idée lui plaisait et il opta pour cette solution. Il ferma solidement les paupières et se concentra du mieux qu'il le pouvait. Plusieurs fois, il répéta la phrase en pensée. Sa mère lui avait déjà dit que s'il souhaitait très fort quelque chose, il y avait de bonnes chances qu'elle se réalise.

– Qu'est-ce que tu fais ? On dirait que tu parles tout seul !

Christophe l'observait du coin de l'œil, l'air ennuyé.

– Rien !

– J'espère que tu vas être gentil avec ton cousin.

À ces mots, Justin bondit de surprise sur son siège.

– Quoi ?

– Tu sais, lui, il a beaucoup de peine pour sa grand-mère. C'est pratiquement elle qui l'a élevé, alors... J'aimerais que tu lui parles un peu, que... tu sois aimable avec lui.

Christophe avait parlé d'une voix autoritaire, mais presque suppliante, comme s'il ne pouvait pas s'attendre à autre chose de son fils. Comme si Justin n'avait pas l'habitude d'être gentil avec les gens ! L'enfant eut peine à croire ce qu'il venait d'entendre. Comment son père osait-il lui dire ça, alors que son cousin le terrorisait depuis toujours ? Il s'apprêtait à le lui répliquer lorsqu'il se rappela la dernière fois où il avait vu Ben. Un frisson l'envahit et un début de nausée lui monta à la gorge. Il ne voulait pas y penser maintenant, car il redoutait de vomir dans la voiture.

Ben était le fils de son oncle Bernard, le frère de son père. Il avait douze ans, soit trois de plus que lui. Justin le détestait de toutes ses forces. Du plus loin qu'il se souvienne, il avait toujours été son souffre-douleur. Déjà, petit, Ben lui massacrait ses jouets et allait même parfois jusqu'à le frapper. À cette époque, Justin se précipitait dans les bras de sa mère en pleurnichant. Évidemment, celle-ci prenait sa défense, tandis que son père banalisait la situation : « C'est comme ça, des garçons, ça joue plus *rough*, c'est normal ! Si Justin n'était pas si bébé et pleurnichard, aussi ! » Ou alors, il blâmait Patricia : « C'est à lui de se défendre, pas à toi. T'es en train d'en faire une vraie fillette ! » Ces phrases, Justin les avait souvent entendues. Si souvent que maintenant, il ne pleurait plus et encaissait tout sans broncher. Il n'en parlait jamais à personne, même pas à sa mère, car les paroles de son père avaient fait naître en lui un nouveau sentiment : la honte.

Celle d'être aussi sensible, d'avoir peur de tout, d'être trop attaché à sa mère... Bref, d'être si différent des autres garçons de son âge. Mais le pire de tout, c'était la honte qu'il inspirait à son père. Alors, à quoi bon répliquer ? Justin ferma les yeux et repensa à sa mère. Il se concentra à nouveau : « Fais que Ben me laisse tranquille cette fois-ci. » Peut-être son cousin éprouvait-il réellement de la peine pour sa grand-mère, mais il en doutait. Comment un garçon aussi cruel pouvait-il ressentir du chagrin ?

— On est chanceux, fit Christophe, soulagé. On n'a pas à faire de détour pour aller chez ton cousin ; il habite sur notre chemin.

« Quelle chance, en effet ! » pensa Justin en gardant la bouche obstinément fermée.

— Qu'est-ce que t'as, aujourd'hui ? lui demanda son père.

Justin ne réagit pas. Christophe leva les yeux au ciel.

— Pourquoi t'es si bougon ? Ça ne te fait pas plaisir de revoir ta grand-mère ?

— Mais oui ! répliqua le garçon, sur la défensive.

— On ne dirait pas ! Elle qui t'aime tellement !

Justin crispa la mâchoire. Tu parles qu'elle l'aimait ! Il ne la voyait que deux ou trois fois par année et elle lui adressait à peine la parole. Petit, il aimait bien aller chez elle. Elle le gardait même de temps en temps, toujours avec plaisir. Mais après le divorce de ses parents, les choses avaient brusquement changé. Comme si deux clans s'étaient formés. Sa grand-mère avait évidemment pris parti pour son fils tandis que sa mère était devenue un paria. Depuis quatre ans, la famille de son père parlait souvent de Patricia, à mots à peine couverts. Évidemment, Justin entendait tout et ces paroles lui faisaient mal.

Lorsque l'entourage paternel le voyait, tous répétaient la même chose : « Comme il ressemble à sa mère ! » S'agissait-il d'une tare ou d'une maladie honteuse ? Justin savait qu'il était le portrait craché de Patricia : mêmes cheveux blonds, mêmes yeux bleus, mêmes traits fins. On le trouvait trop frêle, beaucoup trop délicat pour un garçon de son âge. Trop beau, même ! « Si, au moins, il avait hérité un peu de Christophe », avait-il souvent entendu. Son père aussi était bel homme, mais différemment : mi-trentaine, cheveux brun foncé, yeux noisette, grand, au physique athlétique, son regard était froid et calculateur. Il souriait peu. Seulement lorsqu'il désirait obtenir une faveur ou qu'il se trouvait en présence d'une jolie femme...

Au fond, Justin se consolait de ne pas lui ressembler.

Christophe tourna brusquement le volant et déboucha dans un quartier résidentiel. Justin reconnaissait le coin ; ils étaient presque arrivés chez son cousin. Déjà ! Il aurait voulu suspendre le temps et arriver le plus tard possible. Le temps, au moins, d'avoir une crevaison. Deux coins de rue plus loin, Justin aperçut sa tante Sylvie, debout sur le trottoir, devant l'entrée de son *bungalow*. Le cœur de l'enfant palpita avec espoir :

si sa tante se trouvait dehors, ça voulait dire qu'elle n'était plus malade et donc que Ben ne viendrait pas avec eux.

C'était déjà ça de gagné !

Mais lorsque la voiture s'approcha davantage, Justin constata avec effroi que sa tante portait une robe de chambre, tenant une boîte de kleenex dans une main et une cigarette dans l'autre. Lorsqu'elle les vit, la femme agita fougueusement le bras et s'approcha de l'auto.

— Baisse ta vitre, ordonna Christophe.

Tante Sylvie se pencha vers la portière. La fumée de sa cigarette empesta aussitôt la voiture. Justin en eut presque la nausée.

— Comment ça va, Sylvie ? T'as l'air en pleine forme, lança Christophe d'un ton sarcastique.

— Très drôle ! Non mais, m'as-tu vu l'air ?

Justin lui trouvait le même air que d'habitude : cheveux dépeignés, cernes autour des yeux, allure négligée. Sous sa robe de chambre d'une propreté douteuse, on discernait ses formes flasques mal dissimulées dans un vieux t-shirt trop serré.

— J'aurais tellement aimé y aller, moi aussi, souffla-t-elle. Mais j'avais peur de contaminer tout le monde. Maudit virus !

— Ouin, j'espère que nous, on l'attrapera pas...

Sylvie se mit à rire.

— Bien voyons donc ! T'es fait fort, toi ! Je ne t'ai jamais vu malade. Ce n'est pas un petit virus comme ça qui va s'agripper à toi !

Puis soudain, elle s'aperçut de la présence de Justin.

— Mais c'est vrai que lui...

Sylvie recula de quelques centimètres.

— Il ressemble tellement à sa mère, c'est effrayant.

— Bon ! Est-ce que Ben est prêt ? demanda froidement Christophe. On a beaucoup de route à faire.

— Euh, oui, il va sûrement arriver...

Sylvie pivota sa tête décoiffée vers la résidence. Aucune trace de Ben. Tout sourire, elle replongea son visage bouffi à l'intérieur de la voiture et regarda son beau-frère avec intérêt.

— Il paraît que tu te cherches un associé ?

Elle sourit.

— Pour investir ? Quel montant ?

— Disons, entre dix et vingt mille dollars... pour commencer, répondit-il en affichant un sourire sarcastique. Ça t'intéresse ?

À ce moment, Ben sortit de la maison, un sac à dos à la main. Avec une démarche nonchalante, l'adolescent se traînait les pieds d'un air ennuyé. Lorsqu'il aperçut la voiture de son oncle, un rictus malveillant se forma sur ses lèvres. Le cœur de Justin se tordit.

— Bon, écoute Sylvie, il faut qu'on y aille. Sonia nous attend et on n'est pas en avance.

— Oui, oui, je comprends, répondit la femme, la mine déçue.

Le cousin Ben s'approcha de la voiture d'un pas suffisant. Justin le dévisagea avec désespoir. Il ne paraissait pas triste du tout. Bien au contraire. Justin grimaça en maudissant sa mauvaise fortune. Jusqu'à présent, aucun de ses souhaits ne s'était réalisé.

Immobile devant la porte de son logement, Louisa observait son mari avec lassitude. Les deux jambes allongées, bien calé au fond de sa chaise berçante, Gaston regardait la télévision. Un vieux film d'Elvis Presley, que Louisa avait vu des dizaines de fois, était diffusé.

– Gaston, je m'en vais.

– Ouais, ouais, marmonna celui-ci sans quitter l'écran des yeux.

– Voyons, Gaston, je t'ai dit que je m'en allais ! C'est tout l'effet que ça te fait ?

Ce dernier se tourna vers sa femme.

– Bon voyage ! dit-il d'un ton ennuyé.

– Est-ce que ça te dérange que je parte ?

Gaston ricana.

– Quoi ? Mais ça ne me fait rien du tout. Je vais être capable de vivre sans toi pendant une semaine, si c'est ça qui te fait peur. Je ne pensais pas qu'on devait se faire de grands adieux. On n'a plus cet âge-là !

Gaston avait raison, réalisa Louisa avec amertume. Il pourrait tout à fait se débrouiller sans elle durant une semaine. Peut-être était-ce même ce qu'il attendait depuis longtemps. Alors pourquoi s'était-elle donc crue si indispensable ? Elle regrettait maintenant de lui avoir préparé tous ces plats.

— Tu ne m'aides pas à descendre ma valise, au moins ?

— Elle a des roulettes, Louisa ! On l'a achetée exprès pour que tu puisses la traîner toute seule. Comment tu vas faire à Niagara ? Je ne serai pas là pour la traîner pour toi.

— Mais on est au troisième étage, Gaston ! Comment veux-tu que je la descende toute seule ?

Louisa pesta contre l'indélicatesse de son mari. Le pire était qu'il ne disait même pas ça par méchanceté. Seulement, il ne se préoccupait pas de ce genre de choses. Le fait qu'ils habitaient au troisième étage et qu'il n'y avait pas d'ascenseur ne lui était même pas venu à l'esprit. Gaston soupira bruyamment et se leva de son *La-Z-Boy*. Il prit la valise de sa femme et, sans un regard pour elle, quitta l'appartement. Il descendit l'escalier en vitesse, pressé d'en finir. Louisa le suivit avec peine.

— Pas si vite, Gaston...

— Je veux voir le bout où Elvis est en moto et qu'il tourne en rond.

— On a vu ce film des dizaines de fois !

— Oui, mais je m'endormais toujours à ce moment-là !

Lorsqu'ils atteignirent le deuxième étage, une porte s'ouvrit devant eux. Un petit homme gras d'une soixantaine d'années, valise à la main, sortit en silence. Élégamment vêtu d'un veston bleu foncé, ses rares cheveux poivre et sel soigneusement peignés sur le côté, il exhibait une petite moustache noire qu'il avait retroussée avec soin vers le haut. Avec cette allure vieillotte, Louisa lui trouvait une étrange ressemblance avec le personnage d'Hercule Poirot, de la série télévisée du même nom. Par sa démarche et son maintien, cet homme donnait l'impression d'incarner quelqu'un d'important. Lorsqu'il aperçut ses voisins d'en haut, son visage s'élargit d'un grand sourire.

— Tiens, tiens, tiens, si ce n'est pas notre petit couple d'amoureux.

Gaston, de mauvaise humeur jusque-là, sourit à son tour.

— Bonjour, inspecteur, dit-il avec respect et complaisance.

Le sourire de l'homme s'élargit davantage. Il aimait se faire appeler ainsi.

— Maurice... Vous partez en voyage, vous aussi ? demanda Louisa, embarrassée par les cérémonies de son mari.

— Mais oui ! Je vais à Niagara Falls !

La femme se figea.

— Vous y allez vous aussi, hein ? poursuivit l'homme, de bonne humeur. C'est ce qu'on m'a dit au club. Je n'étais pas sûr de faire partie du voyage parce que je ne connais pas grand-monde. Mais quand ils m'ont confirmé que vous y seriez, eh bien, je me suis dit : « Maurice, c'est l'occasion ou jamais d'aller voir les chutes ! »

Il rit, puis se tourna vers Gaston, l'air soudainement grave.

— Il paraît que vous ne venez pas, vous ? C'est dommage, j'ai entendu dire que c'est tellement beau là-bas !

Gaston rougit, mal à l'aise.

— J'aurais aimé y aller, mais j'ai de l'ouvrage à faire ici. Oui, euh... Je dois faire de la plomberie chez ma belle-sœur...

— Oh ! Vous êtes trop travaillant, vous ! fit l'homme, impressionné. Madame, vous êtes chanceuse d'avoir un mari comme ça ! Et vous, Gaston, vous la laissez partir toute seule en voyage ?

— Je ne voulais pas la priver...

— Vous êtes trop bon ! Puis en plus, vous lui descendez sa valise ! Elle est gâtée, votre femme !

— Je ne pouvais pas la laisser descendre ça toute seule, répliqua Gaston, rouge comme une tomate.

– Vous êtes beaux à voir, tous les deux, ajouta le voisin, presque ému. Il ne s'en fait plus des couples unis comme vous deux.

Si Louisa n'avait pas été si exaspérée par le comportement ridicule et lâche de son mari, elle se serait probablement mise à rire. Elle avait presque l'impression de se retrouver dans une mauvaise comédie de boulevard.

– Bon ! Je ne veux pas vous presser, mais l'autobus part dans moins de dix minutes, fit-elle. Et Gaston ne doit pas manquer la fin de son film d'Elvis.

L'homme gloussa.

– Vous écoutez encore des vieux films d'Elvis Presley !

Gaston fit la grimace.

– Non, c'est Louisa qui l'écoutait avant de partir...

Sa femme le mitrailla du regard. Elle lui arracha la valise des mains et se dirigea vers l'escalier.

– Mais voyons, Louisa, vous n'allez pas descendre avec ça ? C'est bien trop lourd pour une femme.

Avec autorité, Maurice empoigna sa valise et jeta un regard complice vers son voisin bien-aimé.

– Vous pouvez rentrer chez vous l'esprit en paix, je m'occupe de votre femme ! clama-t-il en se lissant la moustache. Elle va être entre bonnes mains avec moi !

Puis, craignant sans doute les oreilles indiscrètes, il s'approcha de Gaston et murmura sur un ton de confidence :

– J'ai apporté mon arme de service. On ne sait jamais...

Louisa sursauta.

– Vous prenez votre arme avec vous ?

L'homme se mit à rire. Il regarda son voisin et lui fit un clin d'œil. Gaston, ne sachant pas s'il s'agissait d'une blague ou non, répondit avec un sourire gêné. Maurice observa le couple et hocha la tête d'un air entendu, comme si un secret les liait maintenant tous les trois.

– C'est entre nous, hein ? fit il.

Cet homme étrange habitait l'étage du dessous depuis seulement deux mois. Tout ce que Louisa connaissait de lui était son état civil : policier à la retraite, veuf et sans enfant. Elle le croisait régulièrement dans la cage d'escalier ; ils s'échangeaient quelques banalités d'usage, mais sans plus. Elle ne se sentait pas à l'aise en sa compagnie. D'ailleurs, il ne parlait que de lui, s'attardant particulièrement sur son ancien métier. Ce genre d'histoires ennuyait Louisa. De plus, elle détestait sa façon de sourire. Elle ignorait s'il se montrait simplement amical ou s'il la considérait avec condescendance.

Par contre, Gaston, lui, l'aimait bien. Ce qui ne surprenait guère Louisa, car son mari était quelqu'un de facilement impressionnable. Parfois, au hasard des rencontres, il s'arrêtait volontiers pour discuter de longues minutes avec Maurice dans son appartement. Évidemment, lorsqu'il remontait à l'étage, il répétait avec fierté ce que son nouvel ami lui avait raconté. Louisa ne l'écoutait que d'une oreille, car elle n'en croyait pas la moitié. Mais lorsque l'homme prétendit posséder une arme chez lui, Louisa en fut fort inquiétée. Gaston n'avait jamais vu l'objet en question car, disait-il, il était placé dans un lieu sûr. Maurice affirmait même traîner le revolver avec lui dès qu'il s'absentait trop longtemps de chez lui. Gaston considérait que c'était une bonne chose qu'un ancien policier habite dans l'immeuble et qu'il ait une arme, car les locataires se sentaient plus en sécurité. Or, Louisa ne partageait pas cet avis. Une balle perdue pouvait vite traverser un plancher ou un mur.

Surtout lorsqu'on faisait exprès de trimballer l'arme sur soi.

– Bon, je pense que c'est le temps de vous faire vos adieux, les amoureux.

Irritée par cette situation ridicule, Louisa regarda son mari avec dépit, humiliée que cet homme leur dise quoi faire, comme s'ils étaient de pauvres idiots attendant la bénédiction paternelle. Gaston semblait hésiter. En temps normal, il ne l'aurait probablement pas embrassée, mais maintenant, il se sentait obligé de le faire, car son ami le lui avait suggéré. Il s'approcha de sa femme et, maladroitement, déposa un léger baiser sur le bout de ses lèvres. Louisa sentit à peine le contact de sa bouche contre la sienne. Maurice ricana de plus belle.

– C'est vrai que c'est gênant quand quelqu'un vous regarde, hein ? Une chance que je suis là ! Sinon, vous ne vous seriez pas lâchés et Louisa aurait manqué son autobus !

Son rire gras résonna fortement contre les parois de la cage d'escalier. Même embarrassé, Gaston se força à rire avec lui. Louisa en fut dégoûtée. Cet homme se moquait d'eux et son mari l'encourageait. Dire qu'elle allait devoir endurer ce type tout au long de son voyage !

Quelle chance !

Elle descendit les marches en vitesse. Heureusement, l'autobus passait les prendre dans le stationnement de l'église, située juste en face. Louisa sortit de l'immeuble essoufflée par sa course et traversa la rue une main sur le cœur. Elle aperçut sa sœur Florence, debout devant l'autobus, qui lui envoyait la main dans un geste d'impatience.

– Dépêche-toi ! cria-t-elle. On part !

LÉO

9 h 20

Lorsque Léo s'approcha de la chambre conjugale, il trouva sa femme Pierrette devant le miroir. Il se figea derrière la porte et l'observa en silence. Vêtue de simples sous-vêtements, elle tenait entre ses doigts une longue robe jaune. Elle fit la moue.

— Oh ! Je ne rentrerai jamais là-dedans ! se plaignit-elle.

Pierrette envoya valser le vêtement en travers du lit et se retourna vers la glace. Elle grimaça de nouveau. Elle posa la main sur son ventre rebondi, le contracta et l'enfonça du mieux qu'elle put. Mais aussitôt relâché, l'amas de graisse reprit sa forme initiale.

— J'ai donc bien engraissé ! Ça n'a pas d'allure !

Un rictus se forma sur les lèvres de Léo. « Elle vient seulement de s'en rendre compte ? »

Sa femme agrippa ensuite sa forte poitrine et la remonta vers le haut.

— Allez, montez vous autres !

Le même phénomène se produisit : ses gros seins retombèrent lourdement contre son ventre. Elle se plaça dos à la glace, déterminée à s'examiner le postérieur, lorsqu'elle aperçut Léo devant la porte. Surprise, elle poussa un cri.

– Mais qu'est-ce que tu fais là ? Tu m'espionnais ou quoi ?

Comme si elle venait d'être surprise par un vulgaire voyeur, Pierrette recouvrit sa poitrine avec ses mains. En colère, elle regardait Léo avec fureur.

– Non, je... je venais dans la chambre pour me préparer.

– Comment ça, te préparer ? T'as ton veston sur le dos ! Puis je pensais que t'étais déjà parti !

– Je ne serais pas parti comme ça sans t'avertir, Pierrette, voyons.

– Tu pars juste deux jours ! Ce n'est pas la fin du monde !

Vexé, Léo baissa la tête. Ainsi donc, il serait parti deux jours sans l'avertir, sans lui dire au revoir et ça ne lui aurait pas fait un pli. S'en serait-elle seulement aperçue ? Sans réfléchir, il porta la main sur la poche intérieure de son veston. Il sentit l'étui à travers l'étoffe. Le contact de l'objet lui fit du bien, le rassura. Il retrouva son calme.

– C'est quoi, cette robe ? C'est nouveau ? demanda-t-il d'un ton aimable en arquant la tête vers le tissu jaune.

Sa femme regarda le lit. Elle leva les yeux au ciel et soupira.

– Oui, c'est une nouvelle robe ! Comme t'as pu le constater, je ne rentre pas dedans ! Maudit ! Moi qui avais acheté ça exprès pour le mariage !

– Le mariage ! Quel mariage ?

– Le mariage de Pauline !

– Pauline se marie ? Depuis quand ?

Pauline était la jeune sœur de Pierrette. Elle vivait depuis plusieurs années avec le même homme ; ils avaient trois enfants, mais jamais il n'avait été question de mariage entre eux. Du moins, pas à la connaissance de Léo.

– Depuis qu'on a reçu le faire-part...

Elle s'arrêta et réfléchit.

– Il y a à peu près deux mois, je ne me rappelle plus trop.

Léo n'avait jamais vu ni même entendu parler de cette invitation.

– Et pourquoi tu ne me l'as pas dit ?

– Parce que tu n'aurais pas pu y être de toute façon.

– Ah non ? Et pourquoi ?

– Parce que le mariage a lieu demain et que tu travailles ! Voilà !

Léo ferma les yeux un instant. Il ne savait plus s'il devait garder son calme ou non. En dix-sept ans de mariage, jamais il n'avait haussé le ton pour parler à sa femme. En fait, il n'avait jamais dit un mot plus haut que l'autre. Mais aujourd'hui, ce n'était plus pareil. Il avait un Walther de calibre 22 dans la poche intérieure de son veston. Il sourit et s'approcha de sa femme. Même si Pierrette n'était pas très grande – il la dépassait d'à peine quelques pouces –, il savait qu'il n'était pas très imposant à côté d'elle. Son physique était quelconque – légèrement bedonnant, trapu, cheveux clairsemés, yeux tombants – et il n'impressionnait personne au premier regard. Or, une nouvelle expression se dégageait maintenant de son visage. Il soutint le regard de sa femme, dressa le menton et s'exprima d'une voix qui ne ressemblait plus à un murmure :

– Ça fait seulement deux semaines que tu sais que je travaille demain. Alors pourquoi tu ne me l'as pas dit avant ?

– Euh... J'ai dû oublier, répondit Pierrette, soudain mal à l'aise.

Peu habituée à se faire aborder ainsi, elle se ressaisit et reprit son ton habituel :

– Mais qu'est-ce que t'as tout à coup ? Je ne pensais pas que ça t'aurait intéressé de venir !

Pierrette savait très bien à quel point Léo appréciait Pauline. Il se serait fait une joie d'assister à son mariage. À quoi bon insister puisqu'il ne pourrait pas y être de toute façon ? Pour se donner du courage, il effleura à nouveau son arme à travers sa poche.

– Tu souhaiteras tous mes vœux de bonheur à ta sœur. J'espère qu'elle aura plus de chance que nous deux et que le mariage ne la changera pas autant que toi !

– Qu'est-ce que ça veut dire, ça ? demanda sa femme, interdite.

– Je n'ai plus le temps de discuter, Pierrette. Je suis déjà en retard.

D'une main, Léo écarta doucement son épouse et se dirigea vers le garde-robe. Il prit son sac de voyage. Tout son nécessaire de toilette s'y trouvait déjà. Il attrapa quelques sous-vêtements, deux paires de bas et les fourra en vitesse dans son sac. Ensuite, il quitta la chambre sans un regard pour sa femme.

– Qu'est-ce que t'as aujourd'hui ? cria-t-elle dans son dos.

Léo ne répondit pas. Il avait juste envie de s'isoler un moment avant de partir. Et de réfléchir à ce qu'il ferait de son arme. Pas question de retourner à l'atelier et de risquer de tomber sur Francis une seconde fois. Il opta pour la salle de séjour, une pièce qu'on pouvait fermer à clé, mais lorsqu'il arriva devant la porte, celle-ci était anormalement close. Sans réfléchir, il l'ouvrit.

– Eh ! Il y a quelqu'un ! cria une voix inconnue.

Par réflexe, Léo referma la porte. En temps normal, il se serait excusé et aurait couru demander à sa femme l'identité de l'intrus, lui qui était toujours le dernier à tout savoir. Cependant, cette fois-ci, il se rappela qu'il était chez lui et que c'était son droit de savoir qui se trouvait dans sa maison. Il tourna la poignée.

Un jeune homme d'à peine dix-huit ans, aux cheveux longs, vêtu d'un boxer et d'un t-shirt, était étendu sur le divan, les deux bras rabattus derrière la tête. Il observait Léo d'un regard vague, à moitié endormi. Léo ne se souvenait pas l'avoir déjà vu auparavant. Il s'agissait probablement d'un ami de son fils qui s'apprêtait à partir camper avec lui.

— T'es qui, toi ? demanda le jeune homme.

Il regardait maintenant Léo d'un air méfiant, ennuyé d'avoir été importuné. Léo resta calme.

— Je suis le père de Francis.

— De qui ?

— De Francis, répéta-t-il, surpris. Mais... toi, qui es-tu ?

— Je suis un ami du *chum* de Valérie.

Valérie, sa fille de seize ans. Il ne savait même pas qu'elle avait un copain. Léo soupira et perdit un peu de son calme.

— Et Valérie, où est-elle ? demanda-t-il.

— Est-ce que je le sais, moi ? Dans sa chambre, j'imagine ! Tu es son père, tu devrais le savoir !

Choqué, Léo tourna les talons et se présenta devant la porte de la chambre de sa fille. Évidemment, celle-ci était fermée. Il s'interrogea : devait-il tourner la poignée ou pas ? Qu'allait-il découvrir derrière cette porte close ? Imaginer sa fille adolescente étendue nue près d'un garçon lui fit mal.

— Léo ! Qu'est-ce que tu fais ? Ne va pas déranger Valérie, elle dort.

Toujours en sous-vêtements, Pierrette l'observait au bout du corridor. Il s'approcha d'elle.

— Savais-tu ça, toi, qu'il y avait un type dans notre salle de séjour ? Peu vêtu, d'ailleurs. Et que Valérie avait un *chum* ? cria Léo sans craindre de se faire entendre.

Sa femme soupira.

— Évidemment ! fit-il. T'étais au courant de tout ça, comme d'habitude ! Et moi, je ne savais rien ! Comme d'habitude !

— Léo, calme-toi...

— Me calmer ! Tu veux que je reste tranquille ? C'est ce que je fais tout le temps, rester calme ! C'est pour ça qu'on me cache toujours tout ? Parce que je ne rouspète jamais, parce que je suis incapable de vous dire non, de vous dire « ça suffit » ? Vous vous dites : « À quoi ça sert d'informer Léo, de toute façon, il ne dit jamais rien ! »

Il se rendit soudain compte qu'il hurlait, que pour une des rares fois de sa vie, il criait. Les larmes lui montèrent aux yeux. Sa femme, peu habituée de le voir ainsi, ne savait comment réagir. Elle s'approcha de lui et posa une main hésitante sur son bras.

– Je ne te reconnais plus, ces temps-ci, Léo. T'as changé. On dirait que tu files un mauvais coton. Tu devrais peut-être consulter...

À ces mots, Léo sentit grimper en lui une immense envie de rire. Quelle ironie ! Sa femme venait tout juste de se rendre compte qu'il n'allait pas bien. Il était malheureux depuis des années, il broyait du noir et elle n'avait jamais rien remarqué, rien deviné, et maintenant qu'il venait de prendre la décision d'en finir une fois pour toutes, elle sentait que quelque chose clochait. Il pressa ses doigts contre l'étui. Encore une fois, ce contact lui fit du bien, lui redonna du courage. Le courage de terminer sa journée.

– Ne t'inquiète pas, ça va bien aller, dit-il avec un sourire sarcastique. C'est juste un peu de fatigue, c'est tout.

– Ne t'énerve plus comme ça, voyons ! Valérie a seize ans. Elle a l'âge d'avoir un *chum*. Ne sois donc pas si vieux jeu.

– Oui, oui... Bon, il faut que j'y aille maintenant. Sinon je vais être en retard.

Il se planta devant sa femme et lui donna un furtif baiser sur la joue. Elle eut son habituel mouvement de recul, mais Léo ne s'en formalisa pas. Il prit son sac de voyage et décida de garder le revolver sur lui. Il se sentait plus en contrôle ainsi. En contrôle de sa vie. Il savait que par un simple petit déclic, il pouvait en finir rapidement, et cette pensée le rassurait. Il ne connaissait pas exactement le moment durant lequel il passerait à l'action, mais il savait que tant qu'il porterait son arme, il respirerait plus facilement. Léo ouvrit la porte d'entrée et grimpa dans sa voiture. Il était prêt à aller travailler.

EMMANUEL

9 h 37

— As-tu hâte de me voir en blonde ? demanda Gabrielle d'une voix suave.

— T'es tellement belle avec les cheveux au naturel.

Ils étaient allongés sur le lit, face à face. Emmanuel lui caressait doucement les cheveux. Elle se laissait faire, les yeux fermés, presque soumise.

— Je peux la mettre si tu veux...

— Je ne sais pas si j'ai envie de te voir avec ça sur la tête.

La nervosité d'Emmanuel ressurgit subitement. Il était si bien qu'il avait momentanément oublié le programme de la journée.

— Moi, je crois que tu devrais t'y habituer tout de suite, insista Gabrielle.

— Tu vas l'avoir sur la tête une bonne partie de la journée, alors j'aurai tout le temps pour m'y faire.

— Je vais la mettre !

Gabrielle bondit hors du lit et ouvrit le dernier tiroir de sa commode. Elle en sortit une perruque blonde et la jeta sur le lit. Ensuite, elle exhiba un tailleur noir deux pièces de son garde-robe.

– Aussi bien tout mettre ! Tu me diras si c'est correct, d'accord ? fit la jeune femme avec enthousiasme.

Emmanuel resta allongé sur le lit et la regarda, perplexe. Comme elle avait l'air de s'amuser ! On aurait dit une petite fille s'apprêtant à passer l'Halloween avec son costume de princesse. Gabrielle commença d'abord par la jupe, puis enfila une blouse blanche aux manches trois quarts. Elle s'habilla tranquillement, attachant un à un ses boutons avec lenteur, comme si cet instant était trop précieux pour le précipiter. Ensuite, elle endossa le veston noir. Satisfaite, elle s'admira devant la glace. Il ne manquait que la perruque. Gabrielle prit la chevelure blonde entre ses doigts en trépignant d'impatience. Elle regarda Emmanuel et lui décocha un clin d'œil. Le garçon ne broncha pas. Comment allait-elle faire pour camoufler sa longue crinière sous ce postiche ? se demanda-t-il. Il ferma les paupières et attendit. Il n'arrivait pas à partager l'enthousiasme de la jeune femme. Cette mascarade ne l'amusait pas.

– Puis, qu'est-ce que t'en penses ? Je ressemble à une représentante, comme ça ?

Emmanuel ouvrit les yeux.

– Ah oui ! ajouta-t-elle. J'allais oublier les lunettes !

Gabrielle tira à nouveau le tiroir vers elle et brandit un étui de cuir brun. Elle plaça les verres sur son nez.

– Et maintenant ? De quoi j'ai l'air ?

Emmanuel fut stupéfait. Une autre fille se tenait maintenant devant lui. Une femme superbe, ravissante, aux cheveux blonds raides et de coupe classique qui lui tombait sur les épaules. Son tailleur épousait parfaitement ses formes, avec grâce, sans vulgarité. Autant la beauté sauvage de Gabrielle l'attirait, autant celle, plus sophistiquée, de cette fille le renversait. Quelle classe ! Il eut presque l'impression de contempler une vraie femme du monde, du genre de celles qu'on retrouve dans les magazines d'affaires. Quelle ironie ! Emmanuel se sentit encore plus minable en comparaison. Comme si deux mondes les séparaient vraiment.

— T'es trop belle !

— Trop belle ? ricana-t-elle. Tant mieux. Les gens ne se méfient jamais des filles trop belles.

— Non, mais je veux dire... On se souviendra de toi dans les moindres détails... Si les gens devinent, s'ils se doutent de quelque chose...

Gabrielle cessa de rire.

— Je vais tellement me transformer que même toi, tu ne me reconnaîtras pas. Je vais mettre des lentilles de couleur brune et me maquiller comme tu n'as jamais vu. Crois-moi, je ne lésinerai pas sur le mascara et le rouge à lèvres. Alors, *primo*, tout ce qu'on retiendra sera l'image d'une grande fille blonde, aux yeux foncés, portant des lunettes et qui a de la classe. *Deuzio*, plus on me remarquera, plus on se souviendra de moi, et moins on fera attention à Phil et à toi. *Tertio*, les gens ne devineront jamais ! Fais-moi confiance, ajouta-t-elle en souriant.

Son assurance impressionna Emmanuel. Comme il s'en voulait de toujours douter et de jouer les rabat-joie.

Au fond, ce n'était pas d'elle dont il se méfiait, mais plutôt de lui. Il redoutait qu'à cause de lui, tout déraille.

– Et moi alors ? Je n'ai pas trop l'air d'un homme des cavernes comme ça ?

Il pointa sa barbe et ses cheveux.

– Si les gens me soupçonnent tout de suite ?

Gabrielle ricana.

– Mais non, t'as juste l'air d'un homme ordinaire de trente ans.

Elle grimpa sur le lit et caressa son visage.

– Pas d'un beau jeune homme de vingt-trois ans.

Elle l'embrassa, mais le repoussa aussitôt.

– Bon ! On n'a plus grand temps ! Phil devrait arriver d'ici une demi-heure, dit-elle, soudain pressée.

Emmanuel fit la moue, mais la jeune femme l'ignora.

– Je vais prendre une douche, dit-elle en se jetant hors du lit.

Emmanuel resta seul, étendu sur le dos. Phil ! À partir de maintenant, ils ne seraient plus deux, mais bien trois. Son estomac se contracta. Gabrielle n'aurait plus l'occasion de le rassurer à présent. Il ne devait surtout pas montrer à Phil combien il était mort de peur et à quel point il ne se sentait pas à la hauteur. La tension le regagna peu à peu et il sentit des fourmis se promener dans ses doigts. Il ne voulait pas regarder ses mains. Il se leva.

Il n'avait pas le temps de prendre une douche avant l'arrivée de Phil. Et il ne tenait pas à ce que Gabrielle reste trop longtemps seule avec ce type. Il devait s'habiller. « Habille-toi très simplement, il ne faut pas qu'on te remarque », lui avait suggéré Gabrielle. Elle lui avait déjà préparé quelques vêtements élémentaires et anonymes : un vieux t-shirt gris avec l'inscription « New York » sur le devant ainsi qu'une paire de jeans usés. Emmanuel les enfila en vitesse. Ah oui ! Ne pas oublier son porte-bonheur. Il ramassa la chaîne en or déposée sur la table de chevet et l'attacha à son cou. Il caressa le petit pendentif en forme de losange où « Emmanuel » y était gravé en lettres noires. Un cadeau de sa tante Lou, la belle-sœur de son père. Elle lui avait offert ce bijou pour son vingtième anniversaire. Emmanuel pensa à elle et un flux d'émotions lui monta à la gorge. Tante Lou, l'unique membre de sa famille qui avait cru en lui et qui l'avait toujours aimé pour ce qu'il était vraiment.

Il ne put s'empêcher de penser à son père, cet homme autoritaire qu'il n'avait pas vu depuis deux ans. Les mots « bon à rien » et « tu ne feras jamais rien de ta vie » étaient constamment à sa bouche lorsqu'il parlait d'Emmanuel. Sa mère s'était suicidée lorsqu'il n'avait que cinq ans et les problèmes s'étaient succédé par la suite. Il avait toujours détesté l'école et contesté l'autorité. Adolescent, il s'était fait expulser à deux reprises du collège privé. Emmanuel n'était pas fait pour les grandes études et son père ne l'avait jamais compris. À seize ans, il avait quitté l'école pour de bon et s'était mis à fumer du hasch. À dix-huit ans, son père l'avait mis à la porte. Les six mois suivants, il avait habité chez sa tante Lou et s'était inscrit à des cours du soir. Malheureusement, cette dernière tentative avait également échoué. Le mari de Lou, qui supportait mal ce neveu difficile, lui avait montré la porte à son tour. Emmanuel avait donc emménagé dans un petit logement surchauffé. Bien que sa tante lui offrît de l'argent en cachette, c'était bien insuffisant pour payer son loyer.

C'est alors que les dettes avaient commencé à s'accumuler. Il se trouvait bien de petits boulots ici et là, mais les dettes, elles, persistaient. Bien sûr, il avait changé depuis. Il avait arrêté la drogue, mais ne gardait jamais ses emplois très longtemps. De sorte qu'au fur et à mesure qu'il remboursait ses dettes, d'autres finissaient par s'ajouter. Il savait ce qu'on disait de lui dans sa famille. Comment un garçon aussi beau et brillant avait-il pu aussi mal tourner ? Après tout ce que son père avait fait pour lui ! On se moquait de sa tante Lou, on lui reprochait son indulgence, on la priait de laisser tomber ; ne voyait-elle donc pas que son neveu ne cherchait qu'à la manipuler ? Mais Lou faisait la sourde oreille et continuait de tendre les chèques lorsque Emmanuel en avait besoin. Le jeune homme désirait se débrouiller seul à présent. Il ne voulait plus dépendre de sa tante.

Il souhaitait simplement lui prouver qu'il pouvait devenir quelqu'un.

Emmanuel repensa à leur dernière conversation téléphonique, deux semaines plus tôt. Lou voulait savoir comment s'était passée son entrevue. La veille, il avait eu un entretien chez *Papyrus Design Imprimerie*. Quelque chose de bien et de plus payant que les postes qu'il avait occupés auparavant. On lui offrait même une formation, avec les avantages sociaux et tout. L'entrevue s'était bien déroulée. Emmanuel croyait avoir fait bonne impression, mais n'avait pas obtenu l'emploi. « Vous êtes notre second choix, lui avait annoncé le patron. Mais on conserve votre curriculum vitæ, au cas où le poste s'ouvrirait à nouveau. Emmanuel n'était pas dupe. Il ne fondait plus d'espoir qu'ils le rappellent. Très déçu, il n'avait pas osé l'avouer à sa tante. Elle s'était donc mise dans la tête qu'il avait décroché cet emploi. Bien sûr, il avait eu des remords, mais s'était juré, ce soir-là, de trouver autre chose d'ici peu. Évidemment, il n'avait rien déniché, pas même une entrevue.

Il se rappela également avoir parlé de Gabrielle à sa tante. De lui avoir dit à quel point il était amoureux. Lou s'était montrée émue devant le bonheur de son neveu. Enfin, il lui arrivait quelque chose de bien dans sa vie. « Je pars en vacances quelques jours, mais on se rappelle à mon retour », lui avait-elle dit gaiement avant de raccrocher. Emmanuel repensa à tout ça et éprouva de la honte. Si elle savait ce qu'il s'apprêtait à faire, elle le renierait sans doute à jamais, comme son père. Quelle veine ! S'il avait obtenu ce foutu *job*, il n'en serait pas là aujourd'hui !

Il chassa avec peine cette idée de sa tête et alla rejoindre Gabrielle sous la douche.

～ 3 ～

STEVE

10 h 10

Steve suivait les filles dans l'escalier, une valise dans chaque main. Anaïs descendait les marches d'un pas rapide, tandis que Marilyn peinait à la rejoindre.

— Pourquoi on est si pressés ? demanda-t-elle, le souffle court.

— Parce qu'on a au moins six heures de route à faire ! répondit Anaïs, impatiente.

— On a le temps, l'avion ne part pas avant vingt-deux heures !

Marilyn se tourna vers Steve en espérant qu'il intervienne auprès de sa copine pour la calmer.

— Anaïs a raison, on a assez perdu de temps comme ça, répliqua-t-il sèchement.

Marilyn le regarda, étonnée. Steve n'avait pas l'habitude de parler à quiconque sur ce ton. Elle pressa le pas et rejoignit Anaïs au bas des marches. La Toyota Tercel verte d'Anaïs était garée en double devant l'immeuble. Steve déposa les valises dans le coffre et s'assit du côté passager. Marilyn s'installa derrière Anaïs, qui conduisait.

Le ciel était bleu et l'air déjà très chaud, malgré l'heure matinale. « Belle journée pour faire de la route », pensa Steve. Les deux filles discutèrent du contenu de leurs bagages. Steve ne les écoutait que d'une oreille. Il avait si hâte de faire ce voyage ! Une semaine à Cuba. Il en rêvait depuis si longtemps ! À présent, il se sentait bizarre. Il regrettait d'avoir parlé aussi sèchement à Marilyn tout à l'heure. Il avait blessé son amie, mais c'était plus fort que lui. Cette manie de toujours jouer à l'actrice finissait par l'énerver. On ne savait jamais quand elle était sincère ou quand elle jouait.

« Et moi, je t'aime. » Ces quatre mots résonnaient encore dans sa tête. S'était-elle montrée sincère lorsqu'elle les avait prononcés ou jouait-elle encore la comédie ? Pourtant, tout le monde savait que Marilyn éprouvait des sentiments pour lui, mais jamais elle ne s'était déclarée aussi ouvertement. Anaïs et quelques-uns de leurs amis avaient émis des suppositions quant au béguin de Marilyn et Steve avait fini par le croire. Sur quoi se basaient-ils ? D'accord, Marilyn se montrait toujours ravie de le voir, elle riait de ses blagues et ne lui refusait jamais aucun service. Qu'est-ce que ça prouvait ? Marilyn était comme ça, un point c'est tout. C'était une fille souriante, pleine de vie, attentionnée et serviable. Elle se comportait ainsi avec tout le monde, pas seulement avec lui.

Anaïs, pour sa part, affirmait que leur amie n'avait jamais nié le contraire. Et alors ? Marilyn adorait jouer la comédie. C'était donc normal pour elle, et probablement excitant, de susciter le mystère et d'entretenir l'ambiguïté. « Oui, mais, ajoutait Anaïs, aucune fille ne peut résister à ton charme, Steve ! » Quel argument stupide ! Comme s'il était à ce point irrésistible qu'il devenait impensable de douter de l'amour de Marilyn.

« Et moi, je t'aime. » Steve tenta de se rappeler avec quel timbre de voix elle avait prononcé ces mots. Avait-elle emprunté le ton de la vamp ou le sien ? Sur le coup, il avait cru à la vraie Marilyn, mais maintenant, il en doutait.

— Et toi, Steve ?

Il sortit de ses pensées et s'aperçut qu'Anaïs lui parlait. Le rire de Marilyn retentit derrière lui.

— Quoi ?

— Quelle est la première chose que tu vas faire en arrivant à Cuba ? Marilyn veut aller à la plage. Moi, je vais aller au bar boire une bonne *piña colada*.

— Je vais prendre une douche froide ! répondit-il, sarcastique.

Marilyn éclata de rire.

— As-tu peur de voir trop de belles filles en bikini ?

Anaïs ricana à son tour.

– Surtout qu'on arrive à Cuba à cinq ou six heures !
Il n'y aura pas beaucoup de filles !

Les deux amies gloussèrent de plus belle. Steve ne voyait pas ce qu'il y avait de si drôle. Il était même surpris et choqué de constater que Marilyn riait ainsi. Évidemment, pour elle, ce baiser était déjà loin dans sa petite cervelle, oublié. C'était bien là la preuve que cette fille avait joué la comédie. Et alors ? Pourquoi se montrait-il si contrarié ? Il devrait pourtant être soulagé...

Steve tourna la tête vers sa copine et la dévisagea. Anaïs souriait, visiblement détendue et de bonne humeur. Plutôt le contraire de ce matin. Elle s'était montrée si irritable et impatiente qu'il avait craint qu'elle soit de mauvais poil tout au long du voyage. Il savait à quel point faire la route jusqu'à Toronto lui déplaisait. Bien qu'ils aient économisé sur les billets d'avion, parcourir une aussi longue distance ne l'emballait pas vraiment. De plus, elle avait pris en charge tous les préparatifs du voyage : les réservations de l'hôtel, les billets d'avion, les bagages, etc. Tandis que lui, insouciant comme toujours, avait préféré la laisser s'occuper de presque tout. Steve s'estimait chanceux de fréquenter une telle fille. Anaïs était très belle. Grande et mince comme lui, d'allure sportive, cheveux noirs bouclés, yeux noisette. Elle possédait un petit nez retroussé agrémenté de minuscules taches de rousseur. Il posa sa main sur la cuisse de la jeune fille et la caressa doucement. Anaïs tourna la tête vers lui et sourit. Non, vraiment, il était chanceux de partager sa vie avec elle.

Malgré les vitres à demi fermées, il faisait chaud dans la voiture. Steve descendit le pare-soleil. Marilyn apparut alors dans son champ de vision. Des lunettes de soleil accrochées au bout du nez, elle semblait regarder dans sa direction. Pouvait-elle l'apercevoir par le biais du miroir ? Il n'en était pas certain. Le vent caressait doucement ses cheveux blonds et son visage paraissait doux et calme. Steve crut même percevoir un léger sourire sur ses lèvres. Elle affichait un air heureux. Peut-être repensait-elle à leur baiser, elle aussi, se dit-il. « Mais non, idiot, elle a seulement hâte d'arriver à Cuba et de s'écraser au soleil, sous un gros palmier. Elle a déjà oublié ce maudit *french* depuis longtemps ! »

Dans ce cas, pourquoi n'arrivait-il pas à l'effacer de sa mémoire ? Steve regarda les lèvres de la jeune fille. Elles étaient pulpeuses, plus pulpeuses que celles d'Anaïs. Une vague de désir monta en lui. Il revit en fantasme la façon avec laquelle elle avait répondu à son baiser. Elle avait passé sa main dans ses cheveux et avait tremblé... Ça, il ne l'avait pas rêvé, tout de même ! Steve baissa les yeux et promena son regard sur la petite robe d'été, les épaules, la poitrine... À la façon dont elle était placée, il pouvait apercevoir la courbe de son décolleté... Sa poitrine était plus volumineuse, plus généreuse que celle d'Anaïs. Il avait toujours préféré les petits seins, mais il s'imagina à quel point ce serait différent avec ceux de Marilyn... Y balader ses mains, sa bouche, y enfouir sa tête...

Steve fut soudainement inconfortable sur son siège. Embarrassé par ce flux d'images, il leva sa jambe gauche et la replia sur celle de droite. Il ne tenait pas à ce qu'Anaïs s'aperçoive de son érection. Il jeta un autre coup d'œil intéressé en direction du miroir. Marilyn n'avait pas bougé, prenant toujours la même pose, comme si le temps s'était arrêté.

Il repensa aux événements de la matinée et se demanda comment il avait fait pour la repousser. Son désir, là, maintenant, était plus fort que lorsqu'il l'avait tenue dans ses bras et caressée. Pourtant, avant ce matin, jamais il n'avait fantasmé sur Marilyn. Bon, d'accord, il l'avait toujours trouvée mignonne avec ses boucles blondes et ses beaux yeux bleus, mais Anaïs restait son type de fille. Depuis l'âge de seize ans, il ne voyait qu'elle et ne s'imaginait avec aucune autre fille. Tandis que Marilyn tenait parfaitement son rôle de bonne copine, de fille simple avec laquelle on peut toujours rire et tout raconter sans avoir peur du ridicule ou devoir prendre de grands détours. Bien plus qu'avec Anaïs. Pourtant, c'était elle qu'il aimait.

Du moins, c'était ce qu'il croyait avant ce matin.

JUSTIN

9 h 44

— J'espère qu'il ne te donnera pas trop de trouble, dit la mère de Ben.

Sylvie s'approcha de son fils et lui passa affectueusement la main dans les cheveux. Celui-ci se dégagea, une moue de dégoût au coin des lèvres.

— Franchement maman, arrête !

Elle lui sourit tendrement et tendit le bras vers lui.

— Mais on ne se verra pas pendant une semaine ! Tu pourrais être plus affectueux avec ta mère.

— T'as plein de microbes ! lança dédaigneusement le garçon.

Justin ne pouvait pas croire que son cousin s'adresse à sa mère sur ce ton. Jamais il n'aurait osé, lui, aborder ainsi sa propre mère, ni même la repousser aussi brutalement. Sa tante, nullement froissée par l'attitude de son fils, se mit à rire.

— Ah ! Les garçons ! Ils sont tous pareils ! Rendus à un certain âge, ils ont honte de leur mère ! N'est-ce pas, Christophe ?

— Ouais, ouais...

L'homme jeta un œil furtif en direction de son fils. Justin se doutait de ce que pensait son père. Il savait que c'était loin d'être son cas. Bien au contraire. Et c'était justement ce qui clochait avec lui, selon Christophe.

Ben s'approcha de la voiture et regarda Justin. Un rictus moqueur se forma sur ses lèvres, signifiant : « On va bien s'amuser. » Justin se raidit et sentit son cœur battre la chamade. Ben ouvrit la portière arrière et s'avachit derrière son cousin.

– Bon, il faut qu'on y aille, Sylvie, dit Christophe, légèrement impatient. Je te rappellerai de chez Sonia au cours de la semaine, d'accord ?

Il démarra la voiture.

– Soigne-toi bien. À la prochaine.

Christophe regarda son neveu par-dessus son épaule.

– Puis, ça va mon grand ?

– Ouais, je suis content de voyager avec vous autres.

Il s'avança vers Justin.

– Puis toi, Justine, ça va ?

– C'est Justin mon nom !

Ben se mit à rire.

– Voyons Justin, ne te fâche pas comme ça ! répliqua Christophe. « Justine », c'est la prononciation anglaise de ton nom. Benoît, on l'appelle Ben.

Il jeta un œil vers le rétroviseur.

– Pas vrai, mon Ben ?

– C'est ça, ouais, répliqua son neveu.

Mais Justin savait très bien que son cousin l'appelait ainsi parce qu'il le traitait et le considérait comme une fille. C'était devenu sa nouvelle lubie depuis deux ans. Chaque fois qu'il s'adressait à lui, il utilisait des sobriquets féminins. « Comme t'es belle, ma petite Justine ! » ou encore : « As-tu apporté ta poupée, aujourd'hui ? » Bien entendu, ces phrases étaient prononcées loin des oreilles des adultes, car il se contentait de les chuchoter à son cousin, ou parfois de les murmurer devant ses cousines.

Ben et lui étaient les seuls garçons de leur génération. Ils avaient six cousines du côté de leur père. Justin était le plus jeune des huit, suivi de Ben. Leurs cousines, maintenant adolescentes, avaient peu de contact avec eux. Lors des réunions familiales, les filles se regroupaient entre elles, s'enfermaient dans une chambre ou se réfugiaient dans un coin du sous-sol et discutaient la plupart du temps de garçons et de maquillage. Les sarcasmes de Ben à l'endroit de leur jeune cousin constituaient pour elles le dernier de leurs soucis. Au mieux, elles l'ignoraient ; au pire, elles trouvaient ça drôle. Ben prétendait donc désormais avoir sept cousines. C'était pourquoi, depuis quelque temps, il trimballait son copain Jason avec lui lors des rencontres familiales. Ensemble, ils se payaient la tête de Justin. Comme ce fameux soir de Noël. Justin ne voulait plus y penser, mais c'était plus fort que lui. La présence de son cousin dans la voiture lui rappela violemment ce douloureux souvenir.

Cette année-là, les fêtes s'étaient déroulées chez sa tante Claire et toute la famille était réunie. Évidemment, Ben avait emmené son copain Jason. Un idiot de première classe, mais aussi cruel et méchant que son cousin.

Après le souper, ce soir-là, les adultes étaient restés à discuter autour de la table, tandis que les jeunes étaient descendus au sous-sol. Évidemment, les filles s'étaient isolées dans une des chambres, refusant l'accès aux garçons. Justin était donc resté seul avec Ben et son crétin d'ami. Le sous-sol était constitué d'une seule chambre à coucher, d'une salle de bains – dont la serrure était brisée –, d'une salle de lavage ainsi que d'un séjour. Ben et Jason avaient rapidement pris possession de l'endroit et s'étaient affalés sur une causeuse devant la télévision. Ignoré des deux garçons, Justin avait alors pris une bande dessinée au hasard dans la bibliothèque sans regarder la couverture. Installé dans un fauteuil, à l'écart, il avait feuilleté la BD d'un air distrait, sans vraiment la lire.

Puis, les deux adolescents s'étaient lassés de la télévision et Ben s'était approché de Justin. « Quel livre es-tu en train de lire ? » avait-il demandé avec curiosité. Lorsqu'il avait aperçu la couverture du bouquin en question, les ennuis avaient commencé. Justin avait lu le titre en même temps que son cousin : *Les aventures de Mafalda*. « Tu lis un livre de filles ! » s'était exclamé Ben en jubilant. Justin s'en était voulu d'être tombé par hasard sur cette BD, d'autant plus qu'elle ne l'intéressait pas. Mais il était trop tard, les railleries avaient plu. « Tu n'as pas mis ta robe pour Noël, ma belle Justine ? » « Mais pourquoi tu n'es pas avec les filles en train de te maquiller ? » « Peut-être que t'as un œil sur Jason, ma coquine ! » Ben l'avait ainsi insulté durant plusieurs longues minutes devant son copain, hilare. Justin n'avait pas répondu à ces attaques, car, comme sa mère le lui avait souvent affirmé, les gens finissaient par se lasser de parler dans le vide. En réalité, s'il n'avait pas répliqué, c'était parce qu'il en était incapable. Il avait peur des deux garçons et aucun mot intelligent ne lui était venu à l'esprit pour se défendre. Malheureusement, la peur lui avait donné envie d'uriner. Sachant que la porte de la salle de bains ne se verrouillait pas, il était remonté au premier étage, mais les toilettes étaient déjà occupées par un oncle ivre et malade.

De retour au sous-sol, Jason s'était dirigé vers Justin, lui avait empoigné le bras et l'avait emmené de force dans la salle de lavage. Justin avait alors aperçu son cousin, debout près de la laveuse, un bout de tissu entre les mains. Il avait tout de suite reconnu l'aspect d'une robe. « Tu vas te faire belle pour Jason, OK Justine ? » Toujours empoigné par ce crétin de Jason, Justin s'était débattu de toutes ses forces, mais l'adolescent était beaucoup plus costaud que lui. Ben s'était approché, avait commencé à le déshabiller contre son gré et avait réussi à lui enlever son pantalon. Son envie d'uriner était alors devenue de plus en plus insupportable. Lorsqu'ils avaient tenté de lui retirer son chandail, Justin avait réussi à se libérer de leurs sales emprises. Il avait alors couru jusqu'aux toilettes, avait refermé la porte derrière lui, mais la serrure étant brisée, Ben et Jason n'avaient pas tardé à pénétrer dans la pièce. Lorsqu'ils l'avaient vu debout devant la cuvette, prêt à uriner, Ben lui avait lancé : « Mais qu'est-ce que tu fais debout ? C'est assis que tu dois faire pipi, ma grande ! » Les deux gaillards s'étaient rués sur lui et avaient tenté de le faire asseoir de force sur la toilette. C'en était trop pour le frêle garçon : sa vessie s'était vidée et il avait uriné dans sa culotte.

Maintenant que Justin y repensait, la honte l'envahissait à nouveau. La même qu'il avait ressentie ce soir-là. Il se revoyait encore, le caleçon trempé, devant Ben et Jason, morts de rire. Il pouvait encore entendre leurs moqueries : « Justine devrait porter une couche ! » Il se souvenait avoir fermé la porte derrière lui, jeté sa culotte souillée dans la poubelle, être sorti en courant de la salle de bains en se cachant le sexe pour ne pas se faire voir de ses cousines – qui n'avaient d'ailleurs rien vu ni rien entendu –, être allé dans le séjour, avoir remis son pantalon et rejoint son père dans la cuisine. Et tout cela en tentant du mieux qu'il pouvait de ne pas hurler ou éclater en sanglots. Il se rappelait avoir dit à son père qu'il était malade et qu'il voulait rentrer à la maison. Ce dernier avait d'ailleurs mal réagi, mécontent de devoir partir si tôt. Bien sûr, il ne lui avait pas avoué ce qui venait de se passer. C'était trop humiliant ! D'ailleurs, qu'est-ce que son père lui aurait dit ? Qu'il n'avait qu'à se défendre, qu'un garçon de son âge ne se laissait pas humilier de cette façon. Non, il n'avait rien dit. Même sa mère n'en avait rien su ! Elle l'aurait consolé et protégé, elle aurait été estomaquée par tant de méchanceté et en aurait même parlé à son père. Mais ça n'aurait rien changé à la honte ressentie ce soir-là.

Son cousin était maintenant en grande conversation avec son père. Ils parlaient de sports. Ben était un grand sportif : il adorait le hockey et le base-ball. Justin, lui, n'était habile dans aucun sport, à part le vélo, en de rares occasions. Rien de bien impressionnant aux yeux de son père.

Le garçon jeta un regard timide vers ce dernier. Christophe souriait, il paraissait satisfait. Il discutait avec Ben ; c'était normal qu'un tel changement d'attitude se soit opéré. Ils étaient sur la même longueur d'onde tous les deux, tandis qu'avec Justin, ils n'avaient que de rares sujets de conversation en commun. Il savait bien que son père aurait préféré avoir un fils comme Ben. Il tenta d'imaginer son père à l'âge de son cousin. Probablement qu'il lui avait un peu ressemblé et que, lui aussi, terrorisait les plus faibles. Physiquement, ils s'apparentaient : cheveux foncés, yeux noisette, physique athlétique... et la même beauté arrogante.

Or, Justin s'en moquait, car il détestait son père. Pourquoi aurait-il aimé quelqu'un qui le méprisait et qui éprouvait de la honte envers lui ? Non vraiment, il s'en fichait. Tout ce qu'il désirait était d'avoir la paix, et surtout, que son cousin le laisse tranquille. Au moins, durant le voyage. Justin se sentait en sécurité dans la voiture, car Ben n'oserait jamais le terroriser devant son père. Non, lui, ce qu'il préférait, c'était les huis clos, les pièces isolées où sa victime était prisonnière.

— D'après toi, Justin, qui va gagner le championnat ? demanda Ben.

— Quoi ? répondit-il, distrait.

— Le championnat de base-ball, répéta Ben d'un ton aimable. Qui va gagner la coupe Grey cette année ?

— Euh, je ne sais pas...

— Justin ne suit pas vraiment le base-ball, répliqua aussitôt Christophe.

Ben ricana à l'arrière. Il enchaîna :

— Trouves-tu que Wayne Gretsky est un bon gardien de but ?

— Euh...

— Justin ne s'intéresse pas au hockey non plus, coupa Christophe.

— Et qu'est-ce que tu penses de l'équipe qui a gagné la coupe Stanley cette année ? enchaîna Ben, de plus en plus excité.

— ...

— Penses-tu que les Expos la méritaient ?

Ça y est, ça recommençait ! Justin zieuta son père du coin de l'œil. Répondre n'importe quoi, vite !

— Je pense, oui...

– Oh ! franchement Justin ! répliqua Christophe avec colère. Tu ne vois pas qu'il te niaise ? Tu sais bien que les Expos n'ont jamais joué au hockey ! L'équipe n'existe même plus !

Justin baissa la tête et serra les poings. Encore cette maudite honte ! Comme il haïssait son cousin ! Ce morveux avait encore trouvé le moyen de l'humilier. Et évidemment, c'était contre lui que son père se fâchait. Il entendit Ben s'esclaffer.

– Dans quels sports tu t'es inscrit cette année ?

Cette fois, Christophe jura et se tourna brutalement vers son neveu.

– Arrête de l'embêter, veux-tu ?

Interdit, Ben perdit son sourire et se cala au fond de la banquette. Un silence désagréable s'installa dans la voiture. Cependant, Justin ne décolérait pas. Pour rien au monde Christophe n'aurait mentionné que son fils était premier de classe. Non, bien sûr que non, ce léger détail semblait sans importance pour lui. Seuls ces stupides sports comptaient et donnaient du crédit à ses yeux. Justin regarda dans le rétroviseur et aperçut le reflet de Ben. Lorsque leurs yeux se croisèrent, un sourire moqueur éclaira les lèvres de son cousin. Visiblement, il était satisfait.

LOUISA

10 h 17

– Enfin, te voilà ! Ce n'est pas trop tôt !

– Mon Dieu, Florence..., fit Louisa en tentant de reprendre son souffle. J'ai fait un sprint pour arriver à temps !

– Tu savais que l'autobus partait à dix heures et quart...

– Ce n'est pas ma faute, j'ai été retardée...

Louisa agita la tête vers l'arrière. Florence regarda par-dessus l'épaule de sa sœur et aperçut un petit homme corpulent, une valise dans chaque main, qui trottinait sans se presser, un sourire béat accroché aux lèvres.

– C'est qui ?

– Ah ! C'est un voisin, en bas de chez nous. Imagine-toi donc qu'il vient avec nous !

– Il a l'air gentil, il est tout souriant.

– Ce n'est pas ça, le problème ! Il sourit tout le temps.

Elle baissa le ton.

– Il est un peu bizarre. Je ne l'aime pas tellement.

– Il ressemble à l'acteur qui personnifie Hercule Poirot. C'est quoi son nom, déjà ? Pas Peter Ustinov, l'autre...

– Excusez-moi, mesdames, je ne voudrais pas vous presser, mais l'autobus va bientôt partir.

Le chauffeur patientait devant le compartiment à bagages et observait les deux sœurs.

– Vous avez une valise, madame ? demanda poliment l'homme.

– Euh... oui. Euh, non, bégaya Louisa, confuse.

Elle montra Maurice de l'index.

– C'est cet homme, là-bas, qui l'a.

– Oh ! En plus, il porte ta valise ! Galant, galant...

– Florence, arrête !

Louisa fit la moue à sa cadette et monta les marches avec lourdeur, les jambes encore épuisées par sa course. Maurice arriva en sueur et grimpa à son tour. Il peinait lui aussi à reprendre son souffle. « J'espère qu'il n'était pas gros comme ça quand il faisait partie de la police, sinon, ça ne devait pas être très rapide dans les poursuites ! » pensa Louisa. Semblant deviner les pensées de sa voisine, Maurice se pencha vers elle et lui dit doucement :

– Ne vous inquiétez pas, je sais être efficace quand c'est le temps.

L'homme pointa tranquillement le doigt vers sa poitrine. Un frisson envahit Louisa. Elle se tourna vers sa sœur.

— Bon, on ferait mieux de s'asseoir si on veut partir.

Elle balaya les sièges du regard et reconnut des visages familiers. La plupart n'étaient que de simples connaissances rencontrées à l'occasion de soirées dansantes ou d'activités ponctuelles du club.

— Eh, Louisa !

Robert et Danièle, son couple d'amis, agitèrent la main dans sa direction. Ils étaient installés sur la deuxième banquette, dans la rangée derrière le chauffeur. Spontanément et de bon cœur, Louisa s'assit sur le siège devant eux et fit signe à Florence de venir près d'elle. Maurice resta debout et la regarda un moment, comme s'il s'était attendu lui aussi à s'asseoir sur cette banquette.

— Excusez-moi, monsieur, je voudrais passer.

— Oh ! fit le gros homme.

De son corps massif, Maurice bloquait le passage au chauffeur. Avec un sourire, il fit une petite courbette et, d'un geste solennel, il tendit la main vers le siège de l'homme : « Mais passez, passez mon cher », dit-il avec cérémonie.

Ce geste irrita Louisa au plus haut point. Son voisin se donnait une importance qui le rendait tout à fait ridicule. Lorsque le chauffeur s'installa derrière le volant, Maurice demeura immobile et examina les passagers.

La majorité des gens étaient assis deux par deux, à l'exception de la première banquette sur la droite, occupée par une dame âgée. Louisa la connaissait vaguement. Elle se prénommait Agathe et avait la mauvaise réputation d'aimer les commérages. Louisa dévisagea la vieille dame et remarqua sa nouvelle teinte de cheveux. Ratée, encore une fois. Précédemment, Agathe avait exhibé une chevelure qui se voulait blond roux – sa couleur naturelle, disait-elle –, mais le résultat avait été davantage orangé. Cette fois-ci, ses cheveux étaient presque rouges. Maurice toisa la dame un moment et décida de s'asseoir à côté d'elle. Il lui fit un signe de tête amical et sourit à pleines dents. Visiblement ravie d'avoir pour compagnie un homme aussi charmant, la vieille femme se redressa fièrement sur son siège. Elle regarda autour d'elle d'un air satisfait, honorée qu'il l'ait choisie pour camarade de voyage alors que des places étaient disponibles à l'arrière. Maurice ne remarqua rien de ce petit manège, car il était plutôt occupé à dévisager Louisa. Le chauffeur démarra.

– Mon Dieu ! On dirait qu'il est en amour avec toi ! fit Florence, amusée.

– Arrête-moi ça ! Je dirais plutôt qu'il me nargue.

Florence pouffa.

– Voyons donc ! As-tu vu tous les beaux sourires qu'il te fait ?

– Mais il sourit à tout le monde !

– En tout cas, c'est mieux que ton Gaston qui a toujours l'air bête !

Par réflexe, Louisa ouvrit la bouche, prête à défendre son mari, comme d'habitude. Toutefois, aujourd'hui, aucun mot pertinent ne lui venait à l'esprit. Florence avait raison. Gaston se montrait souvent maussade, déprimé ou négatif. Du moins, en sa compagnie et celle de ses filles. Seuls les contacts avec des inconnus le faisaient sourire un peu, comme avec cet étrange voisin, par exemple. Florence, qui s'attendait à une réplique cinglante, l'observa du coin de l'œil. Louisa lui adressa plutôt un petit sourire entendu.

– Louisa ! Tu fais ton indépendante.

Honteuse, elle se retourna.

– Robert ! Danièle ! Excusez-moi, répondit-elle, embarrassée.

Les trois se firent la bise du bout de leur siège et Louisa leur présenta Florence. Danièle serra mollement la main de la sœur cadette.

– Comment allez-vous ?

Louisa s'était adressée au couple, mais s'intéressait davantage à la réponse de Robert.

– Surtout toi, Robert, ton cœur ?

– Oh, moi ? Ça va ! fit-il en se donnant un coup de poing sur la poitrine. Solide comme du roc !

– Attention chéri, le médecin t'a dit que tu étais encore fragile !

D'un geste de la main, il balaya le vide.

– Il n'y a plus de danger ! argua-t-il en souriant à Louisa. Sinon, il ne m'aurait pas laissé partir en voyage comme ça, hein ?

– Je suppose que non...

– Ça fait seulement trois mois que t'as fait ton infarctus...

– Danièle ! On arrête de parler de maladie, OK ? Je suis en pleine forme.

De son bras, il entoura les fortes épaules de sa femme.

– Puis on s'en va voir les chutes du Niagara ! Depuis le temps que tu en parles !

Louisa sentit un pincement au cœur en les voyant ainsi. Ils paraissaient si amoureux. Gaston l'avait-il déjà enveloppée de ses bras de cette façon ?

– Comment ça se fait que ton mari ne soit pas avec toi ? demanda Danièle.

– Euh...

Curieuse d'entendre le mensonge que sa sœur avait inventé pour l'occasion, Florence tendit l'oreille. Évidemment, elle connaissait la vérité, mais Louisa lui avait fait jurer de garder le secret. Louisa allait dire que Gaston accompagnerait sa mère à l'hôpital, où elle devait passer une série de tests, et qu'il était le seul disponible pour le faire. En fait, elle ne mentirait qu'à moitié, car sa belle-mère avait effectivement demandé à Gaston de la conduire à l'hôpital. Celui-ci avait cependant refusé. Conduire en plein centre-ville de Montréal et trouver une place de stationnement représentaient des corvées au-dessus de ses forces. Sa belle-sœur avait donc hérité de la tâche. Louisa s'apprêtait à leur conter ce petit bobard lorsqu'elle aperçut Maurice en train de l'observer. Son gros corps, légèrement penché vers l'avant, semblait attendre une réponse. Venait-il d'entendre leur conversation ? Possiblement, puisque sa banquette se trouvait vis-à-vis de la sienne. Elle se rappela les paroles de Gaston dans la cage d'escalier.

— La plomberie..., dit-elle d'un ton hésitant. Il s'est trouvé un contrat de dernière minute. Ma belle-sœur vient de déménager, puis elle a toute sa plomberie à refaire, alors... alors, ça va sûrement lui prendre une bonne partie de la semaine.

Florence lui flanqua une petite tape sur la cuisse. Ça ne l'amusait pas de mentir ainsi, mais Louisa détestait donner une mauvaise image de son mari. Il fallait bien l'avouer, elle agissait de la sorte davantage pour elle-même. Par orgueil. Admettre que Gaston était trop chiche et trop casanier pour se payer un peu de bon temps – tout le contraire de Robert, en fait – aurait fait glousser sa vieille amie Danièle. Robert et elle ne se privaient de rien. Ils avaient fait le tour du monde et mangeaient dans les meilleurs restos en ville. Alors refuser un voyage à Niagara Falls sous prétexte que c'était trop cher... Ils n'auraient pas compris. Qui plus est dans un endroit aussi romantique.

– Tu n'as pas peur que Gaston soit jaloux ? demanda Robert.

Malgré elle, Louisa pouffa.

– Jaloux ? Gaston ? Mais qu'est-ce que tu dis là ?

– Une belle femme comme toi, partir toute seule comme ça...

Elle rougit, flattée.

– Voyons, Robert...

– C'est vrai, t'es tellement ravissante ! Pas vrai, Danièle ? On dirait qu'elle rajeunit de jour en jour, non ? ajouta-t-il en se tournant vers sa femme.

Le visage de sa compagne s'assombrit légèrement. Elle laissa percer un faible sourire et opina :

– Oui, c'est vrai. Mais elle est déjà plus jeune que nous, alors il ne faudrait pas trop la rajeunir.

Louisa éclata de rire. Personne ne connaissait son âge – qu'elle s'obstinait à garder secret par caprice –, mais elle se savait plus âgée que ses deux amis. Robert avait à peine soixante ans, tandis que l'âge de Danièle oscillait autour de cinquante-huit. La peau de son amie paraissait toutefois beaucoup plus terne et ridée que la sienne. Ses traits durs et sévères – des yeux tombants, un nez arqué, des lèvres minces – contrastaient avec ceux de Louisa, davantage fins et délicats. Danièle laissait ses cheveux au naturel ; ils étaient poivre et sel et manquaient d'éclat. Louisa colorait les siens depuis l'âge de trente-neuf ans. Ils étaient un brin naturel, ce qui la rajeunissait. Elle avait été une belle femme dans sa jeunesse et vieillissait bien. Robert aussi était bel homme. Grand, distingué, la chevelure épaisse. Tout le contraire de Gaston, que Louisa avait toujours connu chauve.

– C'est dommage, ajouta Danièle. Pour Gaston, je veux dire. Je suis sûre qu'il aurait adoré cet endroit. Il est trop travaillant, ton mari. Trop bon. Les hommes comme lui sont incapables de dire non. Toujours prêts à rendre service. Il ne s'en fait plus des comme ça.

De quoi se mêlait-elle, celle-là ? En quoi prétendait-elle connaître Gaston à ce point ? Qu'avaient-ils tous à le bonifier ainsi ? À les entendre, Gaston était sur le point d'être canonisé. Louisa en était en partie responsable, elle le reconnaissait bien, mais parfois, elle en avait assez de projeter l'image du couple heureux et de cautionner celle du mari idéal.

Pourquoi toujours vouloir lui trouver des excuses ? Était-ce si grave d'avouer que Gaston n'aimait pas voyager ? Qu'il ne voyait aucun intérêt à visiter les chutes du Niagara ? Pour une rare fois, Louisa eut envie de se montrer sincère. Elle ouvrit la bouche, mais au même instant, ses yeux croisèrent ceux de son voisin. Maurice la regardait avec ses petits yeux rieurs. L'entendrait-il si elle se confiait ? Probablement, et peut-être même qu'il ne se gênerait pas pour intervenir. Alors, à contre-cœur, elle murmura :

– Non, il ne s'en fait plus des comme ça.

« Heureusement », pensa-t-elle avec amertume.

LÉO

Après un dernier salut à ses collègues, Léo grimpa dans son véhicule de travail. Derrière le volant, il songea aux dernières minutes écoulées. Son patron venait tout juste de lui remettre les clés en lui souhaitant bonne route, comme si de rien n'était. Comme s'il allait revenir le lundi suivant, comme tous les autres lundis depuis dix ans. Comme s'il ignorait que Léo ne mettrait plus jamais les pieds dans ce bâtiment. Bien sûr, certains collègues l'avaient regardé avec sollicitude, pour ne pas dire avec pitié, et lui avaient serré la main avec chaleur. Même ce vieux Stan, camionneur depuis vingt ans et réputé pour sa couenne dure, avait posé la main sur son épaule avec émotion : « Pauvre Léo, je suis vraiment désolé de ce qui t'arrive. T'étais un de nos meilleurs chauffeurs. Tu vas nous manquer. » Léo avait ressenti une bouffée de gratitude en entendant ces mots. Une larme s'était même nichée dans son œil.

Il n'était pas habitué à tant de prévenance et de reconnaissance.

Tandis qu'il attachait sa ceinture en ressassant ce qui venait de se passer, les larmes coulèrent pour de bon. Se retrouver sans travail à l'âge de cinquante et un ans, ça, Léo ne l'avait pas vu venir. Son patron n'avait jamais mentionné le mot « congédiement » ; il avait plutôt parlé de « retraite anticipée », avec tous les avantages que ça comportait. Léo connaissait les difficultés financières de la compagnie, mais il ne s'attendait pas à être un des premiers à partir. Et aussi vite. Surtout que d'autres employés, plus jeunes et possédant moins d'ancienneté que lui, ne semblaient pas menacés par ces coupures. Peut-être était-ce ça, le problème, justement : on le jugeait trop vieux. Ou peut-être le trouvait-on trop maussade et déprimé pour occuper cet emploi ? Pourtant, Léo aimait ce travail et jamais il ne s'était plaint à qui que ce soit de ses angoisses et de son mal de vivre. Son état se reflétait-il sur son visage, malgré lui, sans qu'il s'en aperçoive ?

« Profite bien de ta retraite ! Tu pourras enfin faire les activités que tu aimes avec ta famille », avait dit son patron après lui avoir annoncé la nouvelle, le mois dernier. Il avait balancé la remarque d'un ton joyeux, presque léger ! Comme si ce bon conseil effacerait toute l'humiliation et la déception qu'il venait de subir. Léo s'était contenté de sourire bêtement en hochant la tête en signe d'affirmation. Des activités en famille mon œil ! Sa femme et lui n'avaient pratiquement plus rien en commun et ses enfants ne lui adressaient guère la parole, sauf pour lui quémander de l'argent. Chacun d'eux menait une vie parallèle dont il était exclu.

La première question à avoir surgi dans son esprit était de savoir à quoi il allait occuper ses journées, dorénavant. Il s'imaginait mal rester avec sa femme à longueur de journée. D'ailleurs, elle-même supporterait difficilement sa présence continuelle et quotidienne dans la maison. À cause des particularités de son métier, elle s'était habituée à le voir partir souvent. Il était fréquemment absent pour une durée de deux à trois jours, par-ci, par-là. Comment allait-elle réagir en apprenant qu'elle l'aurait dans les pattes toute la journée ? Toute la semaine ? Léo ne partageait plus rien avec sa femme.

C'était pareil pour ses enfants. Il ne les connaissait presque plus. Il n'était pas souvent à la maison et peut-être avait-il manqué certains événements, des épisodes importants de leur vie, mais il les aimait tendrement. Toutefois, lorsqu'il voulait discuter avec eux, essayer de les comprendre davantage, se rapprocher, ils se défilaient. Ils n'avaient jamais le temps, ce n'était jamais le bon moment. Ils le disaient vieux et dépassé, alors qu'il ne les sermonnait pas et ne leur interdisait jamais rien. Il était juste devenu ennuyant et inutile à leurs yeux. Comme à ceux de sa femme et de son patron.

Or, Léo avait trouvé la solution. Celle-ci se trouvait dans la poche de son veston. Cette pensée le rassura encore une fois. Il se tamponna les yeux avec son mouchoir. Il ne pensait pas pleurer ce matin, mais il se sentait mieux, maintenant. Le pire était passé. Il démarra le véhicule. Il faisait beau, le soleil brillait. Il roulait et se sentait léger, le cœur moins lourd. Il devinait que ce serait une belle journée. Il voulait en profiter, car ce serait peut-être sa dernière.

Lorsqu'il se présenta devant l'église, plusieurs personnes attendaient, leurs bagages déposés à leurs pieds. Le groupe avait l'air en forme et d'humeur gaie. La plupart semblaient se connaître. Léo remarqua un couple qui se tenait par la taille. L'homme et la femme devaient approcher la soixantaine et ils paraissaient tout de même amoureux. Elle regardait son mari, un grand homme distingué, avec sollicitude et affection. Léo les envia. Lorsque l'autobus se gara devant eux, les gens arboraient des mines ravies et satisfaites. Ce serait un bon voyage, se dit Léo. Il ouvrit la porte et descendit tranquillement sur le trottoir. Il souriait.

– Bonjour, dit-il à la ronde.

Léo accueillait toujours ses passagers avec le sourire. Mais aujourd'hui, c'était différent, car il s'agissait de son dernier voyage. Il s'efforça donc de sourire le plus aimablement possible. Cette action ne résultait pas d'un effort. Bien au contraire, c'était une délivrance.

– Vous allez bien aux chutes du Niagara ?

Une vieille dame se tenait devant lui et le regardait avec de petits yeux suspects. Haute comme trois pommes, menue dans son petit tailleur vert bouteille, elle exhibait une chevelure rousse, presque rouge.

– Oui, madame.

Dans un geste de soulagement, la vieille dame sourit à son tour.

– Oh, appelez-moi Agathe !

Léo ricana et ouvrit le compartiment à bagages.

– Vous pouvez laisser vos valises sur le trottoir et monter dans l'autobus ; je m'en occupe, dit-il.

Il prit les valises une à une et les déposa délicatement dans le large casier, entre les roues. C'était la dernière fois qu'il s'exécutait ainsi. Il prit tout son temps, plus qu'à l'habitude. Agathe restait près de lui et guettait sa valise, la plus grosse de toutes.

– Vous allez y faire attention, monsieur le chauffeur ? demanda-t-elle d'une petite voix inquiète.

– Oui, oui, madame, répondit docilement Léo.

Il avait l'habitude de ce genre de commentaires. Certains s'imaginaient que s'ils ne surveillaient pas attentivement le chauffeur, leurs bagages allaient effectuer un vol plané au fond du compartiment, empilés les uns par-dessus les autres. Comme dans les avions ! Léo n'avait jamais agi de la sorte, mais il comprenait leur appréhension.

– Je vais vous aider, monsieur. Ça ira plus vite.

L'homme distingué se tenait derrière lui. Il agrippa la lourde valise de la vieille dame et la tendit à Léo d'une main tremblante. Agathe grimaça.

– Attention, Robert ! C'est trop lourd pour toi !

– Danièle...

– Mais c'est vrai, le médecin t'a dit de ne pas forcer. Il fallait que tu prennes la plus grosse. Ton cœur...

Mécontent, l'homme tourna le dos à sa femme et regarda Léo. Il leva les yeux au ciel et haussa les épaules, l'air de dire : « Vous voyez ce que j'endure ? »

Léo voyait, mais ne saisissait pas. Si seulement Pierrette avait agi, ne serait-ce que quelques fois de cette façon, peut-être les choses auraient-elles été différentes ? Il aurait sûrement fini par se sentir apprécié. Pour un homme ordinaire comme ce passager, il était peut-être lassant d'être l'objet de tant d'amour et d'attention, mais pour lui, qui ne recueillait que de l'indifférence, c'était dur à comprendre. Il eut envie de lui proposer de changer de place, mais il s'abstint. Comme d'habitude.

Lorsque Léo plaça la dernière valise dans le compartiment, il entendit l'homme s'impatienter derrière lui.

– Mais qu'est-ce qu'elle fait, Louisa ? Pourquoi elle n'arrive pas ?

– Louisa et Gaston, tu veux dire ? fit sa femme d'un ton sec.

– Mais oui... C'est ce que je voulais dire, Louisa et Gaston !

Léo se retourna. Le couple était seul avec lui sur le trottoir. Un malaise semblait maintenant flotter entre l'homme et la femme.

– On monte ? demanda-t-elle.

Son mari l'ignora. Il regardait d'un air inquiet de l'autre côté de la rue, les yeux fixés sur un immeuble à logements.

– C'est toujours pareil ! fit sa femme d'un ton cynique. Ce sont ceux qui habitent le plus proche qui trouvent toujours le moyen d'arriver en retard.

L'autre serra les dents, mais ne répondit pas. Léo consulta sa montre. Elle indiquait dix heures quinze, l'heure à laquelle ils étaient censés partir.

– On monte, maintenant ? répéta la dame. Tu pourras l'attendre dans l'autobus, ta Louisa !

Même dans ses rêves les plus fous, Léo n'aurait pu s'imaginer Pierrette être jalouse d'une autre. Non pas qu'il n'eut jamais désiré d'autres femmes que la sienne, mais celle-ci ne s'en inquiétait jamais. Pas de questions, jamais le moindre soupçon lors de chacune de ses absences. D'ailleurs, qui aurait pu s'intéresser à Léo, un être terne et ordinaire qui dégageait l'ennui dès qu'on y posait les yeux ?

– C'est bien ici l'autobus pour Niagara Falls ?

Léo sursauta. Une femme d'une cinquantaine d'années apparut devant lui. Elle déposa sa petite valise carrée à ses pieds et reprit son souffle.

– Oui, balbutia-t-il.

– Excusez-moi, je suis en retard. J'avais peur que l'autobus soit parti...

Elle s'arrêta, le souffle court, et soupira de soulagement. Elle était vêtue élégamment d'un pantalon capri bleu marine, de sandales blanches et d'une veste beige déposée sur ses épaules. Malgré de légers reflets poivre et sel dans ses cheveux, les traits de son visage lui donnaient un air juvénile.

– Louisa ? risqua Léo.

– Non, je suis sa sœur. Elle n'est pas encore arrivée ?

– Je crois que non, tout le monde l'attend. Il ne manque plus qu'elle, d'après moi.

La dame jeta un œil distrait vers les vitres de l'autobus. On ne discernait pas grand-chose à travers ces vitres teintées, mais Léo reconnut la chevelure rouge de la vieille dame. Il ne la distinguait pas clairement, mais à la façon dont elle se collait le nez à la vitre, il devinait qu'elle les observait.

– Qu'est-ce qu'elle fait ? dit la femme pour elle-même.

Léo sourit.

– Ne vous inquiétez pas, madame. Je vais attendre votre sœur. On ne partira pas sans elle, vous savez.

La femme le regarda d'un œil timide, puis se mit à rire.

– C'est bien elle, ça ! Elle habite en face et elle trouve le moyen d'arriver en retard.

Léo émit un petit rire gêné. La passagère détourna le regard, mais resta sur le trottoir. Il aurait aimé lui dire quelque chose d'amical, mais il se sentait gauche tout à coup. Il tendit une main fébrile vers la valise déposée près d'elle.

– Donnez-la-moi, je vais la placer avec les autres, en attendant.

D'un geste maladroit, la femme approcha la poignée vers la main tendue et leurs doigts se frôlèrent involontairement.

– Excusez-moi, fit-elle, le visage empourpré.

Léo fut troublé. C'était la première fois qu'il faisait rougir une femme. Du moins, si une telle chose s'était produite dans le passé, il n'en gardait aucun souvenir.

EMMANUEL

10 h 08

Emmanuel et Gabrielle se trouvaient encore dans la salle de bains lorsque la sonnette d'entrée résonna.

– Déjà ? dit la jeune fille en se séchant les cheveux avec une serviette.

Elle rit et regarda son amoureux d'un air coquin.

– Tu n'aurais pas dû venir me rejoindre. On a perdu du temps...

Elle enroula rapidement une autre serviette autour de sa poitrine et sortit de la salle de bains.

– Eh ! Tu t'en vas où comme ça ?

– Je vais répondre à la porte. Pourquoi ?

– Mais tu es à moitié nue !

Gabrielle ricana.

– Voyons, chéri, tu ne vas pas faire le jaloux. Phil, c'est comme mon grand frère...

– Peut-être pour toi, mais je ne suis pas sûr que pour lui, tu ne sois qu'une petite sœur.

Le rire de la jeune femme cessa.

– C'est pour ça que tu agis comme mon père ? Tu sais, Manu, que je n'aime pas la jalousie. Alors ne te laisse pas entraîner là-dedans. Ce n'est pas moi qui vais en souffrir le plus, c'est toi...

La sonnette retentit une seconde fois. Gabrielle alla répondre. Emmanuel resta prostré contre la porte de la salle de bains et l'observa. Lorsqu'elle ouvrit la porte, Phil se tenait debout sur le palier. Il avait l'air impatient, mais aussitôt qu'il aperçut Gabrielle, un sourire coquin se forma sur ses lèvres.

– Hum... Je t'ai dérangée, ma belle, tu étais sous la douche...

Lorsqu'il vit Emmanuel, une serviette nouée autour de la taille, le torse nu et les cheveux trempés, son sourire fondit.

– Ah, je comprends maintenant pourquoi c'était si long avant que tu répondes !

Feignant la gêne, la jeune fille fixa Emmanuel avec un sourire espiègle. Le garçon l'ignora, observant plutôt le nouveau visiteur.

– C'est toi qui es en avance ! dit-elle en faisant signe à son ami d'entrer. Allez, fais comme chez toi.

L'invité franchit le seuil et lui fit la bise. Il hocha ensuite la tête en direction d'Emmanuel. Celui-ci retourna dans la salle de bains et enfila en vitesse ses sous-vêtements. Il entendit Gabrielle et Phil discuter tranquillement au salon. Il imaginait la jeune fille dans sa serviette et cette image le rendait furieux. Il revêtit sa vieille paire de jeans et les entendit rire comme si de rien n'était. Pourquoi était-il nerveux alors que ces deux-là ne semblaient même pas s'en formaliser ?

Il mit son t-shirt et alla les rejoindre. Phil était assis dans un vieux fauteuil, de style *La-Z-Boy*, une jambe croisée. Ce type présentait tellement le physique du *bad boy* que c'en était presqu'un cliché : crâne rasé, petite barbichette au menton, camisole blanche, et, bien sûr, un énorme tatouage sur le biceps droit. Emmanuel détestait cet air de fier-à-bras qu'il aimait se donner. Gabrielle se tenait debout devant lui, un bras plaqué autour de sa serviette. Ils discutaient de choses et d'autres, quand elle prit un air grave et demanda :

— J'espère que tu ne prendras pas ta cochonnerie, Phil...

— Voyons, Gaby, tu sais bien que j'ai arrêté la coke...

— Je m'en fous que t'arrêtes ou pas ! Je ne veux pas que t'en prennes aujourd'hui. Tu sais l'effet que ça te fait ?

— Pour qui tu me prends ? répliqua Phil d'une voix mielleuse, presque racoleuse. Tu penses que je vais tout faire foirer ?

Gabrielle serra les dents. Le jeune homme caressa lentement sa barbichette et lui fit les yeux doux.

— Allez, ma belle, tu sais bien que je suis *clean* maintenant.

Elle pointa le tatouage sur le bras droit de Phil.

– Ce n'est pas un peu risqué tout ça ?

Son interlocuteur sourit et caressa son biceps.

– Voyons Gaby, je ne suis pas fou, je vais le cacher. J'ai apporté ma veste, elle est dans l'auto.

– Et puis tout ça, Phil ? renchérit-elle en pointant sa barbichette.

– Je la rase demain, promis !

Gabrielle s'assit sur l'unique causeuse du salon, visiblement soulagée.

– Ah, enfin ! Je te trouvais tellement laid avec tes cheveux rasés. Tu sais à quel point je déteste les hommes chauves.

Le jeune homme s'esclaffa.

– Je vais être beau comme un cœur après. Tu ne me reconnaîtras même pas.

Emmanuel s'impatientait intérieurement. Qu'est-ce que ça pouvait bien faire à Gabrielle que Phil soit à son goût ou pas ? Le visiteur le pointa du doigt.

– Puis lui ? Tu le trouves séduisant comme ça, avec sa barbe et ses cheveux longs ?

– Bon, OK ! Ça va faire le *look* de tout le monde ! cracha Emmanuel, de mauvaise humeur. On a des choses bien plus importantes que ça à régler.

Gabrielle le toisa avec surprise, comme si elle venait de se rendre compte de sa présence.

– C'est vrai, dit-elle. On devrait peut-être réviser notre plan une dernière fois.

Soulagé, Emmanuel s'installa à son tour sur la causeuse. Gabrielle fut la première à parler, car elle était l'instigatrice du plan.

– D'abord, vous deux, vous arriverez au resto autour de onze heures quarante-cinq. Vous resterez stationnés, le plus à gauche possible de la porte d'entrée. Il ne faudrait pas que vous soyez trop visibles du stationnement. Vous attendrez l'arrivée de l'autobus voyageur. Il devrait se pointer vers midi. Là, vous m'appellerez et j'arriverai dans les cinq minutes. Phil, tu attendras ensuite que tout ce beau monde soit dans le restaurant pour entrer à ton tour.

Son regard se posa sur Emmanuel.

– Toi, chéri, tu sais ce que t'auras à faire durant ce temps-là, hein ?

Un spasme traversa la poitrine du jeune homme. Merde ! Ses mains recommençaient à trembler. Gabrielle n'y fit pas attention et poursuivit les étapes de son plan d'une voix calme. « Ça y est, se dit Emmanuel, tout ça est bien réel ; dans quelques heures, je serai là-bas. » En secret, il avait désespérément souhaité la faire changer d'idée. Il aurait aimé l'entendre dire à Phil : « On ferait mieux de tout oublier. C'est trop risqué. » Mais au lieu de ça, elle reprit son récit avec un enthousiasme qui l'effraya. Chacun avait son rôle et chaque action était déjà bien calculée. Il s'agissait presque d'un jeu d'enfant, à l'entendre. Réussirait-il à être à la hauteur ? Il en doutait fortement.

Il ne comprenait pas pourquoi ces deux-là ne semblaient ressentir ni peur ni crainte et il se trouvait ridicule d'en éprouver. Il s'estimait lâche et minable à côté d'eux. Si, au moins, ils avaient eu un doute, un tout petit doute, peut-être se sentirait-il moins seul et moins idiot. Mais non ! Ils étaient confiants et fiers, Phil avachi sur le *La-Z-Boy* et Gabrielle qui lui souriait tendrement. Son regard était quasi maternel. Comme s'il était l'enfant qu'il fallait constamment rassurer.

– Ça va bien aller, chéri.

Emmanuel bondit. Il se leva et se plaça devant elle.

– Pourquoi tu me dis ça ? Je n'ai même pas dit un mot ! Tu penses que j'ai peur, hein ? Que je ne serai pas capable, c'est ça ?

Gabrielle ne broncha pas. Il entendit un ricanement. Il se tourna vers le *La-Z-Boy*.

– C'est quoi ton problème, toi ?

– Le problème, c'est toi justement. Je ne pense pas que c'est une bonne idée de t'avoir choisi pour...

Emmanuel serra les poings et s'avança vers lui. Phil se leva si violemment que le *La-Z-Boy* pivota par derrière et cogna le mur. D'un bond, Gabrielle vint se planter entre les deux hommes.

– Bon, ça suffit vous deux !

Emmanuel se figea et obéit. C'était la première fois qu'il l'entendait crier.

– On reste calme, compris ? Je ne veux plus jamais vous revoir vous menacer.

Elle regarda Phil.

– On a besoin d'être trois pour exécuter le plan.

Elle se tourna ensuite vers son amoureux.

– Puis toi, ne me fais pas regretter de t'avoir choisi.

Emmanuel déplora son emportement. Quelle image venait-il d'offrir à Gabrielle ? Celle d'un trouillard et d'un faible qui n'arrivait pas à la cheville de Phil. Justement la dernière chose au monde qu'il souhaitait projeter. Il ne devait plus se hérisser et répondre aux stupides provocations de Phil. Au contraire, il lui appartenait de prouver qu'il était au-dessus de tout ça et de faire passer Phil pour un emmerdeur. Tel un enfant grondé par sa mère, il se rassit docilement. À son tour, l'autre se laissa tomber dans le *La-Z-Boy* sans dire un mot. Satisfaite, la jeune femme appuya ses fesses contre l'appui-bras de la causeuse. Elle avait retrouvé son sourire.

– Bon ! Je pense qu'on est prêts maintenant.

– Euh, il y a juste une chose que j'ai oublié de te dire, ajouta Phil d'un ton hésitant.

— Quoi ?

— Il va y avoir quelqu'un au resto pour nous aider.

— Quoi ? Comment ça, nous aider ?

D'un seul mouvement, la jeune femme se releva.

— De quoi tu parles ? On a déjà réglé tout ça ! On n'a besoin de personne d'autre que nous trois !

— Je pense que ça va être plus facile si quelqu'un peut collaborer de l'intérieur. Il y a des détails importants à revoir pour que tout fonctionne bien...

— Comme quoi ? l'interrompit sèchement la jeune femme. On a déjà pensé à tout.

Phil fit la grimace et déglutit bruyamment. Il n'avait pas l'habitude de se faire rabrouer ainsi par une femme. Mais Gabrielle n'était pas comme les autres. Il le savait. On ne devait pas s'imposer à elle, mais plutôt essayer de la persuader.

— Pour baisser les stores, couper les fils du téléphone ou mettre la pancarte dans la porte...

— On peut déjà faire tout ça nous-mêmes ! Ah non ! Je n'aime pas ça...

— Cette personne connaît le restaurant mieux que nous, argua Phil sur un ton qu'il espérait convaincant.

— C'est un gars ou une fille ? Est-ce qu'elle travaille là, en plus ?

— Disons que cette personne veut garder l'anonymat.

Gabrielle se mit à rire.

— C'est quoi cette histoire de fous ? Tu nous mets quelqu'un dans les pattes et on ne peut pas connaître son identité ? Évidemment, on va devoir diviser notre part en quatre, je suppose ?

— Non, pas du tout ! Je m'arrange avec mon complice.

Phil se leva et fit face à Gabrielle. Il la toisa des pieds à la tête, sûr de lui, et lui sourit.

— Tu peux me faire confiance, Gaby. Tout va bien se passer. Ça ne change absolument rien à notre plan. Toi, tu arrives et tu fais exactement ce qui a été prévu.

— Je n'aime pas ça quand il y a des changements de dernière minute comme ça.

— Oui, je sais. Dis-toi que, de toute façon, c'est moi qui prends le plus de risques dans cette histoire.

Emmanuel sursauta. Comment osait-il prétendre une chose pareille ? Et Gabrielle, alors ? Et lui ? Son amoureuse ne répliqua pas tout de suite. Elle semblait réfléchir à la suite des choses. Il savait à quel point elle détestait perdre le contrôle des événements. Durant un court instant, le jeune homme espéra en silence. S'il y avait un seul moment où le plan risquait d'avorter, c'était bien maintenant. Gabrielle fixait Phil et analysait la situation. Si seulement elle pouvait ouvrir la bouche et dire : « Rentre chez toi, Phil. On oublie tout. » Au lieu de ça, elle sourit et déclara :

– D'accord ! Je te fais confiance pour cette fois-ci, Phil. Mais s'il arrive le moindre petit pépin, je t'avertis, je te mettrai tout sur le dos.

Le sourire de l'homme s'élargit considérablement.

– Ça n'arrivera pas. Je te le promets.

~ 4 ~

STEVE

11 h 20

Steve se trouvait maintenant derrière le volant. Il conduisait sur la route 401 en direction de Toronto. Il jeta un œil vers Anaïs, assise à côté de lui. Elle dormait, la bouche légèrement entrouverte et la nuque appuyée contre l'appui-tête. Il regarda dans le rétroviseur et aperçut Marilyn. Elle avait retiré ses lunettes de soleil et l'observait. Il soutint son regard. Elle sourit et lui fit un clin d'œil.

– C'était bien chez moi, hein ? dit-elle d'une voix coquine.

De peur qu'elle n'ait entendu, Steve se tourna vers Anaïs. Celle-ci dormait toujours à poings fermés. Marilyn ricana.

– Elle dort dur. Je ne crois pas qu'elle puisse nous entendre.

– Ouais, répondit Steve en souriant.

Il tendit le cou vers l'arrière.

– Tu disais ?

Marilyn rit de plus belle et ne répondit pas. Steve en fut contrarié. Se moquait-elle de lui ou quoi ? Il retourna à son volant et accéléra. Il désirait revenir sur leur baiser, mais n'osait pas aborder le sujet en premier.

– Je sais à quoi tu penses, fit Marilyn d'une voix suave.

Steve sentit un souffle chaud derrière son cou. Maintenant nichée contre son épaule, la jeune fille murmura à son oreille :

– Tu repenses à ce matin, hein ? Tu te dis que ce serait bien si on pouvait recommencer, c'est ça ?

Elle lui caressa la nuque et promena lascivement ses doigts dans ses cheveux. À ce contact, le corps de Steve fut foudroyé par une décharge électrique. Le désir monta en lui d'une façon si violente qu'il perdit, l'instant d'une seconde, le contrôle de la voiture. Celle-ci dévia vers la droite et atteignit la zone de rainures sur l'accotement. Le mouvement réveilla Anaïs.

– Qu'est-ce que c'était ? demanda-t-elle, les yeux gonflés de sommeil.

– Rien, répondit Marilyn en riant. C'est juste Steve qui a mal vu les lignes. Bon ! Je commence à avoir envie de pipi, moi. Pourrais-tu t'arrêter à la prochaine sortie, Steve ? Il y en a une dans trois kilomètres, selon ce panneau.

Encore secoué, le garçon ne répliqua pas. Il se contenta de rouler pendant les trois kilomètres indiqués et d'emprunter ladite sortie. Il poursuivit son chemin sur plusieurs mètres, mais la route était déserte et entourée de champs. Il ignorait dans quelle ville ils se trouvaient. Aucun panneau ne l'indiquait. Il s'en fichait. Tout ce qu'il désirait était de se retrouver seul à seul avec Marilyn pour un moment.

– Droit devant toi, à droite, il y a un garage, fit cette dernière en pointant le doigt.

Steve lui obéit. Il arriva devant une station libre-service complètement isolée du reste de la route. L'endroit affichait un aspect déglingué et semblait appartenir à une autre époque : deux pompes à essence et un petit bâtiment de brique noircie aux fenêtres crasseuses. Sitôt le véhicule stationné, Marilyn bondit et se dirigea d'un pas pressé vers l'arrière de l'édifice.

– Tu y vas, toi aussi ? demanda Steve à sa copine.

– Non, je vais essayer de dormir encore un peu, répondit Anaïs, les yeux mi-clos.

Soulagé, Steve sortit de la voiture à son tour. Lorsqu'il passa devant la bâtisse, il ne vit personne à l'intérieur, ni clients ni employés. « Tant mieux, se dit-il, ainsi personne ne viendra nous embêter. » Lorsqu'il atteignit la cour arrière, Marilyn l'attendait.

— J'avais peur que tu ne viennes pas, dit-elle avec douceur.

La jeune fille adoptait la même pose qu'au matin : un bras tendu et appuyé contre la brique et l'autre replié contre une hanche.

— T'es folle ! J'attendais ça depuis tout à l'heure.

Sans perdre un instant, il s'approcha et l'agrippa sauvagement par la taille. Ils s'embrassèrent. Steve promena ses mains sur le corps potelé de la jeune fille. Il la désirait tellement ! Jamais de sa vie il lui semblait n'avoir brûlé pour une fille aussi fort qu'en ce moment. Marilyn répondit à ses caresses et lui répéta les quatre mots murmurés le matin même : « Et moi, je t'aime. » Elle lui jura être sincère : « Je ne joue plus, je suis la vraie Marilyn, maintenant. » Steve n'avait qu'une seule envie : lui faire sauvagement l'amour, ici et maintenant. Il refusait de penser à Anaïs, de l'imaginer en train de dormir dans la voiture à seulement quelques mètres d'eux.

Il aurait tout le temps d'y songer plus tard.

Marilyn lui retira son t-shirt couvert de sueur. Violemment, d'un geste d'impatience, Steve le lança par terre. La jeune femme posa les doigts sur la boucle de sa ceinture, mais il la repoussa. Il tenait à la déshabiller en premier. Le devant de sa robe était attaché par une rangée de petits boutons. En vitesse, il les défit un à un.

— Tu dois ouvrir mon *zip* avant.

— Quoi ? demanda Steve, au bord de l'explosion.

– Mon *zip*, dans le dos, pointa Marilyn, amusée.

Il glissa sa main derrière le dos de la jeune femme et descendit avec force la fermeture éclair. Mais lorsqu'il tenta de lui retirer le vêtement, il aperçut la rangée de boutons du devant à nouveau attachés.

– Qu'est-ce que c'est que cette robe ? s'écria-t-il, médusé.

Marilyn s'esclaffa. Le désir de l'homme ne cessait d'augmenter. Il entreprit de lui arracher la robe. Il tira sur les deux bretelles et les déchira.

– Tu pourrais m'aider à l'enlever, Marilyn, souffla-t-il, haletant. On n'a pas beaucoup de temps. Anaïs va bientôt se réveiller.

Marilyn se laissait faire et rigolait de plus belle. De ses deux mains, Steve empoigna le haut de la robe et fit se rompre brutalement tous les boutons. Il fendit le tissu en deux, mais à sa grande surprise, la jeune fille portait maintenant un t-shirt avec le visage de Che Guevara imprimé sur la poitrine. Le révolutionnaire semblait le narguer : « Tu ne t'y attendais pas, hein mon vieux ? » Steve en resta bouche bée.

– Qu'est-ce que tu fais avec ça en dessous ?

Marilyn se contenta de rire. Puis elle retira le t-shirt et offrit sa poitrine dénudée. Satisfait, Steve entreprit de lui enlever le bas de sa robe. Il ne se reconnaissait plus, car jamais auparavant il n'avait usé de violence avec une fille. Mais celle-ci lui faisait perdre la tête. Il voulait à tout prix la déshabiller et il ne leur restait plus beaucoup de temps. Il s'accroupit à ses pieds, prit le vêtement du revers et l'ouvrit vers le haut. Lorsque Steve se redressa, il constata avec stupéfaction que la robe, sans aucune trace de déchirure, couvrait de nouveau le corps de la jeune femme.

– Quelle robe de fou ! s'écria-t-il avec colère.

Marilyn rit encore.

– Ce sera peut-être un Cubain.

– Quoi ?

Il dévisagea Marilyn, mais son image devint de plus en plus floue. La jeune fille se transformait sous ses yeux, devenant de plus en plus petite, jusqu'à disparaître complètement. Seul son rire résonnait encore dans ses oreilles.

Lorsqu'il s'éveilla, Steve était de nouveau assis sur la banquette avant, du côté passager. Les deux filles discutaient et rigolaient joyeusement. Le rire de Marilyn l'avait réveillé.

– Tiens, monsieur émerge, fit Anaïs. J'espère que tu as fait de beaux rêves ?

Le jeune homme resta muet. Comment avait-il pu faire un songe aussi ridicule ?

– Marilyn pense qu'elle va rencontrer l'homme de sa vie à Cuba et que ce sera peut-être un Cubain en plus !

— Tu ne pourras pas le ramener avec toi, répliqua sèchement Steve.

— Ah, franchement ! T'es donc bien bête ! répondit Anaïs. Tu ne serais pas heureux pour Marilyn si elle rencontrait aussi l'homme de sa vie ?

À ces mots, le cœur de Steve se broya. Imaginer Marilyn avec un amoureux était douloureux à se figurer. Anaïs se montrerait soulagée de cette bonne nouvelle, mais pour lui, ce serait différent. Il devait s'attendre à ce que ce moment arrive un jour ou l'autre, mais il l'avait toujours espéré le plus lointain possible. Si Marilyn tombait amoureuse, plus jamais ils ne se retrouveraient seuls tous les trois. Cette pensée l'ébranlait. Steve se sentait si bien entouré de ces deux filles ; Anaïs, qui le comblait, et Marilyn, qui l'aimait discrètement sans rien demander. D'ailleurs, jamais il n'avait été question de se rendre à Cuba sans Marilyn : sa présence s'était naturellement imposée. Peut-être était-ce égoïste de sa part, mais le fait que Marilyn ait mentionné ce désir de rencontrer quelqu'un l'avait insulté.

Si elle ne l'avait jamais aimé, s'il ne s'agissait que d'une stupide allusion véhiculée par leurs amis communs ? Cette pensée l'obsédait au plus haut point. Il devait chercher un moyen de tirer cette affaire au clair. Et l'occasion se présentait maintenant à lui.

— Arrête-toi, Anaïs ! ordonna-t-il.

Une auto-stoppeuse se trouvait sur l'accotement, à une trentaine de mètres, à leur droite. L'inconnue leva le pouce avec espoir.

– Tu veux qu'on prenne une fille en stop ?

– Mais oui, arrête-toi ! lança Steve avec autorité. Elle fait pitié. En plus, c'est dangereux de rester sur le bord d'une route comme ça.

– Ouais, mais je n'aime pas vraiment l'idée. J'ai entendu plein d'histoires d'horreur à propos des auto-stoppeurs...

Steve ricana avec cynisme.

– Qu'est-ce que tu veux qu'une fille nous fasse ? On est trois et elle est toute seule.

À contrecœur, Anaïs immobilisa le véhicule à quel-ques mètres de la fille. Ravie et soulagée, celle-ci accou-rut vers eux. Lorsqu'elle aperçut Steve, son sourire s'élargit davantage.

– Salut ! dit-elle. Je ne vais pas très loin d'ici. Je dois me rendre juste à une dizaine de kilomètres, là-bas. C'est en ligne directe.

– Parfait ! répondit Steve en lui rendant son sourire.

Sans attendre, il se leva et sortit de la voiture. L'incon-nue le regarda, subjuguée. Il s'installa sur la banquette arrière, à côté de Marilyn. Sans la regarder, il lui intima sèchement :

– Marilyn, tu vas t'asseoir en avant.

– Mais...

Avant qu'elle ne puisse répliquer, il fit signe à l'auto-stoppeuse de venir le rejoindre. Sans hésiter, la nouvelle venue ouvrit la portière arrière de droite. Ne portant pas la moindre attention à Marilyn, Steve se tassa vers le milieu de la banquette. Coincée, la jeune fille jura entre ses dents et sortit de l'autre côté. Elle claqua violemment la porte et s'installa à côté d'Anaïs. Elle se retourna ensuite vers Steve, les narines gonflées de colère. Il était satisfait.

JUSTIN

11 h 28

Justin ignorait dans combien de temps ils arriveraient chez tante Sonia. « Probablement bientôt », pensa-t-il, puisque le panneau « Bienvenue en Ontario » était apparu le long de l'autoroute depuis un moment déjà.

Ben se tenait tranquille depuis plusieurs minutes, mais Justin restait sur le qui-vive. Son cousin écoutait de la musique sur son *iPod*, les écouteurs profondément enfoncés dans les oreilles. Malgré la radio qui jouait à l'avant, on entendait très distinctement les airs de rap jaillir de l'appareil de Ben. « Tant qu'il aura ça sur la tête, se rassura Justin, il me fichera la paix. » Une fois arrivé chez tante Sonia, les ennuis commenceraient.

C'était inévitable et Justin ne pouvait qu'imaginer le pire.

D'abord, il ne connaissait pratiquement pas cette tante. Installée en Ontario depuis cinq ans, Sonia revenait rarement au Québec. La grand-mère du jeune garçon logeait chez elle depuis deux ans. Son père lui avait rendu visite à quelques reprises, mais jamais il n'avait demandé à Justin de l'accompagner auparavant. Il avait toujours prétexté un manque de place et de commodités. La maison, paraissait-il, était minuscule et ne comprenait que deux chambres à coucher à l'étage et un sous-sol non fini. Justin n'était pas dupe : sa grand-mère n'avait pas dû insister très fort pour réclamer sa présence. Mais puisqu'elle était mourante, son père avait cru bon de faire exception cette fois-ci.

Justin se demandait maintenant comment ils allaient tous loger dans une maison aussi exiguë, puisque ses oncles, ses tantes et ses cousines seraient également présents. Il ignorait combien de temps ils séjourneraient en Ontario. Tout allait dépendre de l'état de santé de sa grand-mère. Le plus affreux était de se représenter confiné dans la même maison que Ben pendant plusieurs jours. Pire encore, de les savoir caser dans la même chambre ou un recoin du sous-sol, dans le même sac de couchage. La situation risquait fort d'arriver puisqu'on trouverait normal d'installer les deux garçons de la famille ensemble. Son père n'y verrait évidemment aucun inconvénient. Cette idée le fit frémir.

Vite, il lui fallait trouver une autre solution ! Pourquoi pas l'hôtel ? Ce serait déjà ça de gagné. Mieux encore, sa grand-mère serait peut-être guérie à leur arrivée et le séjour serait de courte durée. « Fais qu'au moins une de ces choses se réalise. » Justin se concentra très fort. Il ferma les paupières et répéta plusieurs fois cette phrase dans sa tête.

Tout à coup, il ressentit un violent coup contre son dos. Il sursauta et regarda vers l'arrière. Les écouteurs vissés dans les oreilles et la tête appuyée sur la banquette arrière, Ben avait les yeux clos. Justin se redressa. Quelques secondes plus tard, il reçut un second choc. Il se retourna à nouveau. Son cousin n'avait pas bougé, mais Justin remarqua que sa jambe droite était appuyée contre le dossier de son siège. Il observa Ben un moment, mais le garçon ne broncha pas. Dès que Justin détourna le regard, son cousin lui asséna un nouveau coup dans le dos.

— Qu'est-ce que tu as à bouger comme ça ? demanda son père.

– Mais...

Justin était furieux. Ne voyait-il donc pas que Ben le poussait ? Il pensait peut-être que son fils s'amusait à gigoter sur son siège par pur plaisir ? Christophe se retourna et regarda Ben, qui gardait toujours la même position.

– Il dort, fit-il, comme pour signifier à son fils que son cousin n'y était pour rien.

Pourtant, le manège continua, plus subtilement, cette fois. Ben n'infligeait plus de violents coups, mais appliquait une pression constante sur le banc à petites secousses irrégulières, comme un massage désagréable. Justin ne sursautait plus, mais ces pressions devenaient de plus en plus insupportables. Il regretta de ne pas s'être assis à l'arrière.

– Il faut que j'aille aux toilettes, mentit-il.

– Bon, d'accord. Ça tombe bien, je dois faire le plein.

« Pourvu que Ben y aille aussi, espéra Justin avec espoir. Je vais pouvoir m'installer à l'arrière. » Ils empruntèrent la sortie suivante et roulèrent un moment sur une route déserte, entourée de champs. Puis, ils aboutirent devant une vieille station libre-service. Christophe sortit de la voiture et s'approcha des pompes.

– Bon, OK les gars, dépêchez-vous !

Justin ouvrit la portière le premier, suivit de Ben. L'adolescent se planta devant lui et le dévisagea avec moquerie.

— Qu'est-ce que vous faites ? cria Christophe. Vous n'allez pas aux toilettes ?

Justin regretta son idée et repensa à l'épisode de Noël. Semblant deviner ses pensées, Ben lui sourit. D'une voix exagérément douce, il répondit à son oncle :

— J'attends que Justin y aille en premier.

— Non, toi, vas-y en premier !

— Bon, ça va faire vos niaiseries ! On n'a pas toute la journée !

Christophe désigna son fils et agita le bras en direction du bâtiment.

— Allez, Justin ! C'est toi qui voulais qu'on arrête, alors vas-y.

Ben regarda son jeune cousin et agita le bras pour faire une longue révérence, l'air de dire : « Après vous, mon cher. » À contrecœur, Justin se dirigea vers les cabinets. « Fais que Ben ne me suive pas. »

Tandis qu'il marchait, des voix féminines s'animèrent derrière son dos, ce qui le rassura. Ben n'oserait pas le torturer devant des témoins. Pourtant, lorsqu'il se présenta devant la toilette des hommes, il sentit un souffle dans son cou. Il se retourna et se retrouva face à face avec Ben, dont le sourire était encore plus large que tout à l'heure.

— Je pense que tu te trompes de toilette, ma petite Justine.

Justin n'en crut pas ses oreilles. Son cousin avait le culot de s'adresser à lui ainsi, dehors, en plein jour, devant son père et des inconnus ? Il souhaitait sûrement lui faire peur avec ces mots et s'imaginait qu'il irait docilement dans la toilette des filles pour avoir la paix. Mais cette fois-ci, il n'en était pas question. De toute façon, son père et ces inconnus ne le laisseraient pas faire. Ils interviendraient. Justin regarda par-dessus l'épaule de Ben et ne vit personne. À l'angle où il se trouvait, il n'apercevait ni son père ni les femmes venues faire le plein. Sans s'en rendre compte, il avait contourné un mur et s'était isolé.

— C'est ton petit papa que tu cherches, ma poulette ? rigola Ben. D'ici, il ne peut pas te voir.

— Laisse-moi tranquille !

Justin s'écarta de son cousin et décida de retourner vers la voiture. Il fit à peine quelques pas avant que Ben lui empoigne fermement le bras.

— Je ne t'ai pas dit de t'en aller.

— Lâche-moi !

Justin se débattit, sans succès. Les doigts de Ben refusaient de lâcher prise. L'adolescent se mit à rire.

— Une vraie fillette ! Même les filles se battent mieux que toi.

Il lâcha le bras de Justin et s'approcha de lui.

– Je comprends pourquoi ton père a honte de toi. Tu es la honte de toute la famille. Même Mamie ne voulait plus te voir. Imagine la face qu'elle va faire quand tu vas arriver chez elle. Ça va être son coup de mort, c'est certain !

Justin repensa aux paroles de sa mère. « Ignore-le, il va finir par se lasser. » Il se détourna de son cousin et accéléra le pas. Ben se lança sur ses talons.

– Pourquoi tu penses que ton père a laissé ta mère ? poursuivit l'adolescent, de plus en plus excité. Pas juste parce que ta mère est une salope, mais parce qu'il a honte d'avoir mis au monde une fille comme toi.

Justin s'arrêta. Sans même réfléchir et sans que son cerveau le lui ordonne, il sentit son bras droit se décrocher de son corps. Comme s'il s'agissait d'un geste familier et indépendant de sa conscience, le garçon sentit son poing se refermer, s'élancer et, de toutes ses forces, atteindre la mâchoire de Ben. N'ayant rien vu venir, celui-ci reçut le coup en plein visage.

Le geste ne dura que quelques secondes, mais Justin eut l'impression d'assister à la scène au ralenti. Il vit son poing se dresser et s'écraser contre la joue gauche de Ben. Il perçut ensuite la tête de son cousin qui rebondit par-derrière, lui faisant presque perdre pied. Il avait détaillé le tout tel un spectateur, comme s'il n'avait pas vraiment été l'assaillant.

Puis, Justin réalisa qu'il avait frappé Ben. La pulsion de prendre ses jambes à son cou le traversa. Il devait fuir avant que l'autre ne retrouve ses esprits. Il ne put toutefois pas s'empêcher de rester immobile et de contempler Ben. Toujours sonné, ce dernier caressait sa joue douloureuse et tâtait sa mâchoire, comme pour s'assurer de n'avoir aucune dent cassée. Puis il se retourna lentement vers Justin. Ses yeux retrouvèrent peu à peu leur lueur habituelle et un rictus se forma sur ses lèvres.

– Wow ! La petite demoiselle est fâchée ! Est-ce que se serait parce que j'ai parlé de sa petite maman adorée ? La vérité choque, hein ?

Ben s'approcha et colla son visage contre celui de Justin. Ce dernier constata avec surprise qu'ils étaient pratiquement de la même grandeur, tous les deux. Il avait beaucoup grandi au cours des derniers mois, mais apparemment, ce n'était pas le cas de son cousin.

– Tu ne le savais pas ? Ta maman faisait le trottoir, et puis un soir, ton père l'a su...

Le coup partit une seconde fois et atterrit sur le nez. Sous la force de l'impact, Justin ressentit une douleur à son poignet, tandis que le nez de Ben se mit à saigner.

– Tu m'as cassé le nez ! hurla-t-il, en colère.

D'une main, Ben tentait d'arrêter le flux sanguin et de l'autre, il brandissait le poing.

– Toi, t'es un homme mort !

– Ah ! parce que je suis un homme maintenant ?

Justin avait lâché cette réplique d'un ton calme, avec ironie, mais à travers sa poitrine, il sentait son cœur battre la chamade. Ses jambes faiblissaient. « Fais que je ne tombe pas. » Ben s'avança et l'agrippa violemment par le t-shirt. Son nez saignait toujours et une coulée de sang se répandit sur le coin de ses lèvres. Avec un cri de colère, il poussa violemment Justin, qui heurta une jeune femme venant dans leur direction. Elle reçut le gamin en plein ventre et faillit perdre pied.

– Eh là ! Faites attention ! cria-t-elle.

Embarrassé, Justin se tourna vers l'inconnue et la dévisagea avec de grands yeux. La fille le détailla et remarqua le nez ensanglanté de Ben. Justin eut honte. Une grande personne l'avait surpris en train de se battre. Elle allait sans doute réclamer des explications. Il avait vu des tas de garçons se faire sermonner par des adultes sans que ça lui soit jamais arrivé. La jeune femme ouvrit la bouche.

– Mêle-toi donc de tes affaires, grosse vache ! cracha Ben à son endroit.

Celle-ci resta interdite. Estomaquée, elle foudroya l'adolescent du regard.

– Qu'est-ce qui se passe ici ?

Christophe rappliquait. La jeune inconnue regarda l'homme venir vers elle et, dans un geste théâtral, alla se réfugier dans la toilette des dames.

– Qu'est-ce que vous avez fait ? cria-t-il. Vous vous êtes battus ?

– C'est lui qui a commencé ! répliqua Ben.

Il s'approcha de son oncle et exhiba sa blessure.

– Regarde, il m'a cassé le nez !

– C'est quoi cette histoire ? C'est vrai, Justin ?

Le garçon hésita. S'il répondait simplement oui, son père prendrait sans doute la défense de son cousin, et ça, il ne pourrait pas le supporter. Alors il déballa tout. Pour la première fois, il vida son sac. Dans un souffle, il raconta en détail ce que son cousin lui avait fait endurer pendant toutes ces années : les insultes, les humiliations et ce fameux soir de Noël. L'enfant s'exprimait si rapidement que Christophe n'arrivait pas à saisir chacun de ses mots. Justin ne pouvait pas faire autrement ; s'il avait hésité, ne serait-ce qu'un instant, il aurait cessé de parler.

Son père l'écoutait et semblait tomber des nues. Pourtant, il se doutait que son cousin le malmenait depuis l'enfance. Mais il avait toujours cru à des jeux d'enfants, des moqueries de petits garçons sans conséquence. Il ne se doutait pas à quel point Ben s'était montré cruel et combien Justin en avait souffert. Attentif aux propos de son fils, pour la première fois, il eut honte de lui-même. Il apostropha son neveu avec colère.

– C'est vrai tout ça ?

– C'était juste pour rire ! répliqua Ben, sur la défensive. Il m'a cassé le nez !

Christophe s'approcha avec ennui et releva brusquement le menton de l'adolescent.

— Mais non, il n'est pas cassé, ton nez ! Arrête de pleurnicher, on dirait une fillette. J'ai hâte de voir ton père. On va avoir une bonne discussion, tous les deux ! Ça n'en restera pas là !

Justin n'en croyait pas ses oreilles : son père prenait sa défense, enfin ! Christophe le regarda et lui ébouriffa les cheveux avec affection. Il prit sa main droite dans la sienne et examina ses jointures.

— Ça ne fait pas trop mal ? demanda-t-il avec un sourire gêné.

Justin secoua la tête, encore stupéfait. Ses messages télépathiques avaient dépassé toutes ses espérances : deux coups sur la gueule et son père, soudainement, était fier de lui ! Aujourd'hui était un nouveau jour, pensa le garçon. Il suffisait de fermer les yeux, d'espérer et la bonne fortune se présentait à vous. Incroyable !

Maintenant, rien de pire ne pourrait jamais plus lui arriver.

LOUISA

11 h 06

— Ce n'est pas vrai, Louisa ! Tu n'as pas apporté ton manteau d'hiver ? fit Robert en riant.

— Moins fort, chuchota-t-elle, mal à l'aise.

— Qui ça ? Qui a apporté son manteau d'hiver ? demanda Agathe en s'étirant le cou.

— C'est Louisa ! répliqua Maurice.

— Oh ! fit la vieille dame. Il fait si froid que ça, là-bas ? J'espère que non parce que moi, j'ai juste apporté une petite veste de laine.

Des rires résonnèrent dans l'autobus. « Bon, ça y est, se dit Louisa, à cause de Gaston, je suis maintenant la risée du club de l'âge d'or ! »

Elle se força cependant à sourire.

— Dans le fond, ce n'est pas vraiment un manteau d'hiver, dit-elle. C'est très léger, on peut aussi le mettre au printemps.

— Mais on est en plein été ! répliqua Agathe le plus sérieusement du monde.

La réplique déclencha un autre fou rire. Même Florence ricanait. Mieux valait en rire que de prendre les choses trop à cœur, pensa Louisa. Elle n'allait tout de même pas gâcher ses vacances à cause d'un foutu manteau qu'elle ne mettrait probablement pas.

– C'est la faute de Gaston, fit-elle en riant. Il n'arrêtait pas de dire qu'on gelait là-bas.

– Évidemment, vous mettez ça sur le dos de votre mari !

Louisa reconnut la voix de Maurice. De quoi se mêlait-il encore, celui-là ? Elle l'ignora et fit la sourde oreille.

– Tout ce que votre mari veut, c'est prendre soin de vous, ajouta-t-il.

Cette fois, Louisa se tourna vers lui. Il l'observait avec son sourire habituel. Que lui voulait donc cet homme ? L'aurait-elle constamment sur ses talons ? Passerait-il tout son temps à l'épier et à l'écouter ainsi ? S'il cherchait à s'inclure dans leur conversation, il s'y prenait de la mauvaise manière.

Louisa soupira et pensa à son voyage. Elle avait l'impression que Maurice se sentait investi d'une mission, s'attribuant le devoir de la surveiller pour le compte de son mari. Elle trouvait cette situation franchement ridicule. Gaston se fichait bien de savoir ce qu'elle ferait de son temps à Niagara, tant qu'elle ne dépensait pas trop son argent. Elle pourrait même s'y faire un amant qu'il ne sourcillerait même pas. Maurice était si grotesque que c'en était presque risible. « L'ignorer, se dit-elle, reste la meilleure chose à faire. »

Elle entendit des rires et des mots doux dans son dos. Puis, le bruit d'un baiser contre la peau. Robert et Danièle, bien sûr. Une pointe d'envie lui pinça le cœur. Comment pouvaient-ils être encore amoureux après toutes ces années ? Louisa ne croyait plus l'éventualité possible. Ou plutôt, si ça n'était pas possible pour elle, comment pouvait-il en être autrement pour les autres ?

Elle regarda sa sœur. Florence était en grande conversation avec le chauffeur. Depuis combien de temps discutaient-ils ensemble ? Louisa ne l'avait pas remarqué. Ce n'était pas dans les habitudes de sa jeune sœur de bavarder ainsi avec des inconnus. Curieuse, Louisa tendit l'oreille. Ils semblaient parler de retraite et de voyages. Le visage du chauffeur paraissait nostalgique et, de temps à autre, il gratifiait Florence d'un regard doux. Elle avait l'air gai. Louisa sourit. Jamais mariée et nouvellement retraitée, sa cadette n'avait eu qu'un seul amoureux dans sa vie. Il y avait bien des années de ça, avant son propre mariage avec Gaston.

Louisa observa le chauffeur du coin de l'œil. Elle lui donnait à peu près le même âge que sa sœur. Son physique était quelconque, mais il se dégageait beaucoup de bonté de son regard. D'une voix douce, il s'adressait à Florence avec la timidité d'un homme peu habitué de parler aux femmes. Il souriait, visiblement heureux de partager ses passions avec quelqu'un d'aussi attentionné. Louisa l'imaginait vieux garçon, lui aussi, vivant heureux, tranquille et profitant des petites joies de la vie. Elle enviait ce genre de personnes.

– Oh, mon Dieu ! Vraiment ?

Louisa se tourna vers la banquette de droite. Agathe, une main devant la bouche, regardait Maurice avec de grands yeux ébahis. L'homme souriait, visiblement fier, et posa son index sur le bout de ses lèvres, l'air de dire : « Ne le dites à personne, c'est un secret. » Puis, Agathe se mit à rire comme une fillette avant de lancer un grotesque clin d'œil complice à son compagnon de voyage. Qu'est-ce que Maurice avait bien pu raconter à cette pauvre vieille pour l'impressionner ainsi ? Pourvu qu'il ne s'agisse pas de son arme. Malgré elle, elle tendit l'oreille.

– Louisa est chanceuse de vous avoir comme voisin, dit la vieille, assez fort pour que celle-ci puisse l'entendre.

Flatté, Maurice se mit à rire et se tourna vers sa voisine. Bon ! Il fallait maintenant que cette folle en rajoute. Elle lui fit penser à Gaston ; ils étaient aussi impressionnables que des enfants. Évidemment, Maurice avait le don de les repérer.

– Je me suis fait voler le mois passé et j'ai eu la peur de ma vie, poursuivit la vieille dame.

Louisa soupira. Qu'est-ce qu'elle allait encore raconter ? Si elle s'était fait cambrioler, tout le quartier aurait été mis au courant depuis longtemps.

– Vraiment ? demanda Maurice avec une compassion quelque peu exagérée. On ne vous a pas blessée, j'espère ?

Plusieurs têtes étaient maintenant braquées sur Agathe. On attendait la suite.

– Oh, non ! En fait, je suis arrivée avant les voleurs !

– Pourquoi dites-vous que vous vous êtes fait voler, alors ? demanda sèchement Danièle.

– Parce qu'ils attendaient devant ma maison ! Je revenais de l'épicerie et je les ai vus, stationnés dans leur sale voiture, qui m'épiaient. Si j'étais arrivée dix minutes plus tard, ils auraient eu le temps de me voler, c'est sûr ! répondit Agathe, de plus en plus animée. Une chance que les bananes étaient en spécial à l'épicerie près de chez moi, sinon je serais allée où je vais d'habitude.

Elle regarda Maurice et lui fit un sourire coquin.

– C'est un peu plus loin, mais en général, c'est moins cher.

Son compagnon opina du bonnet et lui rendit son sourire. Elle reprit aussitôt son air offusqué et continua :

– Je serais donc arrivée chez moi plus tard et ils auraient eu le temps de me dévaliser. Imaginez ! Mes beaux bijoux, mes...

– Mais qui ça, « ils » ? demanda Danièle.

– Des voyous, des bandits ! cria la vieille dame. Ils étaient au coin de la rue, stationnés dans une voiture. Ils avaient l'air louche, attriqués comme les vrais bandits qu'on voit aux nouvelles, avec des tatouages partout, sales et drogués. Ils étaient là et me regardaient, ajouta-t-elle en portant la main à son cœur. J'essayais d'ouvrir la porte, mais je tremblais tellement que je n'arrivais pas à trouver les bonnes clés. J'ai même échappé mon sac de bananes, vous rendez-vous compte ? Je n'ai pas pris le temps de le ramasser, oh non, j'avais bien trop peur ! Heureusement, j'ai réussi à entrer avant eux. J'ai fermé la porte à double tour, puis j'ai regardé par la fenêtre sans qu'ils me voient. Ils m'épiaient toujours avec cet air méchant...

Elle s'arrêta, étouffée par l'émotion. Puis, elle se tourna à nouveau vers Maurice d'un air désolé.

– Pensez à ce qu'ils auraient pu me faire si j'étais arrivée cinq minutes plus tard et que j'étais tombée face à face avec eux !

Elle tourna la tête et observa les gens autour d'elle.

– Ils auraient pu me tuer ou même... me violer !

Louisa entendit ricaner derrière elle. Elle vit Robert tenter de dissimuler son fou rire et Danièle lever les yeux au ciel.

– Je suis sûre qu'ils sont partis avec mes bananes ! enchaîna la vieille dame, trop bouleversée pour entendre les rires. C'est la seule chose que ces petits voyous auront eue de moi !

L'hilarité reprit de plus belle. Louisa eut presque pitié de cette pauvre femme, mais ne put s'empêcher de s'esclaffer elle aussi.

– Je ne vois pas ce qu'il y a de drôle là-dedans ! répliqua Maurice en jetant un œil à la ronde. Dans ma carrière, vous savez, j'en ai vu des vertes et des pas mûres ! Des fous, il y en a partout ! On n'est jamais trop prudent !

Ses yeux se plissèrent.

– Vous pensez que vous avez tout vu, mais il y a toujours pire ! Heureusement, je veille au grain. Je suis peut-être à la retraite, mais... je suis toujours aussi efficace.

De sa main droite, il donna deux petits coups contre sa poitrine.

– Vous pouvez vous sentir en sécurité avec moi.

Son regard se posa sur Louisa et il sourit à pleines dents. Elle entendit Danièle soupirer derrière elle avant de renchérir.

– Seigneur, ce qu'il ne faut pas entendre !

Louisa avait maintenant perdu toute joie à l'idée d'effectuer ce voyage. La présence de cet énergumène risquait fort de ruiner ses vacances, c'était évident. Pour gâcher le tout, il avait fallu qu'il s'acoquine avec cette vieille bonne femme qui devenait de plus en plus gâteuse, année après année. Pourtant, tout ça était plutôt insignifiant. Ce n'était que des paroles en l'air, des phrases-chocs pour épater la galerie. Louisa s'en faisait probablement pour rien. C'était vrai. Que pourrait-il arriver de fâcheux dans un endroit aussi touristique que Niagara Falls ?

11 h 15

Léo parlait et ne pouvait plus s'arrêter. Il n'avait pas l'habitude de discuter aussi longtemps avec ses passagers. Bien sûr, il y avait fréquemment eu des gens, au cours de ses trajets, qui avaient tenté d'engager la conversation avec lui. Léo leur avait toujours répondu poliment, mais ses réponses étaient restées brèves et évasives, car il ne se sentait pas à l'aise de causer en conduisant. Il aimait la solitude de la conduite.

Cette fois-ci, c'était différent. Il y avait une charmante dame assise derrière lui et bavarder avec elle était rafraîchissant. Elle semblait différente des autres femmes qu'il avait l'habitude de rencontrer. Évidemment, Léo était loin d'être un expert de la gent féminine, mais même avec la cinquantaine déjà entamée, il se dégageait d'elle une fraîcheur de jeune fille. Contrairement à son épouse, que plus rien n'impressionnait, une sorte de naïveté émouvante émanait de cette femme. Tandis que Pierrette babillait et écoutait peu, cette délicieuse inconnue l'écoutait, et sans même s'en rendre compte, le poussait à parler davantage.

Léo avait tout de suite éprouvé de la sympathie à son égard. Même si elle se donnait des airs distingués, elle semblait plutôt timide et maladroite. De plus, elle avait rougi comme une gamine lorsque leurs doigts s'étaient effleurés. Contrairement à son habitude, Léo avait brisé la glace en premier. « Est-ce la première fois que vous allez aux chutes du Niagara ? » avait-il demandé. Il s'était bien sûr attendu à une réponse affirmative, mais il fallait bien commencer quelque part. La dame avait effectivement opiné de la tête et le reste de la conversation était venu naturellement. « Je compte bien profiter de ma retraite pour voyager ! » Se surprenant lui-même, Léo lui avait alors parlé de la sienne.

Il se surprit même à lui faire part des sentiments qu'il avait ressentis lorsque son patron lui avait annoncé la nouvelle, allant jusqu'à mentionner à quel point il s'était senti inutile et humilié d'être ainsi « remercié » après tant d'années. Il retenait ces émotions en lui depuis des semaines. Il n'en avait parlé à personne, pas même à sa femme. Florence l'écoutait et compatissait avec lui.

— Au moins, vous avez l'air serein, dit-elle.

Sur le coup, ce commentaire surprit Léo. Puis, il s'aperçut que le ton de sa voix était calme et détendu. Plus encore, il souriait sans s'en rendre compte. C'était vrai, il n'avait pas parlé sur un ton revanchard ni pleurnichard, mais plutôt d'une façon détachée et, peut-être même, paisible. Oui, c'était fort possible.

— Ce que j'aimais le plus dans mon métier, poursuivit-il, c'est qu'il me permettait de voyager.

— Vous pourrez encore voyager une fois à la retraite.

— Oui, mais...

— J'imagine que quand on est chauffeur, on n'a pas le temps de visiter et de rester très longtemps dans un endroit ?

— Non, c'est vrai. On doit vite reprendre la route.

– Donc, à la retraite, vous aurez tout le temps d'explorer et de retourner dans les endroits que vous avez aimés.

– Oui, vous avez raison...

Léo était à court de mots. Cette femme disait vrai. Il ne lui était jamais venu à l'esprit qu'il pourrait voyager à la retraite et refaire les mêmes parcours effectués en tant que chauffeur. Pourtant, combien de fois était-il rentré chez lui frustré de n'avoir pas eu la chance de rester plus longtemps dans tel ou tel endroit ? Qu'est-ce qui l'empêchait d'y retourner, maintenant ? « Mais tu seras mort, idiot ! » Ça, il ne pouvait pas lui dire. Il ne pouvait pas non plus lui avouer qu'il ne désirait pas voyager seul, car Florence l'estimerait à tort célibataire. Sans trop savoir pourquoi, il n'éprouvait aucune envie de lui parler de sa femme. Il examina sa main gauche et constata avec soulagement que le volant camouflait son alliance.

– Dans le fond, vous avez de la chance, ajouta la passagère. Vous avez vu plein de beaux coins, vous aurez maintenant l'occasion d'y aller avec les gens que vous aimez... et pas juste avec des inconnus comme nous.

Elle gloussa timidement. Léo lui sourit. Il fut ému par sa naïveté. Les choses semblaient si simples pour elle. Il eut envie de lui dire : « Je pars bientôt pour un grand voyage, vous savez, mais pour un aller simple, cette fois-ci. » Toutefois, il se retint, car il savait très bien que cette femme n'aurait pas compris. D'ailleurs, qui aurait pu le comprendre ? De toute façon, sa décision était prise. Il ne s'était pas senti aussi heureux depuis fort longtemps. Bien sûr, il trouvait cette conversation fort agréable. Peut-être que si elle avait eu lieu quelques mois plus tôt, les choses auraient pu être différentes. Peut-être qu'il... « Arrête ! » Léo chassa cette idée de sa tête. Il ne connaissait pas cette femme, il était donc tout à fait ridicule d'oser imaginer quelque romance que ce soit. À son âge, on n'espérait plus. Non, Léo s'obstinait à croire que son présent bonheur était uniquement dû au revolver qu'il trimballait dans sa poche.

Soudain, une voix se fit plus forte.

– Pourquoi dites-vous que vous vous êtes fait voler, alors ?

La voix provenait de la rangée de bancs derrière lui. Léo jeta un œil dans le rétroviseur et remarqua des visages tendus et animés. Intriguée, Florence se retourna vers les autres passagers. Léo constata tristement que sa conversation avec la sympathique dame venait de se terminer. Le charme était rompu. Le chauffeur tendit l'oreille. La vieille dame prénommée Agathe parlait de voyous et de voleurs. À son air et à sa façon de gesticuler, elle paraissait secouée et insultée. L'homme assis à ses côtés semblait prendre sa défense et manifestait lui aussi son emportement. Léo ne perdit pas un mot de son discours. Lorsqu'il comprit enfin qu'il s'agissait d'un ancien flic, son cœur s'emballa.

Et si ce type s'apercevait qu'il possédait un revolver ? Son arme était enregistrée, mais il n'avait pas de permis pour la traîner sur lui. Que dirait-on si on découvrait un chauffeur qui se promenait avec une arme chargée à l'intérieur de son veston ? Un chauffeur qui trimballait d'innocentes personnes âgées, de surcroît. Léo terminerait sa carrière dans le déshonneur, lui qui avait toujours eu un dossier sans tache. Pire, il n'aurait probablement plus droit à sa maigre pension. Léo frissonna à cette idée et tendit de nouveau l'oreille. Il n'avait pas l'habitude d'écouter les conversations de ses passagers. Pour lui, un bon chauffeur se devait de demeurer discret, tout en se concentrant sur la route. Mais l'homme parlait si fort qu'il aurait été impossible de ne pas l'entendre. Il n'aimait pas cet individu. Il n'appréciait pas sa façon de se comporter avec grandiloquence. Avec cette allure, il lui faisait penser à un célèbre personnage d'inspecteur dont il oubliait le nom.

– ... Vous pouvez vous sentir en sécurité avec moi, ajouta l'homme avec un sourire.

Léo fut à nouveau parcouru de frissons. Pourvu que la situation ne s'envenime pas davantage et qu'il soit obligé d'intervenir. Léo avait toujours détesté cette éventualité, car il n'était pas doué pour la discipline et il ne possédait pas une once d'autorité. Cette fois-ci, ce n'était pas ce qui l'embêtait le plus. Il jeta un rapide coup d'œil vers sa poitrine. Il lui semblait qu'une bosse déformait maintenant le devant de son veston. Que dirait-il pour se défendre si jamais on trouvait son arme ? « Je ne cherchais pas à blesser quelqu'un, je le jure, je voulais uniquement me tirer une balle dans la tête ! » Qu'est-ce qui lui avait donc pris de la porter sur lui ? La laisser reposer en sûreté au fond de son sac aurait été beaucoup plus sage. Mais Léo savait très bien pourquoi. Elle était maintenant devenue son unique raison de vivre.

Et tant qu'il vivrait, il ne pourrait plus s'en passer.

EMMANUEL

10 h 48

— Enfin seuls toi et moi.

Bien calé derrière le volant, Phil observait son passager du coin de l'œil, sourire en coin.

— Pourquoi tu dis ça ?

Le sourire de Phil fondit.

— Je disais ça comme ça, pour détendre un peu l'atmosphère, c'est tout !

— Pourquoi ? J'ai l'air tendu ?

— Si t'as l'air tendu ? Tu ne te vois pas l'air ? On dirait que tu t'en vas à l'abattoir. Relaxe, vieux...

— Relaxe ? Eh, on ne s'en va pas faire un pique-nique ! Peut-être que tu trouves ça *cool*, mais moi...

— Je sais que t'as peur, Manu. Il ne faut pas que tu le laisses paraître.

— Facile à dire ! répondit le garçon malgré lui.

— Regarde-moi, j'ai l'air en confiance comme ça, mais c'est sûr que ça me fait peur, à moi aussi.

Emmanuel jeta un regard sceptique vers son compagnon de voyage.

— Vraiment ?

— Oui ! Tout est une question d'attitude. Le *look*, c'est sûr que ça aide, mais ce n'est pas suffisant. Regarde-toi ! Tu t'es laissé pousser la barbe et les cheveux, tu es habillé en pouilleux, mais dans le fond de tes yeux, on voit bien que tu as peur. Il ne faut pas juste se fier aux apparences.

Emmanuel le toisa, irrité.

— Écoute, je vais te raconter quelque chose, poursuivit Phil. L'autre jour, j'étais avec deux amis dans mon auto. On roulait depuis une heure et on s'est retrouvés à Laval, dans un quartier résidentiel. Complètement perdus. Je me suis donc stationné deux minutes, juste pour étudier la carte, et une petite vieille, qui habitait juste en face, est arrivée avec ses sacs d'épicerie. Je te jure, mon gars, qu'aussitôt qu'elle nous a vus, elle s'est mise à paniquer. Elle n'arrêtait plus de nous fixer, les yeux sortis de la tête, en marchant de plus en plus vite.

Emmanuel n'était pas certain de vouloir entendre la suite. Phil continua tout de même, amusé :

— Malgré son âge, elle a presque monté les marches de l'escalier en courant. Ses mains tremblaient tellement qu'elle ne réussissait pas à ouvrir la porte. Elle se retournait continuellement pour nous regarder, effrayée à l'os. Comme dans un film d'horreur où la fille sait qu'elle va se faire tuer. Tu vois le genre ? C'était une vraie farce de la voir aller.

Emmanuel, qui ignorait toujours où Phil voulait en venir, le regarda encore, perplexe.

— Elle tremblait tellement qu'elle a même échappé un sac d'épicerie par terre et elle l'a laissé là ! Elle pensait probablement qu'on sortirait de l'auto pour aller l'attaquer ou je ne sais pas quoi. Finalement, elle est rentrée chez elle et a claqué la porte. Après, on a vu sa silhouette à travers les rideaux nous observer quelques minutes, puis disparaître. Je suis certain, mon gars, qu'elle était en train d'appeler la police. On est partis parce que si on était restés cinq minutes de plus, on se faisait embarquer.

Phil s'esclaffa.

— On n'avait rien fait ! On était juste perdus !

— Je suppose que vous n'avez pas cogné à sa porte pour demander votre chemin ?

— Non, pas vraiment... répondit Phil en riant. Je suppose que tu vois où je veux en venir avec la question d'attitude ? ajouta-t-il avec plus de sérieux.

— Tu veux dire que si j'avais été à ta place, la vieille n'aurait pas eu peur, c'est ça ? fit sèchement Emmanuel.

— Disons qu'elle t'aurait peut-être invité à prendre le thé.

— Bon, c'est quoi le problème ? Tu penses que je vais tout gâcher ? Que je ne serai pas à la hauteur ?

— Une petite question, Manu...

— Emmanuel ! J'aime mieux qu'on m'appelle Emmanuel.

Il avait toujours détesté qu'on le surnomme Manu, car, disait-il, ça faisait trop commun, trop impersonnel. Seule Gabrielle se permettait de l'appeler ainsi.

– Bon, d'accord, « Emmanuel ». Quelle est la vraie raison qui t'a fait embarquer dans le plan ?

– La même que toi, Phil ! L'argent !

– Eh bien moi, je pense que si tu le fais, c'est seulement parce que Gabrielle te l'a demandé.

– Mais non ! J'ai... J'ai vraiment besoin de cet argent-là. J'ai plein de dettes, j'ai...

Phil ricana.

– Qu'est-ce qui te fait rire ?

– Tu sais, Gabrielle, c'est une fille vraiment superbe. Il y a beaucoup de gars qui feraient n'importe quoi pour être avec elle.

« Oui, je sais, pensa Emmanuel. C'est bien ça, le problème. » Il s'abstint toutefois de le mentionner.

– As-tu déjà braqué avant ? demanda Phil.

– Pourquoi ? C'est une entrevue pour un *job* ?

– Je me demande juste si tu as assez de couilles pour le faire.

Emmanuel resta muet.

– Ça fait combien de temps que vous êtes ensemble, elle et toi ? Cinq mois ?

– Six !

– Bon, d'accord, six ! Bien moi, ça fait deux ans que je la connais.

– Et puis ?

– Puis ? Ça veut dire que je la connais mieux que toi. Tu n'as jamais pensé que Gabrielle pouvait nous manipuler tous les deux ?

Emmanuel soupira.

– Qu'est-ce que ça veut dire, ça ?

– Peut-être qu'elle se sert de nous pour avoir ce qu'elle veut... Et aussitôt qu'elle l'aura, elle partira avec l'argent. Nous, on se retrouvera à sec.

– Écoute, Phil, je sais que t'adores me provoquer et me faire fâcher, mais est-ce que c'est vraiment utile ? On n'est pas obligés de se parler, tu sais !

Il avança sa main vers la radio, mais l'autre arrêta son geste.

– Je suis sérieux. Penses-y deux minutes. Je sais que tu l'aimes et que pour toi, c'est la fille parfaite, mais... Moi, je n'en ai jamais vu des comme ça : belle, charmeuse et surtout... très intelligente. Elle est toujours douce, elle ne se fâche jamais, elle ne hausse pas le ton, pourtant... On finit toujours par faire ce qu'elle veut. Moi, je dis qu'il faut s'en méfier.

– T'es drôle, toi ! Je pense que c'est plutôt de toi qu'il faudrait se méfier.

– Ah oui ? Et pourquoi ça ?

– Tu nous mets un de tes complices dans les pattes à la dernière minute ! Je trouve que ça n'a aucun sens ! Je ne comprends pas pourquoi Gabrielle a laissé passer ça.

– Tu penses qu'elle a vraiment eu le choix ?

– Qu'est-ce que tu mijotes, Phil ?

– Il n'y a pas de complot. Je vous l'ai dit : cette personne-là ne demande rien, c'est moi qui vais m'arranger avec elle.

– Parce qu'elle va faire ça gratis, peut-être ?

– ...

– Pourquoi tu ne nous dis pas si c'est un gars ou une fille ? Comment va-t-on faire pour savoir qui c'est, hein ?

– Ce complice va juste nous aider... de façon discrète. Personne ne va s'en rendre compte, mais grâce à lui, tout va marcher comme sur des roulettes.

– Pourquoi nous l'as-tu dit, alors ?

– J'ai mes raisons, Manu. Pardon, je voulais dire « Emmanuel ».

Phil le prenait vraiment pour un imbécile. Le jeune homme ne comprenait pas pourquoi Gabrielle s'était laissée convaincre. Ce plan était son idée. Pour quelle raison laissait-elle Phil le bousiller ?

– Tu l'aimes vraiment cette fille, hein ?

Emmanuel ignora la question.

– Moi aussi, je l'aime, tu sais.

– ...

– Tu ne dis rien ?

Il se tourna vers lui.

– Qu'est-ce que tu veux, Phil ? Que je m'en aille ? Que je débarque de la voiture et que je sorte de votre plan, c'est ça ?

– Je veux juste savoir comment tu réagiras quand Gabrielle sera dans mes bras. Quand son corps sera collé contre le mien, quand tu l'entendras gémir et me supplier de ne pas lui faire de mal...

– Je sais déjà tout ça, coupa Emmanuel, qui s'efforçait de rester calme. Ça fait partie du plan.

Au fond de lui, son cœur se mit à battre de plus en plus vite.

– Pendant que je l'aurai dans mes bras, je ne sais pas ce que je ferai de mes mains, poursuivit Phil d'une voix suave. Peut-être que je la tiendrai par la taille, mais je pourrai aussi en profiter pour la caresser un peu...

Emmanuel fixa son regard droit devant lui. Il devait se retenir pour ne pas perdre le contrôle. Il était primordial de ne pas lui donner cette satisfaction.

– Tu ne dis rien ?

Il le regarda enfin.

– Qu'est-ce que tu veux que je te dise ? Je sais que tu as envie de coucher avec elle, que t'attends ça depuis longtemps. Dans ta tête, c'est juste une question de temps avant qu'elle me laisse tomber. Tu cherches à me provoquer pour lui prouver que je suis un minable, un jaloux qui est incapable de se maîtriser.

Phil ricana.

– Je t'ai dit de ne pas te fier aux apparences. Ça fait deux ans que je la connais, Gaby. Si on avait eu à coucher ensemble, on l'aurait déjà fait. Ça ne s'est jamais passé et ça n'arrivera jamais non plus.

Sans trop savoir pourquoi, Emmanuel crut à la sincérité de Phil.

– Pourquoi tu ne me lâches pas avec ça, alors ? demanda-t-il.

– Parce que je veux savoir à quel point le complice d'un braqueur peut ressentir de la compassion pour une victime.

∽ 5 ∽

MARILYN

11 h 35

— Où t'en vas-tu, comme ça ? demanda Steve à l'auto-stoppeuse.

La fille fit la moue.

— Je vais travailler.

— Ah ! Tu travailles où ?

— Au resto *Chez Betty*, fit-elle d'un ton dédaigneux. Je suis serveuse.

Steve s'esclaffa.

— Wow ! À voir ton expression, la carte doit être bonne, là-bas.

La fille ricana à son tour.

– Non, ce n'est pas que ce n'est pas bon, c'est juste que je suis écœurée de travailler dans ce resto. Je dois porter une robe affreuse dans le genre de celles que portait ma grand-mère et j'ai l'air d'une vraie folle là-dedans ! précisa-t-elle en faisant la grimace. À l'exception de Jimmy, le plongeur, je n'aime pas les autres employés. Les deux cuisiniers sont snobs, l'autre serveuse se prend pour une diva et le patron, je ne t'en parle même pas ! dit-elle en plaçant un index dans sa bouche tout en faisant mine de vomir.

– C'est lui qui s'appelle Betty ? se moqua Steve.

– Non, Betty c'est sa femme, répliqua l'inconnue dans un grand éclat de rire. C'est sa femme, mais il ne se souvient pas souvent qu'il est marié... En tout cas, pas avec moi.

Elle gloussa de nouveau. Steve l'imita.

Marilyn fulminait. Ce fut plus fort qu'elle : elle se retourna et les observa un moment. Steve l'ignora. Son bras était étendu le long de la banquette, derrière les épaules de l'auto-stoppeuse. Lorsque celle-ci riait, elle rejetait la tête en arrière et effleurait le biceps du jeune homme. « Elle le fait exprès ! » maugréa Marilyn en elle-même. Elle se retourna et épia le couple dans le miroir du pare-soleil. Son regard s'attarda sur la fille. Elle lui donnait à peu près son âge, dans les vingt-deux ou vingt-trois ans. Elle était petite et plutôt boulotte, en tout cas plus ronde qu'elle. Ses longs cheveux châtains étaient négligemment noués en queue de cheval. Elle avait un anneau fixé dans le sourcil et elle portait des vêtements de style bohème : une longue jupe paysanne et une camisole fleurie avec des franges dans le bas. La nouvelle passagère contemplait Steve avec de grands yeux de biche et poussait à tout moment des petits rires nerveux. Cette idiote, pensa Marilyn, se comportait exactement comme si elle venait de remporter le concours « Passez une journée avec votre idole ». Elle bouillait de voir Steve en rajouter. Il lui faisait les yeux doux et riait de bon cœur avec elle.

— Comment t'appelles-tu ? demanda-t-il.

— Marie-Jeanne. Ce n'est pas très beau comme prénom, hein ?

— Oh non ! Moi, je trouve ça très joli. Ça te va très bien.

La fille rougit.

— Merci, dit-elle en souriant.

— Tu n'as pas l'air d'une serveuse automate en tout cas.

— Quoi ? Comment ça ?

— C'est une blague. Tu sais, la serveuse automate ? La chanson ?

— Hein ?

« Idiote ! se dit Marilyn. Elle ne sait même pas de quoi il parle. On est en Ontario, mais quand même ! »

– C'est le personnage d'une comédie musicale. Tu ne connais pas *Starmania* ? s'enquit Steve.

Marie-Jeanne le regarda avec perplexité et secoua la tête.

– Bah ! Oublie ça ! Ce n'est pas si connu que ça.

Marilyn eut le goût de l'étrangler.

– Tu ne fais pas du pouce pour aller travailler tous les jours, j'espère ? demanda Anaïs d'un ton sec.

Marilyn se tourna vers son amie. Elle réagissait enfin ! Anaïs les observait également à travers le rétroviseur. Elle paraissait contrariée.

– Ma voiture est tombée en panne ce matin, répliqua Marie-Jeanne d'une voix rêche. Mon ami Jimmy serait bien venu me chercher, mais il n'a pas de voiture... Et puis, ça n'aurait aucun sens que je fasse du pouce pour aller travailler tous les jours, matin et soir.

Elle regarda Anaïs d'un œil hautain, comme si sa question était impertinente et absurde.

– Ouais, franchement Anaïs ! fit Steve.

Marilyn serra les poings. Comment osait-il se comporter ainsi devant Anaïs ? s'indigna-t-elle intérieurement. Il ne manquait pas de toupet. Toutefois, ce n'était pas de son amie qu'elle se souciait le plus, mais plutôt d'elle-même. Pour la première fois depuis longtemps, elle ressentait de la jalousie, et la présence de cette fille dans la voiture la dégoûtait. Comment Steve avait-il pu la repousser le matin même pour flirter sans gêne avec cette serveuse simplette ?

— Où vas-tu, toi ? demanda l'auto-stoppeuse à Steve.

— Où vas-tu, toi ? singea Marilyn à voix basse. Elle pense peut-être qu'on est les chauffeuses de Monsieur !

— On va à Cuba, répondit le garçon en souriant.

— Oh wow ! Chanceux ! répliqua la fille en roulant des yeux. Est-ce que je peux embarquer dans tes bagages ?

— Mais oui, ma chère, puis étouffe-toi donc dedans tant qu'à y être ! ajouta Marilyn entre ses dents.

— Ce n'est pas toi qui devrais être offusquée, mais plutôt moi, lança Anaïs.

— Quoi ?

Son amie la fixait d'un œil contrarié.

— Mais, mais... C'est pour toi que je me scandalise, ma chère !

Marilyn leva le menton d'un air hautain et pro-tecteur avant de poser la main sur le genou de la conductrice.

— C'est moi votre chaperon et je ne voudrais pas que quelqu'un ou plutôt quelqu'une vienne tout gâcher...

– Marilyn, arrête de faire l'actrice, ça m'énerve !

Cette dernière ravala sa colère. Décidément, ce n'était pas son jour de chance aujourd'hui. Elle se faisait gronder une seconde fois par son amie en l'espace de quelques heures. Personne, apparemment, ne semblait supporter sa présence. Pourvu que Steve et sa nouvelle rivale n'aient rien entendu. Ce serait bien le comble ! Elle jeta un coup d'œil dans le miroir, mais les deux nouveaux tourtereaux discutaient à voix basse et rigolaient. Anaïs demanda à Marie-Jeanne :

– Est-ce qu'il y a une station-service dans le coin ?

– Euh, oui... répondit la fille, ennuyée de se faire interrompre. Continue tout droit et à la prochaine sortie, tu vas la trouver. C'est la seule dans les environs.

Elle se tourna vers Steve en souriant.

– C'est un vrai trou perdu, ici. Il n'y a rien à des kilomètres à la ronde.

– Parfait ! répliqua Anaïs d'une voix glaciale. Je suis fatiguée de conduire.

Elle regarda Steve dans le rétroviseur.

– C'est à ton tour de prendre le volant, mon amour.

Le garçon ignora la requête et observa Marilyn. La jeune femme contemplait la route. Elle regardait défiler le paysage sans vraiment le voir, car ses pensées étaient dirigées ailleurs. Comme elle en voulait à Steve ! Elle aurait préféré le détester, mais elle en était incapable. Pire, son amour pour lui semblait avoir grandi davantage ! Quelle idiote ! Elle en avait marre de toujours jouer la comédie pour sauver la face, pour cacher sa souffrance. Le jeu n'apportait aucun résultat, d'ailleurs ; ses amis n'étaient pas dupes et savaient que ce n'était que du *bluff*. Au fond, elle ne parvenait qu'à se couvrir de ridicule et à les exaspérer un peu plus chaque jour. Elle se sentait maintenant vraiment moche dans sa robe estivale. Qu'est-ce que ce serait une fois arrivée à Cuba ? Les mauvais souvenirs d'Old Orchard referaient sans doute surface. Elle n'oserait certainement pas se pavaner en maillot de bain devant Steve et Anaïs. La comparaison entre les deux filles serait inévitable, et par conséquent, intolérable. Anaïs serait ravissante dans son bikini, avec son long corps élancé et son teint bronzé au naturel. Elle, au contraire, aurait l'air d'une baleine blanche. Elle faillit rire en imaginant la scène, mais ce n'était pas drôle. Marilyn eut l'impression de se retrouver à nouveau à l'été de ses quatorze ans. Elle croyait que le temps l'avait changée ; le passé l'avait plutôt rattrapée.

– Marilyn ? Tu ne veux pas conduire, toi ?

Elle croisa le regard de Steve à travers le miroir du pare-soleil. Il lui fit un clin d'œil. Marie-Jeanne poussa alors un grand éclat de rire. Marilyn serra les dents et se retourna vers son ami.

– Tu n'as pas entendu ce que « ta blonde » t'a dit ? C'est toi qui conduis !

Elle regarda ensuite Marie-Jeanne.

– Et toi, ne pousse pas ta chance si tu ne veux pas aller travailler à pied ! Au cas où tu ne l'aurais pas remarqué, on n'est pas des chauffeurs de taxi !

Un silence pesant s'installa dans la voiture. Tans pis si Anaïs s'interrogeait à propos de cette soudaine attitude ou si Steve rigolait. Pour une fois, elle avait vraiment dit ce qu'elle pensait et avait enfin montré une parcelle de sa vraie personnalité. Elle rabattit le pare-soleil et porta son attention sur l'approche du panneau d'affichage : « Morrisville, sortie 743 ».

Marie-Jeanne n'avait pas menti : le coin semblait désert et inhabité. Une minuscule station libre-service s'offrit bientôt à eux. Un homme s'activait devant une des deux pompes, accompagné de deux jeunes garçons. Anaïs gara sa Tercel derrière la Lexus noire.

Elle sortit ensuite du véhicule. Marilyn l'imita et s'approcha de son amie :

– Je ne veux surtout pas que tu penses que je suis jalouse. Je ne l'aime pas, cette Marie-Jeanne ! Je ne vois pas pourquoi on irait gentiment la reconduire alors qu'elle se moque de nous ! De toi surtout, avec Steve...

– Je t'ai dit d'arrêter ça, Marilyn ! Arrête de jouer à la vierge offensée !

Elle baissa le ton.

– Je ne l'aime pas plus que toi. Je ne sais pas à quoi Steve joue, mais il va en entendre parler... De toute façon, ça ne te regarde pas !

– Je n'en ai rien à foutre de Steve ! explosa Marilyn. C'est de la serveuse dont je te parle ! On n'a pas à lui servir de taxi !

À ce moment, la jeune femme sentit un regard dirigé vers elle. Elle se tourna vers le client qui était en train de faire le plein. L'inconnu promenait un œil amusé en direction des deux filles. C'était un bel homme aux cheveux foncés, d'allure sportive. Peut-être la mi-trentaine, jugea Marilyn. Elle se sentit soudain honteuse de s'être laissée emporter devant ce charmant étranger. Il la dévisagea un moment et lui adressa un sourire en coin. Marilyn rougit et détourna la tête. Elle n'avait pas rêvé ! Ce n'était pas Anaïs qu'il contemplait ainsi. Elle n'avait pas l'habitude d'être le centre d'attraction en présence de son amie. Marilyn leva de nouveau les yeux vers lui. Le sourire de l'homme s'élargit. Les joues de la jeune fille s'enflammèrent. Ma foi, ce séduisant inconnu lui faisait du plat ! Elle releva le menton et lui rendit poliment son sourire. Puis, elle remarqua que ses doigts tournoyaient nerveusement les perles de son collier. Ne voulant pas passer pour quelqu'un de naïf, pire, pour une fille facile, elle lâcha le bijou et revint vers Anaïs.

– Je vais au petit coin, lui annonça-t-elle d'une voix coquine.

Sans le vouloir, Marilyn avait repris son rôle de vamp. Elle entendit son amie pousser un soupir, mais n'y accorda aucune importance. Peut-être que le fait qu'elle joue la comédie, déplaisait à Anaïs, mais pour elle, il s'agissait d'un mode de survie. Elle jeta un dernier coup d'œil à l'homme. Les yeux toujours braqués sur elle, il raccrocha rapidement le pistolet contre la pompe et s'avança dans sa direction. D'un geste désinvolte, elle tourna les talons et se dirigea tranquillement vers les toilettes.

Elle marchait d'un pas lent et ondulait les hanches. Elle prit soin de ne pas exagérer sa démarche, car il ne fallait pas paraître vulgaire, mais plutôt distinguée. Elle avançait avec l'agréable impression d'incarner Marilyn Monroe dans *Bus Station*. Ses parents ne lui avaient pas donné ce prénom par hasard. Sans que ça soit prévu, il lui était prédestiné. Elle inclina légèrement la tête vers la gauche. Du coin de l'œil, elle aperçut la silhouette de l'homme qui la suivait lentement. Elle ignorait où ce petit jeu allait la mener, mais elle souhaitait que cet homme l'aborde et lui fasse la cour. Il n'y avait pas que Steve dans la vie, après tout. Elle ne pouvait pas passer sa vie à l'aimer, à souffrir et à espérer en silence.

Puis, à sa grande surprise, un enfant la heurta de plèin fouet à la hauteur du ventre. Le choc fut si violent qu'elle perdit pied durant un instant.

— Eh là ! Faites attention ! cria-t-elle, le souffle court.

Le gamin fautif se redressa et la regarda, les yeux écarquillés. Il semblait apeuré. L'autre garçon, un peu plus costaud, vint se planter à côté de ce dernier. Du sang coulait le long de son nez. Marilyn reconnut les deux enfants de la Lexus noire. Un malaise s'installa chez la jeune fille. Elle ne voulait pas être mêlée à leur bagarre et se sentir obligée d'intervenir. Leur père serait là d'une seconde à l'autre. Elle voulut les avertir que celui-ci se dirigeait dans leur direction, mais avant même qu'elle n'ouvre la bouche, l'adolescent au nez cassé lui cracha au visage :

– Mêle-toi donc de tes affaires, grosse vache !

Estomaquée, Marilyn le foudroya du regard.

– Qu'est-ce qui se passe ici ?

Elle perçut la voix de son bel inconnu. Il avait perdu son sourire. Morte de honte, la jeune fille haussa les épaules, et, dans un geste presque théâtral, elle alla se réfugier dans la toilette des dames.

Une fois la porte verrouillée, Marilyn explosa. Elle fondit en larmes et de gros sanglots l'étranglèrent. « Grosse vache ! » L'insulte lui résonnait dans les oreilles. En quelques minutes, elle était passée de Marilyn Monroe à un animal de ferme. « Grosse vache ! » Combien de fois avait-elle entendu ces deux mots-là, à l'adolescence ? Dans la cour d'école, mais également à la maison avec ses deux monstres de frères. Oui, ces deux gamins lui rappelaient brutalement ses propres frangins au même âge. Encore une fois, elle se revit à quatorze ans. Cette pensée la fit pleurer davantage. Comme elle avait été stupide de rouler des hanches devant cet étranger ! Encore une fois, elle avait laissé son imagination s'emballer. Allait-elle apprendre une bonne fois pour toutes que la vie ne correspondrait jamais au cinéma qu'elle s'était fait ? Que son rôle était uniquement celui de la fille moche et de la meilleure amie ?

Marilyn ignorait combien de temps elle était demeurée dans les toilettes à pleurer, mais lorsqu'elle en ressortit, le bel inconnu et les deux garçons avaient disparu. Ce fut sa seule consolation, car elle aurait été incapable d'affronter le regard de l'homme. Quand elle se présenta devant les pompes, Steve l'attendait près de la voiture. Les deux filles semblaient prêtes à partir. Anaïs était maintenant assise du côté passager et Marie-Jeanne, à l'arrière, n'avait pas bougé.

— Enfin, t'es là ! fit Steve, moqueur. On se demandait où t'étais...

Il aperçut les yeux gonflés et rougis de son amie. Le visage du jeune homme s'embruma.

— Qu'est-ce que t'as, Marilyn ?

— Rien, répondit-elle d'un ton las sans même le regarder.

Elle passa devant lui et se dirigea vers la portière arrière. Steve l'attrapa par le bras.

— Marilyn, dis-moi ce que t'as ? Pourquoi t'as pleuré ?

Cette soudaine sollicitude fit monter en elle une nouvelle envie de pleurnicher. Cet idiot se rendait compte qu'elle avait de la peine seulement maintenant ? Après tout ce qu'il avait fait ? Elle eut envie de se jeter dans ses bras et de le frapper comme une épouse trompée. S'ils s'étaient trouvés seuls tous les deux, elle l'aurait probablement fait, mais la présence d'Anaïs l'en empêchait.

— J'espère que tu t'es bien amusé, Steve.

Il la regarda un moment, troublé.

— Si tu savais pourquoi j'ai fait ça...

— Je ne suis pas dans ta tête, Steve ! Et toi, tu n'es pas dans la mienne !

Marilyn ouvrit la portière arrière et s'installa aux côtés de l'auto-stoppeuse. Ensuite, elle clama d'un ton sec :

— J'ai faim ! Il y a un restaurant dans le coin ?

Comme la réponse tardait à venir, Marilyn tourna la tête vers Marie-Jeanne et crispa les lèvres.

— Il est où, le resto où tu travailles ?

— Euh... pas loin d'ici, à deux kilomètres, tout droit, répondit la jeune fille, hésitante. Mais c'est très ordinaire comme resto...

— Il y en a un autre dans les environs ?

— Non, pas avant plusieurs kilomètres. Je vous l'ai dit, c'est un endroit isolé, il n'y a pas beaucoup de...

— Parfait ! On va *Chez Betty* ! ordonna Marilyn.

Steve démarra la voiture et quitta en trombe la station déserte.

CHRISTOPHE

11 h 42

— Vous avez faim, les gars ?

— Oui ! répondit Justin.

Ben, toujours assis à l'arrière, resta coi. Il faisait la gueule et passait son temps à s'éponger le nez avec son kleenex souillé. Le sang avait séché, mais l'adolescent ne pouvait s'empêcher de tamponner le mouchoir, comme s'il espérait y recueillir de nouvelles gouttes.

— Lâche-toi le nez, Ben, dit Christophe. Tu vois bien qu'il ne saigne plus.

— Mais ça fait mal !

Christophe dévisagea son neveu par le biais du rétroviseur. Le garçon baissa la vitre et projeta le mouchoir ensanglanté dans le vide. Son nez avait légèrement enflé. Une croûte de sang séché s'était même formée contre sa narine. Son père, le frère de Christophe, ne serait sans doute pas content de le voir débarquer dans cet état. Il faudrait bien lui expliquer. Christophe ne se gênerait pas. Il allait tout lui balancer : Ben était un petit crétin et Justin n'avait fait que se défendre. Qu'ils osent s'en prendre à son fils maintenant, eux qui l'avaient si souvent traité de fille manquée !

Bien sûr, Christophe se jugeait en partie responsable de ce qui venait de se passer. Il avait laissé les événements se dérouler jusqu'à ce qu'ils génèrent la honte chez son fils. « Comme il ressemble à sa mère ! » Cette phrase, si souvent répétée par chaque membre de sa famille, avait fini par l'éloigner de Justin. Pourtant, il s'agissait d'un fait incontestable ; le garçon était tout le portrait de Patricia. Physiquement, certes, mais aussi, et surtout, psychologiquement. Il possédait le même tempérament et un caractère fort semblable. Il était doux, délicat et sensible. Tout le contraire de lui, en fait. Peut-être que s'il s'était agi d'une fille, les choses auraient été différentes. Le problème résidait là, justement : Justin était un garçon. Chaque fois que Christophe se trouvait en sa présence, c'était Patricia qu'il voyait. Cette femme tant aimée et qu'il aimait encore, malgré leurs quatre années de séparation. Il l'aimait autant qu'il pouvait la détester. Il avait laissé sa famille la dénigrer parce qu'il avait stupidement cru que ce serait plus facile de l'oublier s'il avait pu la haïr pour de bon.

Pourtant, de façon objective, Christophe n'avait aucune raison de la rendre responsable de ses malheurs. Il avait perdu sa femme par sa propre faute. Il s'était montré incapable de faire des efforts. Bourreau de travail, caractériel et orgueilleux, ces trois attributs aux attraits discutables le décrivaient bien. Patricia lui avait donné plus d'une chance, mais il avait été trop obstiné pour les saisir. Il avait pensé que c'était à elle de s'adapter à son mode de vie et non le contraire. Sans grande surprise, elle l'avait quitté. Christophe avait connu plusieurs femmes depuis, mais aucune n'arrivait à la cheville de Patricia. Jamais il n'en avait rencontré d'autres comme elle : belle, douce, charmante, intelligente. Il savait dorénavant que s'il retombait un jour sur une telle femme, il ne laisserait pas passer l'occasion.

Christophe avait tout gâché avec Justin aussi. Son fils ne lui parlait presque plus et lui-même ne savait plus quoi lui dire. Il avait l'impression d'évoluer dans un univers différent du sien. L'enfant le détestait, et avec raison, pensa Christophe. Il avait même accordé plus d'attention à son neveu qu'à son fils. Dire qu'il avait déjà souhaité être le père de Ben, ce garçon qui lui ressemblait tellement...

– On arrive bientôt au restaurant, papa ?

– Tu vois bien que c'est un trou perdu, ici, et qu'il n'y a rien ! cracha Ben avec humeur. On va avoir le temps d'arriver chez Sonia cent fois avant de trouver quelque chose ! Moi, je m'en fous, je n'ai pas faim !

Christophe considéra le reflet dans le rétroviseur. Les bras croisés, Ben le fixait avec des fusils dans les yeux.

– Ah ouais ? fit l'homme, moqueur. Regarde donc par là !

On ne pouvait pas manquer le panneau : « Restaurant *Chez Betty*, bonne bouffe garantie à deux kilomètres d'ici ».

– Ça te dit, mon grand, d'aller manger là-bas ?

– Oui, répondit Justin avec entrain.

– Parfait ! On va *Chez Betty* ! Et si tu n'es pas content, tu nous attendras dans la voiture ! ajouta-t-il à l'intention de Ben.

LOUISA

11 h 51

— On va bientôt s'arrêter pour le dîner, dit le chauffeur.

Soulagée, Louisa n'était pas fâchée de bientôt quitter cet autobus. Elle n'avait pas vraiment d'appétit, mais se dégourdir les jambes lui ferait du bien. Elle avait surtout hâte de s'éloigner de son insupportable voisin. Et il était hors de question de partager la même table que lui au restaurant ! Elle attendrait qu'il s'installe en premier, avec cette vieille chipie d'Agathe, et irait ensuite s'attabler avec sa sœur Florence et son couple d'amis, loin de ce duo maudit.

— Est-ce que vous venez à Niagara Falls avec nous ? demanda timidement Florence au chauffeur.

L'homme parut mal à l'aise.

— Euh... Oui, puisque c'est moi qui vous y conduis.

— Non, je voulais dire... Là-bas, allez-vous rester avec nous ?

Les joues de Florence s'empourprèrent. Elle regardait le chauffeur avec espoir.

— Euh, non... Je vous y amène, mais je repars le lendemain.

– Ah ! évidemment ! Que je suis bête..., répliqua Florence d'un ton faussement léger. Ça serait trop beau si on devait vous payer une semaine de vacances pour chaque voyage que vous faites !

Elle eut un rire nerveux.

– Donc, on repartira avec un autre chauffeur ? demanda-t-elle en regrettant aussitôt cette question stupide.

– Bien oui... J'aurais aimé passer la semaine avec vous, mais... Ce n'est pas comme ça que ça fonctionne.

– Bien sûr.

Elle baissa la tête. Louisa eut pitié d'elle. Pauvre Florence ! Elle s'était sûrement imaginé des histoires avec cet homme. Bien qu'il ne restât pas à Niagara Falls avec eux, ils pourraient sûrement se revoir par la suite. Elle eut d'emblée l'idée de jouer les entremetteuses.

– Vous allez quand même dîner avec nous ce midi ?

– Bien sûr, madame, répondit gentiment le chauffeur.

Or, c'était sur Florence qu'il avait posé les yeux. Il lui fit un sourire. Le visage de la dame devint encore plus écarlate.

Soudain, on entendit Agathe s'exclamer :

– Regardez, Maurice ! Une ville qui porte votre nom.

Louisa aperçut le panneau qui avait fait s'écrier la vieille : « Morrisville, sortie 743 ». Elle entendit son voisin ricaner de plaisir. Il ne manquait plus que ça ! Ce bougre d'idiot allait se donner encore plus d'importance qu'il ne s'en donnait déjà. L'autobus emprunta la sortie en direction de cette ville et ils roulèrent durant quelques kilomètres sur une route déserte. Louisa en perdit presque le peu d'appétit qu'elle avait. Dans quel trou le chauffeur les emmenait-il ?

– Voilà ! On est arrivés, dit celui-ci à voix haute. On a à peu près une heure pour dîner.

Louisa jeta un œil sur la façade du restaurant. Sur le toit de brique rouge était inscrit en grosses lettres noires : *Chez Betty, restaurant ouvert 24 heures*. Le chauffeur gara le véhicule et ouvrit la portière. Presque tous les passagers se levèrent en bloc. Sauf Louisa. Elle ne tenait pas à avoir Maurice sur les talons. Or, le gros homme resta assis, lui aussi. Il la regardait et semblait attendre un geste de sa part. Elle l'ignora.

– Permettez, Maurice, dit Agathe d'une voix solennelle. J'ai mal aux jambes et j'aimerais bien me lever.

L'homme se tourna vers sa voisine de banquette et constata que son corps corpulent l'empêchait de passer.

– Oh ! Excusez-moi, Agathe. Oui, oui, je me lève.

À contrecœur, il s'extirpa du siège et laissa passer la vieille dame. Son regard se posa aussitôt sur Louisa.

– Vous n'avez pas faim ? demanda-t-il.

– Il y en a qui sont plus affamés que moi. Je peux attendre.

– Maurice, s'il vous plaît, insista Agathe d'une voix suppliante. Pourriez-vous m'aider à descendre les marches ?

Maurice lui faisait dos. Louisa le vit lever les yeux au ciel et pincer les lèvres. Mais aussitôt, il se reprit et se retourna vers la vieille avec son sourire habituel.

– Bien sûr, Agathe ! Accrochez-vous à moi, l'invitat-il en lui tendant le bras.

Honorée, celle-ci s'en empara et lança à la ronde un regard fier qui disait : « Regardez, c'est moi qui suis au bras de cet homme ! »

Malheureusement, il n'y avait plus personne dans l'autobus, à part Louisa et le chauffeur, qui observaient la scène avec ennui.

Florence, Robert et Danièle patientaient au bas des marches. Le reste du groupe marchait déjà en direction de *Chez Betty*. Louisa et le chauffeur se joignirent au trio.

– Moi, j'ai envie ! annonça Danièle avec impatience. Tu viens, Robert ?

– Vas-y, chérie, je te rejoins à l'intérieur. Je te garderai une belle place !

– D'accord, fit-elle, mais ne traîne pas trop.

– Vous pouvez entrer vous aussi, dit-il timidement aux deux autres. Gardez-nous une place, on vous rejoint.

Il attrapa le bras de Louisa.

– Toi, j'aimerais te parler un moment.

– Mais...

– S'il te plaît, Louisa, insista-t-il.

Il avait soudain le teint pâle et paraissait tendu. Elle cria à sa sœur qui s'éloignait :

– Choisis une table loin de Maurice, je ne veux pas l'avoir à côté de moi.

Elle se retrouva ensuite seule avec Robert dans le stationnement. Intriguée, elle plissa les yeux.

– Mon Dieu, Robert ! Qu'est-ce que c'est que tous ces mystères ?

L'homme regarda autour de lui et s'avança vers Louisa.

– Je n'ai pas beaucoup de temps pour te parler. Je ne veux pas que Danièle nous voie.

Il jeta fébrilement un coup d'œil vers la façade de *Chez Betty*.

– Je sais que je m'apprête à faire une folie, mais... c'est plus fort que moi, il faut que je te le dise.

— Que tu me dises quoi ? demanda Louisa, de plus en plus troublée.

— Tu sais... Quand j'ai vu que Gaston ne venait pas, j'ai pensé que c'était un signe, avoua-t-il en passant nerveusement la main sur son front humide. Je veux dire, je me suis dit que c'était le moment idéal pour te parler.

Le cœur de Louisa commença à valser.

— Je pense beaucoup à toi et si tu voulais...

Elle se mit à rire.

— Pourquoi tu ris ? demanda-t-il, vexé.

— Voyons, Robert ! Qu'est-ce que tu me dis là ? Tu n'es pas en train de me chanter la pomme ? Ce n'est pas bien de me faire ce genre de blague, à mon âge...

— Je ne me moque pas de toi, Louisa ! Je suis sérieux ! Ne me dis pas que tu n'as jamais rien remarqué ! Même Danièle est jalouse de toi.

— Danièle jalouse de moi ? Qu'est-ce que tu racontes ? Vous êtes toujours collés l'un sur l'autre, vous ne vous lâchez jamais ! On dirait deux jeunes tourte-reaux.

— C'est Danièle qui ne me lâche pas ! explosa Robert.

Il tourna la tête vers la porte du restaurant et baissa le ton.

— Elle est toujours après moi et ça m'exaspère ! Depuis que j'ai fait mon infarctus, elle se prend pour ma mère...

— Elle veut juste prendre soin de toi, répondit Louisa d'une voix maternelle.

Il s'approcha davantage d'elle et la fixa droit dans les yeux.

— Juste un mot de toi, Louisa, et je quitte Danièle.

— Oh, Robert...

Elle baissa les yeux et ne sut plus quoi répondre. Elle ne croyait pas un mot de toute cette histoire. Certes, elle avait déjà remarqué certains regards ou sous-entendus coquins, mais jamais elle ne les avait considérés comme un flirt. Plutôt comme un simple jeu de séduction auquel Robert aimait se livrer avec les femmes en général. Loin d'être jaloux, Gaston en avait même rigolé une fois : « On dirait qu'il a le béguin pour toi, Louisa. » Malgré tout, elle avait toujours rejeté ces allusions du revers de la main.

— Quand j'ai fait ma crise cardiaque, j'ai pensé mourir, Louisa, poursuivit Robert, ému. Mais je suis encore en vie, je veux en profiter et je ne peux plus taire ce que je ressens.

— Robert, on est mariés tous les deux !

— Et alors ? Il y a plein de couples qui divorcent !

— Écoute, ce n'est pas vraiment le bon moment ni le bon endroit pour parler de tout ça. Ta femme est ici et je suis sûre que tu ne voudrais pas gâcher ses vacances, hein ?

L'homme baissa le menton, boudeur.

— Si tu veux, on en reparlera à notre retour, ajouta Louisa.

Elle regarda à son tour en direction du restaurant.

— En plus, il y a le voisin qui m'épie ! Il ne faudrait surtout pas qu'il entende tout ce que tu viens de me dire.

— Ça doit être à cause de Gaston, raisonna Robert d'un ton catégorique.

— Quoi, Gaston ? Qu'est-ce qu'il vient faire là-dedans ?

— Il doit se douter de quelque chose. C'est sûrement lui qui a demandé à cet homme de te surveiller. Mais je vais lui parler à Gaston, moi, lui dire que...

Louisa se remit à rire.

— Voyons Robert, Gaston n'a rien à y voir !

Elle eut envie de lui dire que son mari s'en fichait comme de sa première chemise, mais elle se retint. Elle ne voulait pas lui donner de faux espoirs.

– Ce n'est pas son genre de faire des choses comme ça, ajouta-t-elle. Mais savais-tu que Maurice porte une arme sur lui ? ajouta-t-elle en chuchotant.

Robert écarquilla les yeux et eut un mouvement de recul. Puis, il soupira bruyamment et se rapprocha de Louisa.

– Tu changes de sujet, là...

– Mais non ! C'est juste qu'en m'avouant des choses comme ça devant lui, et même devant Agathe, imagine ce que ce serait si...

– Ils ne me font pas peur ! Ils, ils...

L'homme s'arrêta, la respiration de plus en plus saccadée.

– Robert, ne te mets pas dans un état pareil, fit Louisa, inquiète.

Affectueusement, elle posa la main sur son bras.

– Ton cœur...

Robert la repoussa.

– Lâchez-moi avec mon cœur ! Il va bien, mon cœur !

D'un geste solennel, il frappa durement sa poitrine avec son poing.

– Mon cœur mécanique va bien, c'est mon autre cœur qui saigne, ajouta-t-il, un trémolo dans la voix.

Soudain, une forte musique rock retentit dans le stationnement. Le bruit cessa brusquement.

– Qu'est-ce que...

Robert avança de quelques pas pour mieux voir.

– Il y a une voiture stationnée dans le coin avec deux jeunes dedans.

– Et puis ? demanda Louisa.

– Je ne sais pas, ils ont l'air louche. Il y en a un avec le crâne rasé et l'autre est barbu comme un clochard. On dirait qu'ils trafiquent quelque chose. Le chauve me regarde avec un drôle d'air.

Louisa ne put s'empêcher de pouffer.

– On croirait entendre Agathe !

– Non, c'est vrai ! insista Robert. Je n'aime pas ça. Je pense que je vais aller voir ce qu'ils mijotent.

La femme agrippa son ami par le bras.

– Es-tu fou ? Pourquoi tu ferais ça ? C'est probablement juste deux clients qui attendent leur commande à l'auto.

Elle tourna la tête en direction de la voiture pour vérifier. Un chêne planté sur l'asphalte cachait partiellement le véhicule. Elle n'aperçut que le profil de l'homme sans cheveux.

– C'est vrai, t'as certainement raison, Louisa. Ils ont dû commander une pizza ou quelque chose du genre. Je ne sais pas ce qui me prend. Ça doit être les histoires de bandits de tout à l'heure. C'est fou comme l'imagination s'emballe vite, parfois.

Louisa rigola et scruta la vitrine du restaurant. Elle distinguait mal de l'extérieur, mais elle craignait que de l'intérieur, Danièle les aperçoive.

– Viens, Robert. Rentrons, ajouta-t-elle d'une voix douce. Sinon, ma sœur et ta femme risquent de s'inquiéter.

– On reparlera de ce que je t'ai dit tout à l'heure, d'accord ? Promis ?

– Oui, promis.

11 h 44

— Nerveux ? demanda Phil.

— Non, ça va.

À sa grande surprise, Emmanuel ne mentait pas. Il se sentait moins nerveux qu'il ne l'aurait imaginé. Maintenant qu'ils étaient garés, prêts à passer à l'action, la pression avait légèrement décliné. Il se surprenait lui-même, après avoir anticipé ce moment avec tant d'angoisse. Il se percevait un peu comme un athlète qui s'apprêtait à faire le grand saut. Une fois les deux pieds sur le tremplin, il n'avait plus le choix de sauter.

Les deux jeunes hommes attendaient depuis dix bonnes minutes déjà. Ils s'étaient stationnés à reculons, à gauche, comme prévu, loin des autres voitures. Un grand chêne planté devant la façade du restaurant camouflait partiellement leur voiture des regards indiscrets. Assis dans la bagnole, ils avaient une vue d'ensemble du stationnement. Emmanuel y compta une dizaine de voitures, plus une camionnette avec l'inscription *Scierie Marcelin et fils* inscrite en lettres rouges. Ils apercevaient distinctement la route et, en s'allongeant le cou, pouvaient voir la porte d'entrée de *Chez Betty*. Emmanuel s'interrogea sur le nombre potentiel de clients à l'intérieur. Depuis qu'ils étaient arrivés, seulement deux clients, un homme et une femme, étaient ressortis.

— Tu vois bien les fenêtres d'ici ? demanda Phil.

L'autre avança la tête et aperçut clairement les deux grandes vitrines sur la façade du bâtiment. Les stores étaient relevés aux trois quarts malgré les chauds rayons du soleil.

— Tu te souviens du signal ?

— Oui, oui. Lorsque les stores vont se fermer, ce sera le moment pour moi d'entrer.

À ces mots, son pouls s'accéléra.

— Je pense que c'est le moment de te donner ton jouet, dit Phil.

Ce dernier se pencha vers son voisin et ouvrit la boîte à gants. Il lui tendit un sac en papier brun.

— Tiens, voilà le joujou.

Emmanuel prit le sac et l'ouvrit. Un Glock 9 mm s'y trouvait. À sa vue, il referma brusquement le paquet. Phil gloussa.

— Tu n'en as jamais tenu un dans tes mains ?

— Non, ce n'est pas ça ! C'est juste que je ne voulais pas le prendre tout de suite et risquer de me faire voir avec.

— D'ici, il n'y a personne qui peut nous voir. Prends-le.

Emmanuel obéit et plongea la main dans le sac en papier. L'objet était froid. Pour la première fois de sa vie, il tenait une arme et son contact sous ses doigts fit naître en lui une drôle d'impression. « Bien sûr, tu n'auras pas à t'en servir, lui avait certifié Gabrielle, mais tu n'auras pas le choix d'en avoir une et de faire semblant de savoir t'en servir. »

– Tu sais comment ça fonctionne ?

– Oui, mentit Emmanuel.

Phil ricana et saisit le Glock entre ses doigts.

– Regarde. Le chargeur est dans la crosse. Il est supposé contenir dix balles. Avant de tirer la première balle, il faut que tu tires sur la culasse, précisa-t-il en pointant le canon du revolver. Pour les autres coups, ce n'est pas nécessaire. Tu n'as qu'à appuyer sur la détente. Les balles se chargeront automatiquement.

– Je n'ai pas l'intention de faire un bain de sang, Phil...

– Je le sais bien. Je suis sûr que tu ne tireras pas ! C'est juste au cas où.

Il sourit.

– On ne sait jamais, un fou furieux dans le restaurant...

Emmanuel récupéra le revolver et ses doigts recommencèrent à trembler. Il sentit le regard de Phil posé sur lui et se trouva stupide de réagir ainsi. L'autre allait encore se foutre de sa gueule et remettre sa participation en question. Mais Phil lui retira plutôt l'arme et la déposa sur la banquette arrière.

— Regarde ! dit Emmanuel. Il y a des hommes qui sortent du restaurant.

Phil se tourna vers la porte d'entrée. Cinq hommes, chacun vêtu du même bleu de travail, se déplaçaient d'un pas lourd dans le stationnement.

— Oh ! C'est juste des gars qui travaillent près d'ici, des bonshommes du coin. Tant mieux ! Ce ne sont pas ceux qui ont le plus d'argent sur eux. C'est surtout le bus qui nous intéresse.

Le groupe d'hommes discuta un moment sur place. L'un d'eux s'alluma une cigarette.

— J'espère qu'ils ne vont pas traîner, fit Emmanuel, inquiet. Imagine qu'ils nous voient.

— Puis ? Qu'est-ce que tu veux qu'ils fassent ? On a le droit d'être stationné ici. Pourvu qu'ils déguerpissent quand on va entrer.

Un des travailleurs, un grand moustachu avec des lunettes, regarda vers la voiture et croisa les yeux d'Emmanuel. Le jeune homme se crispa contre son siège.

— Merde ! Il nous a vus !

— Calme-toi, Manu ! T'as l'air trop nerveux, tu vas attirer l'attention.

L'homme les contempla un moment et fit un pas dans leur direction. Mais après avoir éteint sa cigarette, le fumeur cria à son intention :

– Eh, Jo ! Tu viens ? On est déjà en retard !

Le moustachu détourna la tête et rejoignit ses collègues paresseusement. Avec une lenteur qui parut presque suspecte de l'avis d'Emmanuel, les cinq gaillards grimpèrent dans la camionnette à l'effigie de *Scierie Marcelin et fils*. Le véhicule quitta le stationnement et croisa une Toyota Tercel verte qui arrivait en sens inverse avec quatre passagers à bord. La voiture se gara près de l'entrée, de biais avec celle de Phil. D'où ils étaient, les deux garçons les apercevaient sans peine. Le conducteur, un jeune homme dans la vingtaine, sortit en premier, suivi de l'une des occupantes du siège arrière. La jeune femme, habillée à la bohème, gratifia le chauffeur d'un large sourire, mais le garçon l'ignora.

– Arrête de les regarder, il ne faudrait pas qu'ils nous remarquent ! ordonna Phil.

– Mais ce n'est pas toi qui as dit tout à l'heure : « Même s'ils nous voient, qu'est-ce que ça peut bien faire ? » On fait juste parler, c'est tout. Il n'y a rien de louche là-dedans !

Phil soupira. Emmanuel observa une autre des passagères avant ouvrir la portière. Il s'avança sur le bout de son siège pour mieux la détailler. Il aperçut une belle grande fille aux cheveux longs et bouclés.

– Tu fais exprès pour te faire repérer ou quoi ? Tu n'as jamais vu ça, une belle fille ? Tu devrais être habitué pourtant !

– Je ne la regarde pas parce qu'elle est belle. Je veux juste voir à qui on va avoir affaire, c'est tout. Il me semble que c'est important, non ?

– Tiens, l'autobus arrive !

Le fameux signal... Le lourd véhicule pénétra dans le stationnement et se dirigea à l'extrême droite du restaurant. Phil pointa le coffre à gants.

– C'est le moment d'appeler Gaby. Tu me donnes mon cellulaire ?

Emmanuel s'exécuta. Pendant que Phil composait le numéro, le cœur d'Emmanuel s'emballa de nouveau. Ça y était ! Dans quelques minutes, ils passeraient à l'action. Il étira le cou avec l'espoir d'apercevoir les voyageurs. Malheureusement, la porte ne se trouvait pas dans son champ de vision.

– Salut, ma belle ! T'es prête ?

De sa main libre, Phil tendit le bras vers la poitrine d'Emmanuel et, d'un geste ferme, le repoussa au fond du siège pour qu'il évite de se faire voir.

– L'autobus vient d'arriver, poursuivit-il. Ils sont en train d'entrer. On t'attend ! Bye, Gaby !

Il raccrocha et se tourna vers Emmanuel.

– Un gars qui est avancé sur le bout de son siège et qui regarde les gens entrer, oui, ça peut paraître louche ! Surtout pour des personnes âgées !

– D'où tu es placé, toi, tu peux les voir ! Moi, il faut que je me colle contre le tableau de bord.

– Pourquoi tu veux absolument les voir ? C'est moi qui surveille ! Quand ce sera le moment d'entrer, on va y aller. T'auras le temps de les contempler amplement en dedans, ne t'inquiète pas !

Phil ricana, mais Emmanuel n'avait pas du tout le cœur à rire. Il souhaitait plutôt prendre ses jambes à son cou et ficher le camp de là. Non, mieux, il attendrait le départ de Phil, et ensuite, il s'emparerait du volant et déguerpirait loin de *Chez Betty*. Il savait très bien qu'il ne le ferait pas.

Pas seulement à cause de l'argent, mais surtout à cause de Gabrielle.

– Merde ! Il y a un couple qui reste dehors et qui jase, observa Phil.

Emmanuel s'avança à nouveau et distingua avec peine deux silhouettes devant la porte.

– Ce n'est pas vraiment grave, fit-il en se recalant au fond de son siège. Tant que Gabrielle n'est pas arrivée...

– Oui, mais il faut qu'ils aillent aux toilettes et qu'ils soient tous installés à leur table avant qu'on passe à l'action.

Phil soupira.

– Et avec des petits vieux, ça peut être long...

— On ne pourrait pas mettre un peu de musique en attendant ?

— Fais-toi plaisir, répliqua Phil en pointant la radio du doigt.

Emmanuel appuya sur le bouton et une musique assourdissante jaillit des haut-parleurs. Il referma aussitôt l'appareil. Phil se tordait de rire.

— J'écoutais ça en me rendant chez Gaby tout à l'heure et j'ai oublié de baisser le son en sortant. Du bon vieux Metallica, ça fait toujours son effet, hein ?

— Mais t'écoutes ça au volume onze ou quoi ?

— Oh, merde !

— Quoi ?

— Le bonhomme nous a vus.

— Où ça ?

— Près de la porte. Ne le regarde pas.

Ce fut plus fort que lui, Emmanuel s'avança et aperçut l'homme. Effectivement, le type les dévisageait de façon suspecte. Se doutait-il de quelque chose ? Il sembla faire un pas dans leur direction, mais une main féminine s'accrocha à lui.

— Baisse la tête ! ordonna Phil. Fais comme si tu cherchais quelque chose dans la boîte à gants.

Emmanuel obéit tout en se disant mentalement : « C'est mauvais signe. Je ne sors pas d'ici. Je ne fais plus le *hold-up*. Ça va mal se passer, je le sens. Le type va voir notre flingue et il sera trop tard. »

– OK, ça va ! fit Phil, soulagé. Ils viennent de rentrer.

Emmanuel releva le menton alors que deux nouvelles voitures faisaient leur apparition. Une Lexus noire et une autre, qu'il reconnut tout de suite. Gabrielle arrivait. Son cœur cessa de battre pendant quelques secondes.

– Ah non ! Des enfants ! maugréa Phil. On est vendredi, pourtant. Ils ne sont pas à l'école aujourd'hui ?

– On est à la fin du mois de juin. L'école est finie. Mais on ne leur fera pas de mal...

– Je sais bien qu'on ne leur fera pas de mal ! C'est juste que... C'est tellement imprévisible, des enfants !

Emmanuel examina la voiture de son amoureuse. Gabrielle sortit gracieusement, un attaché-case entre les mains. Le cœur du jeune homme bondit une seconde fois. Soigneusement maquillée et nichée sur des talons hauts, la jeune femme semblait encore plus ravissante que ce matin. Elle avançait tranquillement, sans un seul regard pour ses complices, le visage impertinent d'où émanait une confiance quasi obscène. Gabrielle aurait souri à pleines dents qu'il ne s'en serait pas étonné. Elle faisait claquer ses talons sur l'asphalte comme pour signifier : « Rideau ! En scène tout le monde ! Le spectacle va bientôt commencer ! »

– Wow ! déclara Phil, bouche bée. Je ne croyais pas que c'était possible d'être encore plus belle.

Il secoua la tête pour se remettre les idées en place. Puis, l'air grave, il se tourna vers Emmanuel :

– Bon, c'est l'heure. Tu connais le signal, hein ?

6

CHRISTOPHE

11 h 57

— Tu viens ou pas ?

Ben sortit de la voiture avec paresse et traîna les pieds avec humeur. Sans prendre la peine de l'attendre, Christophe et Justin se dirigèrent vers le restaurant. L'endroit ne payait pas de mine, mais il faudrait s'en contenter, faute de mieux. Les restos quatre étoiles ne couraient certainement pas les rues dans un coin pareil. Plus vite ils seraient entrés, plus vite ils seraient ressortis.

Soudain, des talons féminins résonnèrent contre le pavé, derrière eux. Christophe se retourna et aperçut une superbe blonde qui marchait dans leur direction. Les yeux de la femme croisèrent les siens. Il s'arrêta. Vêtue d'un tailleur noir, elle trimballait une mallette au bout de ses doigts. Coup de foudre. L'expression ne sembla pas trop forte dans l'esprit de Christophe. Sans remarquer l'inconnue, Ben continua son chemin et ouvrit violemment la porte du restaurant.

— Tu viens, papa ?

— Euh... oui, oui, répondit-il sans quitter la belle des yeux.

Lorsque la jeune femme arriva à leur hauteur, il lui ouvrit la porte d'un geste galant et la laissa passer en premier. Elle esquissa un sourire. Christophe sentit des papillons lui chatouiller l'estomac. Ils s'arrêtèrent dans le vestibule.

— Merci.

— Mais de rien, mademoiselle.

Il regarda par-dessus son épaule.

— Vous êtes seule ?

— Oui.

Le sourire de Christophe s'élargit davantage.

— Vous attendez quelqu'un ?

— Non. Je vais dîner toute seule, comme une grande.

Sa voix était à l'image de sa physionomie : belle, élégante, sensuelle, un brin coquine. Il tenta sa chance :

— Franchement, ce serait bien dommage...

– Papa ! fit Justin avec ardeur. Est-ce qu'on peut aller s'asseoir ? J'ai faim !

Christophe jeta un œil distrait vers le petit. Il lui entoura ensuite les épaules.

– C'est mon fils, fit-il presque en s'excusant.

La jeune femme s'approcha de l'enfant et ébouriffa ses cheveux blonds.

– Quel beau garçon, dit-elle.

La blonde cligna des paupières en guise d'œillade et lui fit un sourire espiègle. Le visage de Justin s'empourpra et il baissa le menton. Christophe se mit à rire.

– C'est tout le portrait de sa mère.

Il regretta aussitôt ses paroles. Comment avait-il pu dire une chose pareille ? Vite, il fallait lui signifier qu'il était libre.

– Mais on est séparés, elle et moi... Et depuis longtemps !

– C'est triste, répondit distraitement la jeune femme.

Elle détourna la tête et balaya la salle du regard.

– Il faut que j'aille à la salle de bains, dit-elle.

– On pourrait s'asseoir ensemble, puisque vous êtes seule.

– Non, je ne voudrais pas vous déranger. Vous êtes en famille et...

– Mais non, j'insiste...

Il posa délicatement ses doigts sur le bras de la jeune femme et lui sourit à nouveau.

– Ça ne vous engage à rien. C'est seulement pour un dîner. Après, on repartira chacun de notre côté si c'est ce que vous voulez.

La blonde hésita un moment et regarda nerveusement autour d'elle.

– On verra..., fit-elle finalement en soulevant son attaché-case. J'ai des dossiers importants à consulter ce midi. Je ne pense pas être de très bonne compagnie.

– Bon, très bien, articula Christophe, mal à l'aise. Je ne veux pas insister.

Il se tourna à nouveau vers son fils.

– Où est Ben ?

Justin tendit l'index vers le fond du restaurant. Installé à une table pour quatre personnes, Ben regardait impatiemment dans leur direction. « On mange ou quoi ? » avait l'air de dire l'adolescent. Christophe regretta tout à coup la présence des enfants, surtout celle de Ben. Ça ne devait pas sembler très invitant pour une jeune femme, se dit-il. Tant pis ! Il ne voulait pas risquer de perdre sa chance. S'adressant à la belle inconnue, il lui indiqua d'un geste la table où se trouvait son neveu.

– On va s'asseoir au fond, là-bas. Venez nous rejoindre si vous voulez. Ça me ferait vraiment plaisir.

La blonde risqua un œil vers l'adolescent. Il la dévisageait en se grattant le nez, un curieux rictus au bout des lèvres. Elle ignorait s'il souriait ou grimaçait. Elle pivota et examina les autres clients installés aux tables voisines.

– Comment vous appelez-vous ? demanda Christophe.

– Roxane, révéla-t-elle sans aucune hésitation.

« Elle m'a dit son nom. C'est déjà ça de gagné », pensa Christophe. Il la contempla avec espoir :

– Eh bien, Roxane, j'espère que vous vous joindrez à nous.

Sur un clin d'œil, il se retourna et gagna la table où l'attendait Ben, son fils sur les talons.

GABRIELLE

12 h 01

Gabrielle observa l'homme s'éloigner. Contrairement à elle, il ne lui avait pas mentionné son prénom. Délaissant l'inconnu, elle se dirigea tranquillement vers les toilettes. Elle emprunta un étroit corridor et ouvrit la porte. Deux femmes patientaient devant les cabinets : une grande brune aux cheveux bouclés et une vieille dame à la tignasse rougeoyante. Une paire de sandales blanches ainsi que des petits souliers bruns dépassaient dans le bas des latrines occupées. Les deux clientes la dévisagèrent avec étonnement. Gabrielle porta son attention sur son porte-document, mais sentit leur regard encore un moment. Elle avait vu juste : elle attirait déjà l'attention.

– J'espère que ça ne sera pas trop long. Je commence à avoir mal aux jambes, moi ! affirma la plus âgée d'une voix fluette.

Elle zieutait Gabrielle avec curiosité.

– J'aurais dû y aller aussitôt qu'on est arrivés, ajouta-t-elle sur un ton de confidence. Mais je pensais qu'en attendant un peu, il y aurait moins de monde.

– Vous faites partie du groupe de voyageurs ?

La dame fronça les sourcils.

– Comment vous le savez ?

– Parce qu'il y a un autobus stationné devant l'entrée.

La vieille se mit à rire.

– Oui, c'est vrai !

Elle s'approcha de Gabrielle.

– On s'en va à Niagara Falls.

Elle avait annoncé leur destination d'un ton fier et satisfait, s'attendant probablement à ce que la jeune femme soit impressionnée.

Gabrielle sourit.

– Vous êtes chanceuse, madame.

On entendit le bruit d'une chasse d'eau. La femme aux sandales blanches sortit du cabinet.

– C'était toute une envie ! murmura la femme aux cheveux rouges entre ses dents.

La porte de la seconde cabine s'ouvrit. Une femme à la tête blanche apparut devant elles. En symbiose presque parfaite, la vieille dame et la brune s'engagè-rent dans les cabinets libres.

Bientôt seule devant les lavabos, Gabrielle se planta en face du miroir et examina son reflet avec attention. Elle vérifia l'état de sa perruque. Pour donner plus de naturel à ses cheveux, elle les avait remontés et attachés en chignon. L'effet était hautement satisfaisant et le prénom de Roxane lui allait à ravir. Gabrielle s'admirait et avait peine à croire qu'il s'agissait bien d'elle. Le vert de ses iris avait laissé place à un brun foncé perçant mis en valeur par des yeux aux contours très maquillés. Gabrielle était une beauté naturelle et n'avait pas l'habitude de se farder autant. Même sa voix lui avait paru différente lorsqu'elle s'était adressée au père de famille, à l'entrée. Elle avait aisément emprunté un timbre plus posé, plus soigné, un peu à la manière d'une femme du monde. Peut-être en avait-elle trop fait ? Son irradiante beauté risquait d'attirer toute l'attention, mais il y avait tout de même quelque chose d'irréel dans cette apparence. Qu'est-ce qu'une belle fille distinguée fichait dans un restaurant aussi ordinaire ? Dans une ville comme Morrisville ? Serait-ce logique de croire que des braqueurs s'en prendraient d'abord à elle ? Dans son esprit, il n'y avait eu aucun doute possible. Mais maintenant qu'elle se contemplait dans ce miroir, elle n'en était plus aussi certaine. Les deux femmes ne l'avaient-elles pas dévisagée avec surprise tout à l'heure ?

Et cet homme ? Si elle n'avait pas été aussi désirable, ce bel étranger ne l'aurait probablement pas abordée et n'aurait pas insisté pour qu'elle partage son repas. Cette invitation fortuite l'embêtait au plus haut point. La jeune femme n'avait pas prévu ce genre de choses. Ce ne serait pas une bonne idée de s'asseoir à la même table que lui. Phil ne serait pas content. Emmanuel, alors là, vraiment pas. Pourtant, à bien y penser, elle ne devait pas donner l'impression d'attendre quelqu'un ou quelque chose. Elle devait éviter de paraître anxieuse en jetant des coups d'œil trop fréquents autour d'elle. Une femme seule se distinguerait facilement d'une femme accompagnée d'un homme et de ses enfants.

Roxane n'était qu'une cliente parmi les autres. Tout comme eux, elle ne pouvait prévoir ce qui allait se passer. Si un charmant inconnu l'invitait à s'asseoir à sa table, de quelle manière une fille comme Roxane réagirait-elle ? Gabrielle sourit. Elle accepterait, bien sûr, et se ficherait pas mal de savoir ce que Phil et Emmanuel pourraient en penser. Dans la réalité, une femme telle que Roxane serait attirée par un homme comme celui qui l'avait abordée et ne fréquenterait certainement pas des gars du type d'Emmanuel, et encore moins de Phil.

De toute façon, peu importait où elle serait assise. Le *hold-up* devait bien commencer quelque part.

Sa première motivation était l'argent, bien sûr, car ce n'était pas avec son boulot de secrétaire qu'elle deviendrait riche. Or, il y avait aussi chez elle un besoin criant de sentir monter l'adrénaline, un goût du risque et une attirance pour l'interdit. Jamais Gabrielle ne s'était écartée du droit chemin avant. Aucun larcin, aucun méfait criminel. Une envie de pousser la porte et de mettre le pied, une fois dans sa vie, dans quelque chose d'illégal, la rongeait depuis longtemps. Aucune violence ne devait être employée : c'était contre ses principes. L'idée de ce *hold-up* avait germé un soir, après le visionnement du film *Pulp Fiction,* dans lequel un couple de paumés entrait dans un restaurant et dépouillait les clients avec leur flingue. Le duo n'étant pas organisé, le braquage avait failli mal tourner. Un gangster surgissait soudain des toilettes et les freinait dans leur élan. Gabrielle avait vu là l'exemple des erreurs qu'il ne fallait pas commettre. Tout, dans son plan, était parfait. D'abord, elle servirait d'otage. Ainsi, les clients projetteraient leur peur sur elle et coopéreraient davantage. Elle en avait d'abord discuté avec Phil et il avait trouvé l'idée géniale. Malgré sa mauvaise réputation – vol de voiture, vol par effraction et revente de drogue – il n'avait jamais effectué de braquage non plus. Il savait cependant où dénicher des armes, car il possédait de bons contacts sur le marché noir. Il s'était même chargé de trouver ce fameux restaurant et il avait découvert que des touristes s'y arrêteraient. L'endroit idéal ; un bled perdu de l'Ontario. Mais il leur fallait un troisième complice. Emmanuel était alors devenu indispensable.

Gabrielle ricana à voix basse. Ce plan, sorti de son esprit, allait bientôt se réaliser. À cette pensée, des papillons lui chatouillèrent l'estomac. Elle était nerveuse, mais également impatiente d'entrer en scène. Elle se détailla à nouveau dans la glace et offrit un sourire franc à Roxane. Comme pour signifier à son double de ne pas s'inquiéter, elle hocha la tête d'un air rassurant. Lorsqu'elle sentit Roxane convaincue, Gabrielle fit claquer ses talons et sortit tranquillement des toilettes.

Son bel inconnu lui fit signe. Les deux garçons lui tournaient le dos. Gabrielle hésita encore un moment. L'homme insista et pointa la place vide à côté de lui. Décidément, ce type ne lâchait pas facilement le morceau. « Charmant et entêté », pensa-t-elle. Gabrielle sourit et s'avança vers la table. Avec empressement, le père de famille se leva et tira la chaise libre.

– Je suis content que vous ayez changé d'avis, Roxane.

– Mais je n'avais pas dit non, répondit Gabrielle en riant.

Elle s'installa et se retrouva face à face avec l'adolescent. Elle remarqua son nez enflé.

– Mon neveu, Ben, fit l'homme.

Le menton appuyé contre le poing, celui-ci la dévisageait en plissant les yeux. Son regard baissa sans gêne vers sa poitrine. Mal à l'aise, Gabrielle se tourna vers le garçon blond.

– Mon fils, Justin.

– Joli prénom, dit-elle. Et vous, comment vous appelez-vous ?

Il rit.

– C'est vrai, je ne vous l'avais pas dit. Je me nomme Christophe.

Gabrielle aurait préféré être assise en face de lui plutôt que devant cet effronté d'adolescent qui la dévorait des yeux. Par contre, elle avait une vue imprenable sur la porte d'entrée et le corridor. Ainsi, elle verrait les deux femmes sortir des toilettes et remarquerait si d'autres clients se dirigeaient au petit coin. Plus que tout, elle ne manquerait rien de l'arrivée de Phil et d'Emmanuel.

– Enchantée, Christophe, dit-elle en lui tendant la main.

LOUISA

12 h 02

Lorsqu'elle aperçut son reflet dans la glace, Louisa ressentit un choc. Sa face avait l'air grasse et son mascara s'était légèrement répandu sous ses yeux. Elle s'aspergea la figure d'eau froide. Ses cheveux – pourtant soigneusement coiffés ce matin, avant son départ – s'ébouriffaient négligemment autour de son crâne. Ventait-il à ce point dehors ? Elle n'en gardait aucun souvenir. Tout ce dont elle se rappelait était l'improbable déclaration de Robert. Était-il possible qu'il lui ait déclaré son amour alors qu'elle paraissait aussi affreuse ? Robert et Danièle faisaient l'envie de tous leurs amis depuis des années et voilà qu'il s'amusait maintenant à flirter avec elle. Impossible ! Peut-être était-ce cette histoire d'infarctus qui l'avait poussé à agir ainsi. Il désirait sans doute savoir si son pouvoir de séduction opérait encore. Louisa n'avait servi que de cobaye. Si ça se trouvait, il était en ce moment même en train de conter fleurette à une autre naïve. Et pourquoi pas, toutes les femmes de l'autobus pourraient y être passées d'ici la fin du voyage.

Elle réfléchit un instant et se remémora les moments où elle s'était trouvée en sa présence. Tous ces petits clins d'œil complices lancés à la sauvette lorsque Danièle regardait ailleurs. Ces regards tendres qu'il lui adressait parfois lorsqu'ils se retrouvaient seuls tous les deux. Robert aimait la complimenter, lui signifier combien il la trouvait élégante, à quel point sa robe neuve lui allait à ravir ou encore que sa nouvelle coupe de cheveux la rajeunissait de dix ans. Gaston, marié à elle depuis trente ans, ne lui avait jamais fait la moitié de ces observations. Il ne lui adressait pas de clins d'œil et ses regards tendres se faisaient rares. Pour Louisa, un homme qui s'ouvrait ainsi à une femme qui n'était pas la sienne ne pouvait être qu'un charmeur, un grand séducteur.

Pourtant, en y repensant bien, jamais elle n'avait vu Robert agir ainsi avec les autres femmes. Elle ne se souvenait pas de l'avoir déjà entendu complimenter Danièle. En vérité, ils étaient souvent collés l'un à l'autre, mais peut-être était-ce effectivement toujours Danièle qui s'agrippait à lui et non l'inverse. Louisa en fut troublée. Robert était si différent de Gaston qu'elle croyait difficilement qu'un homme comme lui pût s'intéresser à elle.

Tout à coup, une grande bouffée de chaleur l'envahit et elle sentit son cœur augmenter la cadence. Louisa s'imagina annoncer cette nouvelle à son mari. Elle pouvait presque l'entendre s'esclaffer et lui confirmer avec indifférence : « Je te l'avais bien dit ! » Une envie de pleurer monta peu à peu dans sa gorge. Elle se connaissait : même si Robert était sincère, elle resterait une femme fidèle et ne quitterait jamais Gaston.

Le regard embué, elle s'approcha de la poubelle et remarqua deux autres petits lavabos accrochés le long du mur. Elle se frotta les paupières et regarda à nouveau. Il ne s'agissait pas de lavabos, mais bien d'urinoirs. Louisa se retourna et ne distingua qu'un seul cabinet. Elle était entrée dans la toilette des hommes par mégarde. Affreusement gênée, elle sortit en vitesse dans le corridor. Pas de doute : l'insigne contre la porte représentait bien une figure masculine. Dans sa confusion, Louisa ne se rappelait même plus y être entrée. Elle regarda autour d'elle. Heureusement, aucun client ne pouvait l'apercevoir de la salle à manger.

Elle pénétra dans la toilette des dames. Une jeune femme aux cheveux bouclés se lavait les mains tandis qu'Agathe sortait d'un pas boiteux de l'un des cabinets.

— Tiens, Louisa ! Vous avez pleuré ou quoi ? Vous avez les yeux rougis.

— Mais non, mentit Louisa. Ce sont mes allergies. L'humidité...

— Des allergies à l'humidité ! se moqua la vieille dame. Qu'est-ce que ce sera devant les chutes ?

Louisa lui tourna le dos et s'enferma dans une cabine. Il fallait qu'elle soit tombée sur cette chipie en plus ! Qu'allait-elle raconter aux autres passagers ? « J'ai vu Louisa dans les toilettes et elle avait les yeux tout rouges, comme quelqu'un qui a pleuré. »

— Pourrais-tu aider une vieille dame à marcher ?

La voix d'Agathe était exagérément plaintive.

— J'ai de la misère avec mes jambes.

La voilà qui jouait les impotentes, maintenant ! Que ne ferait-elle pas pour attirer l'attention ? Louisa ne saisit pas la réponse de la jeune femme, mais fut soulagée d'entendre Agathe lui répondre cérémonieusement : « Merci, mon trésor ! » avant de claquer la porte.

MARILYN

12 h

– Pourquoi tu me fais la gueule, Marilyn ?

La jeune fille, qui regardait distraitement le menu, ignora la question. Elle tournait les pages avec lenteur, n'arrivant pas à se décider sur un des plats proposés. Les feuilles étaient grasses et parsemées de petites taches de couleurs variées. Un rouge ketchup ici, un jaune moutarde là, rien ne lui semblait appétissant.

– Je t'ai posé une question, Marilyn ! insista Steve.

La jeune fille continua de faire la sourde oreille. Les deux amis étaient assis face à face à une table pour quatre personnes. Aussitôt qu'Anaïs s'était levée pour aller aux toilettes, Marilyn s'était emparée du menu et ne l'avait plus quitté des yeux. Elle sentait le regard insistant du jeune homme, mais refusait de le regarder. Elle s'appliquait à prendre une pose désinvolte et gracieuse : le menu entre les mains, elle le parcourait la tête haute et le dos droit. En aucun cas elle ne voulait paraître fâchée ou rancunière, risquant d'accorder une trop grande importance à Steve. Tout ce qu'elle voulait était de s'élever au-dessus de qui arrivait et de lui signifier à quel point elle se moquait de lui.

Steve lui arracha le menu. Il le referma et le posa d'un geste brutal sur la table. Marilyn leva lentement les yeux sur lui. Elle prit un air hautain et le dévisagea en levant les sourcils. Son vis-à-vis se pencha vers elle et murmura :

– Arrête de jouer, Marilyn, il faut qu'on se parle.

– Pourquoi tu chuchotes ? Tu as peur que ton amoureuse t'entende ?

– C'est certain que je ne tiens pas parler de ça devant Anaïs...

– Je ne te parle pas d'Anaïs, mais de ta petite serveuse, répliqua la jeune femme d'une voix faussement détachée.

– Oh, franchement Marilyn ! Tu t'imagines que...

– Je ne m'imagine rien du tout Steve. Tu fais ce que tu veux, moi, je m'en fous ! C'est juste pour Anaïs que je m'inquiète.

Elle avait répliqué d'un air las, comme s'il s'agissait de broutilles inutiles, qui, au fond, l'ennuyaient profondément.

– Est-ce que tu m'aimes ?

– Quoi ?

Marilyn faillit s'étrangler. Elle ne s'attendait pas du tout à cette question. Pas dans cet endroit, et surtout, plus maintenant.

– Réponds-moi, Marilyn, insista-t-il. Est-ce que ce que tu m'as dit ce matin était vrai ?

Steve l'observait avec empressement. Ses yeux semblaient la supplier de répondre oui.

— Quelle différence ça peut te faire ?

— Il faut que je sache.

« Pourquoi ? Tu laisserais Anaïs pour moi ? » eut-elle envie de lui rétorquer. Mais elle connaissait trop bien la réponse. Marilyn savait qu'elle n'était pas de taille à concurrencer avec une fille comme Anaïs et qu'aucun gars sensé ne la laisserait tomber pour la choisir, elle. Surtout pas quelqu'un de la trempe de Steve. Il désirait une réponse affirmative parce qu'il avait besoin de cet amour féminin autour de lui. Il souhaitait simplement que les filles l'adorent et l'espèrent secrètement, en silence. Comme cette idiote de serveuse qui était tombée dans le panneau. Non, constata Marilyn, l'idiote, c'était elle. Ne s'était-elle pas laissée berner la première en montrant cette jalousie inattendue ?

— Franchement Steve, ça me déçoit un peu que t'aies pu le croire.

Il fronça les sourcils.

— Je jouais la comédie, bien sûr.

Elle lui sourit avec condescendance.

— Penses-tu vraiment que si j'étais amoureuse de toi, je supporterais de te voir avec Anaïs ? Que j'aurais accepté de voyager avec vous deux ? Je trouve que ta copine et toi formez le plus beau couple que je connaisse. Je trouve ça dommage que tu t'amuses à flirter avec d'autres filles devant elle, c'est tout.

La jeune femme baissa encore les yeux et reprit le menu. Feignant la désinvolture, elle l'ouvrit et le consulta avec attention, comme si elle reprenait tout bonnement la lecture d'un captivant roman.

Steve la regarda, bouche bée. Il s'attendait à ce que son amie éclate de rire d'une seconde à l'autre. Elle redeviendrait elle-même et ils riraient tous les deux de bon cœur de cette nouvelle prestation. Mais Marilyn ne fit rien de tel. Elle tournait les pages avec sérieux. Il l'entendait marmonner : « Non, ça c'est trop riche », « trop gras » ou « trop cher ». Steve la regardait et il lui semblait qu'elle n'avait jamais été aussi belle que maintenant.

– Il fait donc bien chaud ici, dit-elle pour elle-même.

Marilyn referma le menu et l'agita devant sa figure comme un éventail. Steve la désira de nouveau. Le dos redressé, les cheveux légèrement décoiffés par la brise, les yeux de son amie n'avaient plus la même lueur. Comme s'il ne s'agissait plus de la même personne. Ce n'était plus la Marilyn drôle, amoureuse et enjouée qu'il avait toujours connue.

Non, elle incarnait maintenant Marilyn l'inaccessible.

Marie-Jeanne s'approcha de leur table. Un calepin dans une main, la serveuse gratifia Steve d'un sourire enjoué. Elle avait revêtu un uniforme rose qui la rendait ridicule. S'il n'avait pas été à ce point contrarié, il n'aurait pu réprimer un fou rire en la voyant ainsi accoutrée. Marilyn l'aperçut du coin de l'œil.

— Je t'avertis Steve, dit-elle brusquement sans lever les yeux, si elle fait un pas de plus, je lui lance le menu en pleine face !

Le jeune homme laissa percer un petit sourire et fit signe à la serveuse de revenir plus tard. Déconfite, celle-ci secoua les épaules et s'éloigna.

Anaïs revenait vers eux, une dame âgée accrochée à son bras.

— Merci, mon trésor.

— Tiens, on dirait bien qu'Anaïs s'est fait une nouvelle amie, fit Marilyn avec humour. J'espère qu'elle n'est pas trop vieille pour toi.

Elle gloussa de son bon mot, mais le regard de Steve fut sans équivoque : il ne la trouvait pas drôle. Anaïs alla reconduire la femme deux tables plus loin. Un homme corpulent arborant une moustache à la Hercule Poirot se leva et tira la chaise de la nouvelle venue.

— C'est bon de voir qu'il y a encore des jeunes polis de nos jours, dit-il d'un ton solennel.

— Oh ! On dirait bien qu'Anaïs lui est tombée dans l'œil, ironisa Marilyn. Si j'étais toi, je ferais attention Steve.

— Arrête ! Elle va t'entendre.

Anaïs revint à leur table et s'installa à côté de son copain.

– Ils sortent vraiment d'une autre époque, ces deux-là !

Marilyn déposa le menu et regarda son amie. Puis, elle se mit à rire comme si Anaïs venait de raconter la meilleure blague de l'année.

– Bon, d'accord vous deux, ça suffit !

Elle avait pris son ton autoritaire. Marilyn cessa brusquement de rire.

– Je pense qu'il est temps de me raconter ce qui s'est passé ce matin.

Anaïs arrêta son regard sur Marilyn.

– Ce que vous avez fait chez toi quand Steve est monté te chercher. Je pense que c'est important qu'on en parle avant d'aller à Cuba.

Elle se tourna vers le jeune homme.

– Qu'est-ce que tu en penses, mon amour ?

LÉO

12 h 05

Léo était nerveux. Il regrettait d'avoir gardé son arme sur lui. Le Walther ne lui procurait plus la réconfortante assurance de ce matin. Au contraire, Léo était maintenant obsédé à l'idée qu'on puisse le découvrir. Il boutonna son veston pour éviter qu'il ne s'ouvre par accident et ne laisse entrevoir l'étui caché dans la poche. Mais serré de cette façon dans le vêtement, il sentait davantage le poids du revolver contre sa poitrine.

– Vous n'avez pas chaud avec votre veston ? demanda Florence.

Léo sursauta. Il était si hanté par la présence de son arme que même la pièce d'uniforme au complet lui paraissait louche. À cette question, il réalisa qu'il avait effectivement chaud et combien l'air de la salle était étouffant.

– Non, mentit-il. Il fait même un peu frais.

– Vous trouvez ? Moi, je crève de chaleur ! ajouta Robert, le visage couvert de sueur.

Léo partageait la même table que Florence, Robert et Danièle. Une chaise vide attendait le retour de Louisa, partie au petit coin.

– Défais le col de ta chemise au moins. Elle te serre trop le cou, mon chéri.

Comme une mère attentionnée, Danièle se pencha vers son époux et voulu dénouer le premier bouton de sa chemise. L'homme la repoussa.

– Arrête ! Je peux le défaire moi-même. Je ne suis plus un enfant !

Sa femme le regarda un moment avec incrédulité. Apparemment, elle n'avait pas l'habitude d'être ainsi rabrouée par son mari.

Florence se tourna vers Léo et lui adressa un petit sourire embarrassé. Ni l'un ni l'autre ne connaissaient vraiment ce couple ; il s'agissait plutôt des amis de Louisa. Léo était mal à l'aise et se sentait en partie responsable de leur dispute. S'il avait retiré son veston, ce charmant tandem ne serait pas en train de se quereller.

– C'est vrai qu'il fait un peu chaud, ajouta-t-il timidement. Mais j'ai l'impression que je couve quelque chose et je ne voudrais pas...

– Pas un rhume ou une grippe, j'espère ? répliqua Danièle. Les virus, c'est dangereux pour mon mari. Il a fait une crise du...

– Danièle ! Arrête avec ça !

Robert s'adressa au chauffeur :

– Ne faites pas attention à elle. Elle me surveille comme si j'étais un enfant.

L'homme s'efforça de sourire, mais Léo voyait bien à quel point il semblait irrité. Sa femme pinça les lèvres et prit le menu déposé devant elle.

Léo était malheureux. Il avait la triste impression que sa présence à elle seule gâchait tout. Que faisait-il assis à une table avec des inconnus ? Lors de ses trajets, il avait l'habitude de s'installer à l'écart des autres voyageurs. Il préférait manger ses repas en solitaire, attablé à un comptoir, anonyme. Mais lorsque Louisa lui avait si gentiment lancé cette invitation, il avait accepté de bon cœur. Parler avec Florence avait été si agréable que la possibilité d'échanger davantage l'avait enveloppé d'une douce chaleur. Pas au point de renoncer à son projet, bien sûr, mais suffisamment pour lui enlever cette idée de la tête pendant un court instant.

Maintenant qu'il se trouvait avec eux, son dessein lui trotta de nouveau dans la tête. Léo réalisa combien il pouvait être ennuyeux. Il n'arrivait pas à dire les bonnes choses au moment opportun. Il éprouvait de la difficulté à entreprendre, et surtout, à entretenir une conversation. Ce qui s'était produit avec Florence tout à l'heure était vraiment exceptionnel. Cependant, depuis qu'il ne se trouvait plus seul avec elle, cette facilité à communiquer s'était complètement évaporée. Même Florence ne parlait plus. Elle lui jetait de petits coups d'œil timides, et lorsque leurs yeux se rencontraient, elle souriait discrètement et détournait la tête. Tout compte fait, c'était probablement mieux ainsi : la vie venait lui confirmer que sa décision s'avérait la meilleure. À l'avenir, il n'éprouverait plus de doutes ou d'hésitations à passer à l'acte. Peut-être le ferait-il ce soir, dans sa chambre de motel, ou alors demain matin, avant de repartir. Il ne se voyait pas mettre fin à ses jours chez lui. Ce n'était pas tant qu'il se souciait de la réaction de sa femme ; il pensait plutôt à ses enfants. Il les aimait malgré tout et voulait leur épargner le spectacle.

Un silence glacial régnait entre les quatre individus. Se croyant l'unique responsable de ce malaise, Léo eut envie de quitter leur table. Or, il n'y avait pas de comptoir dans ce restaurant. De toute façon, se lever et aller s'installer ailleurs semblait au-dessus de ses forces.

Et puis, il y avait Florence.

Bien malgré lui, Léo désirait discuter encore une fois avec elle. Il avait envie de la revoir pendue à ses lèvres et l'écouter avec attention. Il souhaitait revoir son sourire et son visage de petite fille émerveillée. Il se tourna vers elle. Florence parcourait distraitement le menu. Sentant son regard, elle le considéra à son tour. Malheureusement, Léo ne savait pas quoi dire. Aucun mot intelligent ne lui venait à l'esprit. Les mains déposées à plat sur la table, il les frottait nerveusement l'une contre l'autre. Florence lui sourit à nouveau, puis ses yeux descendirent vers ses doigts. Tout à coup, la dame perdit son sourire et replongea son nez dans le menu. Intrigué, Léo baissa la tête et comprit. Elle venait d'apercevoir son alliance. Sans s'en rendre compte, il la faisait machinalement tournoyer le long de son annulaire. L'attitude de Florence lui fit prendre conscience qu'elle avait peut-être le béguin pour lui. « Impossible, se raisonna-t-il, qu'une dame aussi distinguée puisse s'intéresser à un homme comme moi. » Sans doute croyait-elle que Léo lui faisait la cour. Venant d'un homme marié, ce comportement devait franchement la dégoûter.

Robert fut le premier à rompre le silence.

– Mais qu'est-ce qu'elle fait, Louisa ? C'est bien long !

7

PHIL

12 h 07

Veste de cuir sur le dos, Phil entra dans le resto. Il resta un moment dans le vestibule. Il remarqua l'écriteau « ouvert » accroché contre la vitre de la porte. Son complice avait donc bien rempli son rôle. Il ne restait plus à espérer que personne ne trouve étrange de découvrir une telle pancarte sur l'entrée d'un restaurant ouvert vingt-quatre heures. C'était la deuxième fois que Phil mettait les pieds dans cet établissement. Il était venu le mois dernier avec Gabrielle. Ils avaient pris le temps de repérer les lieux sans se faire remarquer. Le duo avait noté où se trouvaient les toilettes, la caisse enregistreuse et la cuisine avant d'établir le nombre d'employés qui travaillaient le vendredi midi. Phil avait choisi cet endroit parce qu'il était bien divisé pour ce genre d'opération. Il s'agissait d'un bâtiment de forme rectangulaire où toutes les tables étaient installées dans la même section. On en comptait une bonne vingtaine. Sur la façade du restaurant, les deux grandes fenêtres étaient munies de stores en toile, habituellement relevés aux trois quarts. Les rayons du soleil pénétraient de façon presque indécente dans la salle à manger et une chaleur étouffante y régnait. Face au vestibule se trouvait le comptoir-caisse où les clients devaient se rendre pour payer leur addition. Derrière ce comptoir, il y avait la cuisine. Phil savait que trois employés s'y activaient en ce moment : le cuisinier, l'aide-cuisinier et le plongeur. Seules deux serveuses travaillaient sur le plancher. Le gérant du restaurant était en congé durant la semaine.

Chez Betty était également bien situé géographiquement. Le resto se trouvait sur la route 31, non loin de l'autoroute 401, perdu au beau milieu des champs à Morrisville, une ville franco-ontarienne. Il s'agissait de l'unique restaurant de la région ouvert vingt-quatre heures. La majorité de sa clientèle venait surtout le soir. Beaucoup de touristes s'y sustentaient. Phil avait appris que les recettes de la semaine étaient entreposées jusqu'à quinze heures et qu'un autobus bondé de personnes âgées se pointerait aux alentours de midi. Le véhicule partait du Québec et se dirigeait vers Niagara Falls. Ces gens possédaient en général beaucoup d'argent liquide sur eux et les femmes avaient l'habitude d'apporter leurs plus beaux bijoux en voyage. Toutefois, ce qui l'intéressait le plus dans ce commerce était la caisse enregistreuse et l'argent qui se cachait dans le coffre-fort de la cuisine. Son complice l'avait bien renseigné à ce sujet et ce léger détail était inconnu de Gabrielle et d'Emmanuel.

Toute l'opération serait un jeu d'enfant et, une fois terminée, il serait facile pour eux de quitter l'endroit ni vus ni connus. Gabrielle et son amoureux fileraient en premier dans sa voiture à elle tandis qu'il déguerpirait par la porte de la cuisine. Il n'aurait qu'à contourner le bâtiment et sauter dans sa bagnole. Les routes étaient pratiquement désertes dans un patelin pareil et après quelques kilomètres, ils reprendraient l'autoroute jusqu'au Québec. Une fois de retour, ils partageraient le magot et il leur serait facile d'écouler rapidement leur *stock*.

Phil sortit du vestibule et regarda autour de lui. Le restaurant n'était pas bondé comme il s'y attendait. Seulement la moitié des tables étaient occupées. Il jura intérieurement et s'en voulut d'avoir surestimé le nombre de passagers dans l'autobus. Cependant, ils n'avaient plus le choix, ils devaient passer à l'action aujourd'hui même.

– Bonjour ! Une table pour une personne ?

La serveuse arborait un anneau épinglé dans le sourcil. Elle portait une longue robe rose à manches courtes et bouffantes avec l'inscription *Chez Betty* imprimée sur sa poitrine. Un petit macaron doré, négligemment accroché au-dessus de son sein gauche la désignait ainsi : « Marie-Jeanne, serveuse ». Le visage huileux, la fille jetait ici et là de petits coups d'œil ennuyés. Une autre serveuse passa près d'eux.

– Non merci, répondit Phil. Je vais prendre une commande pour emporter.

– D'accord. Vous pouvez aller à la caisse et regarder le menu.

L'homme se dirigea d'un pas lent vers le comptoir. Tout en marchant, il balaya la salle du regard. Il aperçut alors Gabrielle, attablée avec l'homme qui était accompagné des deux jeunes garçons. « Merde ! Mais qu'est-ce qu'elle fait là ? » murmura Phil entre ses dents. Gabrielle discutait gaiement avec cet inconnu, comme s'il s'agissait d'une vieille connaissance ou d'un flirt naissant. Phil observa la scène et en fut fortement irrité. Il reconnut l'étranger : de grande taille, du genre sportif et bien dans sa peau, il l'avait vu dans le stationnement en compagnie de ses deux fils. Il correspondait au type qui pouvait facilement s'amuser à jouer les héros. Qu'est-ce qui était donc passé par la tête de Gabrielle d'aller s'asseoir avec lui ? Était-elle idiote à ce point ? Et les enfants ? Phil repensa à la phrase prononcée dans la voiture : « C'est tellement imprévisible, des enfants ! » Qu'allait-il faire si les garçons s'emballaient ?

– Vous êtes prêt à commander, monsieur ?

Il leva la tête. Une autre serveuse, une jolie rousse cette fois-ci, apparut derrière la caisse. « Suzy, serveuse » était inscrit sur son macaron.

– Oui, répondit Phil. Je vais commander tout de suite. Je... Je...

Il baissa les yeux vers le menu et le feuilleta rapidement.

– Je vais prendre une pizza spécial Betty, extra large.

– D'accord, répondit la serveuse sans prendre la peine de noter la commande. Ça prendra une dizaine de minutes. Si vous voulez, vous pouvez vous asseoir à une table en attendant.

– Oui, merci.

La rouquine se dirigea vers la cuisine, mais la serveuse surnommée Marie-Jeanne l'attrapa par le bras et lui glissa à l'oreille :

– Non, ça va, je vais commander pour toi. De toute façon, il faut que je demande aux cuisiniers s'il y a des morceaux de poulet dans la soupe...

Suzy haussa les épaules et retourna vers les tables, tandis que sa collègue pénétrait dans la cuisine. Phil resta plusieurs secondes immobile devant le comptoir. Il se sentait nerveux, tout à coup. Voir Gabrielle en compagnie de cet homme l'avait perturbé. Il craignait qu'elle lui joue dans le dos. Il regarda à nouveau vers sa table. La jeune femme discutait avec l'homme de façon insouciante et désinvolte. Phil eut l'impression qu'ils se connaissaient depuis des années. Peut-être était-ce le cas ? Peut-être que ce type était dans le coup, lui aussi ? Une bouffée de chaleur l'envahit.

Marie-Jeanne revint de la cuisine et s'approcha de leur table. L'homme commanda en premier. Aussitôt, les yeux de Gabrielle se posèrent sur Phil. Elle fit un geste discret du menton et baissa la tête vers son menu. C'était le signe que tout allait bien, qu'il n'y avait plus personne dans la toilette des dames.

Phil détourna le regard et se dirigea lentement vers la toilette des hommes. Ses jambes lui semblèrent soudain lourdes et maladroites. Il craignait d'attirer l'attention des autres clients, même s'il était convaincu de passer inaperçu. Le jeune homme ouvrit la porte. Heureusement, il n'y avait personne à l'intérieur. Il s'arrêta un instant devant le miroir et interrogea son reflet. Sa petite barbichette retroussait vers le haut tellement l'humidité était atroce et des gouttes de sueur perlaient sur son crâne. Il prit du papier à main et s'épongea la tête. Il trouva que son allure générale n'inspirait pas vraiment de crainte. Au contraire, il avait plutôt l'air d'un pauvre type ordinaire et insignifiant. C'était d'ailleurs préférable pour l'instant, car les autres clients ne devaient pas se méfier de lui. Mais dès qu'il passerait à l'action, son attitude changerait complètement.

Phil glissa sa main à l'intérieur de la poche de son jeans et trouva le sachet. Il le tripota durant quelques secondes et hésita à le sortir. Il avait juré à Gabrielle qu'il n'en prenait plus. Il savait pourtant qu'il n'aurait pas le courage de s'en passer. Il était plus nerveux qu'il ne l'aurait imaginé. Prendre une petite dose ne pourrait que lui faire du bien. Délicatement, Phil tira le sachet et l'ouvrit. Il se remémora sa dernière consommation. Il avait alors perdu les pédales au point de presque fracasser la mâchoire d'un type. Si Gabrielle n'avait pas été là pour le raisonner, cet idiot se serait probablement retrouvé à l'hôpital. Phil ne se rappelait plus comment cette histoire avait débuté. Tout ce dont il se souvenait était d'avoir frappé un gars qui embêtait Gabrielle à la sortie d'un bar. Il conclut que cet épisode ne comptait pas vraiment. Il avait fait des mélanges ce soir-là ; il avait trop bu et la coke ne pouvait être la seule en cause.

De toute façon, qui était Gabrielle pour oser lui faire la leçon ? En ce moment même, elle se trouvait installée à une table familiale, alors qu'elle aurait dû l'attendre sagement, seule dans un coin. Phil plongea son petit doigt dans le sac et renifla en vitesse la poudre blanche. La coke était censée calmer, donner confiance. Elle ne rendait pas agressif. Que connaissait Gabrielle là-dedans ? Elle n'avait fumé que des joints ! Il remit le sachet dans sa poche et sortit des toilettes.

Il longea l'étroit corridor et regarda en direction de la salle à manger. Personne ne lui prêtait attention. Il s'assit à la première table à sa gauche, la plus près de la porte d'entrée, légèrement en retrait des autres. Il observa ensuite les clients. Au fond, à sa droite, se trouvaient Gabrielle et la petite famille. Des tables libres distançaient la plupart des gens, à l'exception du groupe de personnes âgées, qui, à lui seul, occupait sept tables. Phil remarqua avec intérêt les bras de deux clientes à la peau artificiellement bronzée garnis de bracelets clinquants en or et en argent. Peut-être n'était-ce que du toc... Il n'allait pas tarder à le savoir. Leur assiette était vide, elles devaient donc être sur le point de partir.

À leur droite étaient attablés les trois jeunes gens aperçus plus tôt dans le stationnement. L'homme lui faisait face. La femme aux cheveux foncés assise près de lui semblait animée. Elle parlait en gesticulant et Phil n'arrivait pas à déterminer si elle était en colère ou simplement enthousiaste.

Son regard se promena jusqu'au groupe de voyageurs. Il croisa les yeux d'une vieille femme aux cheveux presque rouges, assise devant un homme corpulent. La dame le dévisageait avec insistance, semblant se demander où elle avait bien pu l'apercevoir auparavant. Un sentiment familier de déjà-vu traversa l'esprit de Phil. Il crut la reconnaître. Était-ce possible que cette bonne femme fût la même aperçue un mois plus tôt à Laval et qu'elle se retrouve aujourd'hui dans ce restaurant perdu de l'Ontario ? Pourquoi pas ? L'autobus provenait de la banlieue de Montréal. Oui, pas de doute, c'était bien elle ; il reconnaissait cette même lueur apeurée et grotesque dans le regard. Or, ils étaient trois dans la voiture ce jour-là, et, à son âge, on oubliait facilement les détails, se rassura-t-il. Non, il était peu probable qu'elle se souvienne de lui. Phil détourna les yeux et pivota la tête vers la porte d'entrée. Il ignorait si la vieille l'avait reconnu, mais ne voulait pas lui donner la chance de le scruter davantage. Du moins, pas maintenant. De toute façon, il devait être dans les habitudes de cette femme bizarre de paniquer à la vue de jeunes de moins de trente ans. Surtout si ceux-ci exhibaient un crâne rasé et une barbichette.

— Il fait tellement chaud ici ! Il y a pas moyen de mettre l'air conditionné ? réclama une voix masculine.

— L'air climatisé ne fonctionne plus ! répondit bêtement Marie-Jeanne d'un air ennuyé.

Ce type avait raison, on crevait de chaleur. Surtout avec une veste de cuir sur le dos. Phil sentit de nouveau les gouttes de sueur s'écouler le long de son crâne. Il se laissait encore quelques minutes avant de commencer l'opération. Les clientes bronzées aux bras chargés de bijoux se levèrent de table. Facture à la main, les deux femmes se dirigèrent tranquillement vers la caisse. Le rythme cardiaque du jeune homme s'accéléra. Tant pis ! Il n'aurait pas le choix de les laisser filer. La serveuse rousse apparut derrière le comptoir et prit l'addition de la dame avec le sourire.

– J'en ai assez de cette chaleur ! Je vais au moins fermer ces foutus stores ! clama l'homme qui s'était plaint en se dirigeant avec colère vers l'une des deux fenêtres.

D'un coup sec, il tira sur le cordon et la toile s'abaissa instantanément. Les rayons du soleil s'estompèrent quelque peu à l'intérieur, mais Phil étouffait plus que jamais. Il transpirait maintenant à grosses gouttes. Il se leva.

Les yeux de la vieille dame furent à nouveau braqués sur lui. Elle ne le dévisageait plus, car son regard soupçonneux avait maintenant fait place à l'horreur et au triomphe de l'avoir démasqué. Phil comprit. Sans le quitter des yeux, elle se pencha cérémonieusement vers son compagnon et lui parla sans desserrer les dents. Tranquillement, le gros homme se tourna vers Phil et porta la main à l'intérieur de son veston. L'autre eut l'impression – était-ce dû à ce geste ou au fait que cet homme était le sosie d'Hercule Poirot ? – qu'il était cuit et que s'il n'agissait pas maintenant, il serait trop tard.

Le jeune homme rechercha avidement les deux serveuses. Comme par hasard, celle avec un anneau dans le sourcil passa près de lui. Il l'empoigna et lui ordonna de fermer l'autre store. Les deux femmes bronzées se dirigeaient maintenant vers la sortie. Il n'était plus question de les laisser filer. Lorsqu'elles arrivèrent à sa hauteur, Phil sortit son arme et la braqua vers elles.

– Retournez à votre table ! fit-il tout bas.

Il les vit ouvrir la bouche et hurler, mais ses oreilles bourdonnaient si fort qu'il les entendit à peine crier.

EMMANUEL

12 h 15

Emmanuel attendait impatiemment dans la voiture. Depuis combien de temps Phil était-il parti ? Dix minutes ? Une demi-heure ? Une éternité semblait avoir passé. Emmanuel aurait préféré entrer avec lui plutôt que de devoir affronter l'attente seul. Il avait encore une chance de laisser tomber ce plan ridicule et de foutre le camp.

Il pensa à Gabrielle.

Il tourna la tête et aperçut une casquette rouge déposée sur le siège arrière. Pourquoi Phil ne l'avait-il pas mise sur sa tête au lieu de se balader avec son crâne rasé ? Mais non, il préférait se faire remarquer en dépit des conséquences que ça pourrait entraîner. Lui, au moins, avait pris la peine de laisser pousser ses cheveux et sa barbe. Ainsi, demain, personne ne le reconnaîtrait. S'il avait pu se mettre une cagoule sur la tête, il l'aurait fait. Emmanuel tendit la main vers la casquette et aperçut du mouvement derrière une fenêtre. Lorsque le premier store se referma, son cœur s'emballa. Il serra le revolver entre ses mains moites et attendit. Une seconde éternité s'écoula avant que la deuxième toile ne se rabatte à son tour. Emmanuel imagina alors Gabrielle dans les bras de Phil et cette pensée le fit frémir. Il plaça la casquette rouge sur son crâne et sortit en trombe de la voiture.

Il courut jusqu'à la porte d'entrée et s'arrêta. Tranquillement, comme s'il craignait de se faire surprendre, Emmanuel pénétra dans le vestibule. Il aperçut Phil derrière la vitre, non loin de l'entrée, le revolver à la main. Ce dernier pointait son arme en direction de deux femmes, debout elles aussi. Elles pleuraient – était-ce des pleurs ou des cris, il n'en était pas sûr – et allèrent docilement s'asseoir à une table. Emmanuel retourna la pancarte « ouvert ». Ainsi, si un client se pointait, il se cognerait le nez devant l'inscription « fermé » et n'insisterait pas. Le jeune homme entra ensuite dans la salle à manger et verrouilla la porte derrière lui. Aussitôt, Phil s'adressa à lui :

– Va dans la cuisine chercher les trois employés ! hurla-t-il.

Emmanuel fouilla la salle du regard à la recherche de Gabrielle. Ses jambes fléchirent lorsqu'il l'aperçut attablée avec l'homme et ses deux garçons. Que faisait-elle donc là ? Il crut un moment que le plan avait changé et que cet inconnu en faisait aussi partie. Puis, il pensa aux paroles de Phil dans la voiture : « Peut-être qu'elle se sert de nous pour avoir ce qu'elle veut. Et aussitôt qu'elle l'aura, elle partira avec l'argent. Et nous, on se retrouvera à sec.»

– Tu y vas, merde ? répéta Phil.

Sans réfléchir davantage, Emmanuel s'exécuta. Il s'attendait presque à voir les trois employés en état de choc, les bras en l'air, le suppliant de leur laisser la vie sauve. Au lieu de ça, il distingua deux hommes qui discutaient joyeusement devant les fourneaux. L'un des deux, à l'abondante chevelure grise recouverte d'un filet, lui faisait dos. Emmanuel ne voyait son compagnon, un grand gaillard au crâne rasé, que de profil. Aucun des deux cuisiniers ne remarqua sa présence.

– Il s'imagine peut-être que c'est le grand amour, dit l'homme chauve en riant. Franchement ! Pauvre Jimmy...

– Attention, il peut nous entendre !

– Mais non voyons, il y a un tel vacarme ici.

Effectivement, le ventilateur de la cuisinière faisait un boucan d'enfer. Son Glock à la main, Emmanuel s'avança vers les deux hommes, mais celui au crâne rasé se tourna vers le comptoir et lui fit dos à son tour. Emmanuel chercha le troisième employé – le plongeur qui était censé se trouver là lui aussi – mais il ne vit personne. Son cœur battait à cent milles à l'heure. Aucun des deux travailleurs n'avait encore fait attention à lui. Était-ce possible ? Emmanuel se sentit si ridicule qu'il eut l'impression de figurer dans le sketch d'une *sitcom* américaine. L'homme à la chevelure grise se retourna soudainement et le vit enfin.

– Qu'est-ce que...

Le cuisinier baissa les yeux et aperçut le revolver. La main d'Emmanuel se mit à trembloter et, dans un geste nerveux, il braqua l'arme vers eux.

– Levez les bras en l'air et éloignez-vous du fourneau !

Il avait lancé cet ordre d'une voix étouffée, presque un murmure. Ces hommes l'avaient-ils seulement entendu ? Les deux employés le dévisageaient sans réagir. Emmanuel s'attendait à les entendre rire d'une seconde à l'autre, comme s'il s'agissait d'une mauvaise blague.

Toutefois, aucun des deux ne s'esclaffa. Ils restèrent immobiles et le fixèrent, paralysés.

– Vous avez entendu ce que j'ai dit ?

Emmanuel n'avait pas crié. Sa gorge était trop serrée pour laisser passer plus qu'un chuchotement, une plainte. Il transpirait et ne pouvait empêcher ses doigts de trembler. « Je ne dois pas avoir l'air très convaincant », pensa-t-il. Pourtant, à sa grande surprise, les cuisiniers dressèrent leurs bras vers le plafond et s'éloignèrent du fourneau. Ils ne le quittaient pas des yeux et il eut l'impression qu'ils avaient réellement peur de lui. Ce que le jeune homme ignorait, c'était que ces hommes ne percevaient pas ce qu'il ressentait : même si sa voix n'était qu'un murmure, que ses mains vacillaient et que sa peau transpirait, ils avaient devant eux un individu armé, sale et barbu, qui faisait davantage penser à un dangereux *junky* qu'à un pauvre type accolé au pied du mur.

– Où est l'autre gars ? Le plongeur ?

– Jimmy ? demanda l'homme le plus âgé.

– Le plongeur, il est où ? répéta Emmanuel d'une voix plus forte.

– Il est juste parti fumer dehors. Ça ne fait même pas cinq minutes qu'il est sorti.

L'homme au crâne rasé secoua la tête en direction de la porte située au fond de la pièce. Emmanuel remarqua qu'elle était légèrement entrouverte.

– Quoi ? Il est dehors ?

– Oui. Il fume toujours dans la ruelle, une dizaine de mètres plus loin.

Emmanuel jura et se dirigea vers la sortie. Il l'ouvrit avec fracas, mais ne vit personne. Cette issue aboutissait dans une petite cour arrière de trois mètres de profondeur sur quinze mètres de largeur, où se mêlaient mégots de cigarettes et bacs à ordures. Il se retourna vers les deux hommes avec désespoir.

– Mais il n'y a personne dehors !

– Il prend peut-être une petite marche le long du bâtiment. Il ne doit pas être bien loin...

Emmanuel entrebâilla de nouveau la porte et regarda à l'extérieur. Toujours personne. En vitesse, il courut jusqu'à l'extrémité gauche de l'édifice et observa la façade. Aucune trace du plongeur. L'autre côté de la bâtisse était inatteignable puisque des bacs et un conteneur à ordures bloquaient le passage. Une clôture grillagée de dix pieds de haut entourait la ruelle. Derrière celle-ci, il n'y avait que des champs de maïs à perte de vue. Emmanuel revint dans la cuisine.

– Vous croyez qu'il s'est enfui ?

– Ce serait surprenant. Je ne crois pas qu'il ait pu t'entendre, et de toute façon, il ne peut pas aller bien loin. Jimmy n'a pas de voiture et il pèse plus de trois cents livres.

– Merde ! cria Emmanuel.

Le garçon hésita. Devait-il partir à la recherche de ce gros idiot ? Il ne se voyait pas amener les deux cuisiniers dans la salle à manger et déclarer à son complice : « Excuse-moi, mais je dois courir après le plongeur, il a foutu le camp dehors. » Non, mieux valait ne rien dire pour le moment, ouvrir l'œil et guetter le retour de ce Jimmy. Emmanuel s'avança vers les deux cuisiniers, qui avaient déjà baissé les bras le long de leur corps.

– Levez les mains en l'air et sortez de la cuisine !

Ils s'exécutèrent et, dans un geste presque militaire, avancèrent d'un pas cadencé jusqu'à la porte. Emmanuel se tourna une dernière fois vers la ruelle et jura entre ses dents.

JUSTIN

12 h 11

Justin ressentit une vive douleur au mollet droit. Il regarda sous la table et aperçut le pied gauche de Ben s'agiter nerveusement de haut en bas.

— T'en veux un autre ?

Son cousin était maintenant penché vers lui.

— Tu sais que toi et moi, on va dormir dans la même chambre ? murmura Ben à son oreille.

Justin jeta un œil à son père, qui était trop occupé à rire avec la jeune femme pour remarquer quoi que ce soit. Il sentit l'haleine de Ben contre son cou.

— Ton petit papa ne prendra plus ta défense maintenant, mon beau, car il n'a plus rien à faire de toi. Regarde-le. Tout ce qu'il veut, c'est coucher avec cette fille-là.

Le garçon regarda son père, le bras appuyé contre la chaise de l'inconnue. Lorsqu'il riait, ses doigts se rapprochaient un peu plus des épaules de la fille. Christophe parlait boulot et prenait un ton désinvolte auquel Justin n'était pas habitué. Il offrit une carte d'affaires à la jeune femme et lui demanda si elle en avait une pour lui. Elle fouilla dans sa mallette.

— Oh non ! Je les ai oubliées chez moi ! Quelle gourde ! s'exclama-t-elle en riant. Une représentante en produits pharmaceutiques qui oublie ses cartes à la maison !

Aussitôt, Christophe sortit un crayon de sa poche.

– Ce n'est pas grave, Roxane, donne-moi tes coordonnées et...

La fille hésita, puis désigna le bout de carton.

– Pas la peine. Moi, j'ai les tiennes.

Une bouffée de colère noua la gorge du garçon. Voir son père flirter ainsi avec une inconnue le troublait plus qu'il ne l'aurait imaginé. Après tout, Ben avait raison. Dès que cette femme était apparue, il avait vite cessé d'exister alors qu'il venait tout juste de se rapprocher de lui.

– Quand on sera chez Mamie, seuls tous les deux dans la chambre et dans le noir, tu ne peux pas t'imaginer tout ce que je vais te faire...

Justin fixa son cousin. Ben avait retrouvé son expression familière : celle du garçon s'apprêtant à passer du bon temps à la seule idée de le terroriser. Les deux coups de poing et les remontrances de Christophe n'avaient servi à rien. Son nez demeurait enflé et du sang séché durcissait autour de ses narines, mais il s'agissait là de la seule preuve de ce qui s'était passé à la station-service. Tout redevenait comme avant. Combien de coups de poing Justin devrait-il lui asséner avant que son cousin le laisse tranquille une fois pour toutes ? L'enfant n'était pas idiot. Si son père n'avait pas été là, Ben se serait défendu et lui en aurait collé une. Son cousin était tout de même plus costaud que lui. Il n'y avait donc aucune raison de croire qu'il l'emporterait. Et Justin ne s'imaginait pas se battre toute sa vie. Ce n'était pas de cette façon que sa mère l'avait élevé.

Toutefois, il n'éprouvait plus autant de peur face à son cousin. À preuve, il n'avait pas sursauté lorsque l'autre l'avait menacé. Ce qu'il ressentait maintenant ressemblait davantage à de la lassitude. Et pourquoi pas, à de la pitié pour cet être aussi vide et cruel.

— Tu vas pa...payer pour les coups de poing que tu m'as donnés...

Justin crut rêver. La voix de Ben avait bien tremblé. L'adolescent venait-il de deviner qu'il n'avait plus peur ? Le garçon l'observa une nouvelle fois. Il avait perdu son air moqueur. L'enfant comprit. Ben le testait ; il voulait voir s'il retomberait dans le piège de la victime.

— Qu'est-ce qui se passe ?

Les yeux ronds, Christophe regardait par-dessus l'épaule de son fils, vers l'entrée du restaurant. Il retira sa main du siège de la jeune femme. Celle-ci émit un petit cri étouffé et, par réflexe, s'empara de son attaché-case. Justin se retourna et vit un homme au crâne rasé, debout près de l'entrée, une arme à la main. Deux femmes se trouvaient près de lui. L'homme braqua son revolver en direction des deux clientes et leur ordonna de retourner à leur table. À ce moment, un grand barbu avec une casquette rouge surgit du vestibule. Le braqueur lui cria quelque chose que Justin ne saisit pas. Tout se passait très vite. L'enfant entendit d'autres gens crier.

– Les garçons, couchez-vous en dessous de la table ! leur ordonna Christophe.

Justin se tourna vers son père. Ce dernier tenait fermement la jeune femme par les épaules.

– Couche-toi par terre, je te dis !

Il s'exécuta. Mais avant que sa tête ne s'engouffre complètement sous le meuble, ses yeux se posèrent sur la blonde. Elle affichait un calme surprenant et, dans un geste d'un naturel à peine feint, elle se défit de l'étreinte de Christophe.

PHIL

12 h 18

— Tout le monde reste calme ! cria Phil à la ronde.

La mère et la fille s'étaient rassises avec obéissance à leur table. Tous les clients le fixaient. Certains paraissaient incrédules et d'autres, complètement paniqués. Phil regarda les deux gamins se jeter sous la table et leur père se mettre à jouer les protecteurs avec Gabrielle. Heureusement, celle-ci l'avait repoussé et se tenait prête.

Les cuisiniers jaillirent de la cuisine suivis d'Emmanuel, qui les tenait en joue. Comme s'ils se croyaient maintenant hors de danger, les deux hommes baissèrent les bras avec soulagement. Dès qu'ils aperçurent Phil, l'arme au poing, ils les redressèrent aussitôt.

— Emmène-les au fond ! aboya-t-il à Emmanuel.

Le visage du jeune homme ruisselait de sueur. Il pointa le menton en direction de la cuisine et ouvrit la bouche.

— Quoi ? cracha Phil.

L'autre secoua la tête, comme pour signifier : « Non rien, oublie ça ! » et ordonna à ses otages d'avancer.

« Pourvu qu'il ne craque pas, lui ! » pensa Phil. Des bruits de voix s'élevaient de partout. Les gens s'interrogeaient sur ce qui était en train de se passer.

— Vos gueules ! beugla-t-il. Tout le monde debout, les bras en l'air !

Le son de sa voix résonna dans ses oreilles. Quelques femmes âgées lâchèrent de petits cris aigus. Les clients se regardaient, mais personne n'osait prendre l'initiative de se lever le premier.

— Vous avez compris ce que je vous ai dit ? hurla-t-il à nouveau.

La jeune fille blonde fut la première à obéir. Elle se dressa docilement, imitée par ses deux amis. La mère et la fille se levèrent l'une après l'autre, suivies de l'homme seul. Comme s'ils avaient conclu un pacte, le groupe de voyageurs s'exécuta, chacun à son tour. Même la vieille qui l'avait reconnu se leva avec peine. Elle déposa ses mains sur la table et hissa son petit corps meurtri. Son compagnon vint à sa rescousse pour éviter qu'elle ne s'affale par terre. Tout se déroula en quelques secondes, mais Phil eut l'impression qu'une éternité venait de se passer.

Le jeune homme regrettait la coke qu'il s'était mise dans le nez. Il aurait dû se sentir plus détendu, mais cette saloperie semblait plutôt provoquer l'effet contraire. Ce n'était pas de bon augure dans ce genre de situation, car il fallait garder la tête froide. Les gens nerveux ne prenaient jamais de décisions raisonnées et ne savaient pas comment faire face aux imprévus. Tous les clients étaient maintenant debout, à l'exception de deux : Gabrielle et le père de famille. Les bras allongés en dessous de la table, l'homme entourait les épaules du jeune garçon blond. Il bravait Phil du regard, semblant lui dire : « Ose t'approcher ». À ce moment précis, le jeune homme eut l'horrible pressentiment que le plan était foutu. Il regarda Gabrielle. Il aurait aimé la voir debout comme les autres, les mains en l'air, en se plaignant ou en gémissant comme une femme normale l'aurait fait. Mais non ! Il ne lisait aucune peur dans ses yeux. Elle se contentait de l'observer, attendant qu'il vienne docilement à elle.

À cet instant, pour la première fois, il maudit son amie de toutes ses forces de l'avoir entraîné là-dedans avec elle.

MARILYN

12 h 19

Debout parmi les autres étrangers, Marilyn analysait la scène. Elle en faisait partie, évidemment, mais avait l'étrange sensation de se trouver dans un décor de film. L'homme au crâne rasé, à la barbichette et à la veste de cuir personnifiait l'acteur principal et les clients, des figurants. Lorsque l'homme avait braqué son arme et leur avait ordonné de se lever, elle n'avait pas hurlé, ne s'était pas plainte comme les autres. En bonne victime, elle avait été la première à obéir.

– Ça va, Marilyn ? demanda Steve à voix basse.

Les deux amis se tenaient côte à côte et les bras du jeune homme frôlaient les siens. Sa présence la rassurait. Mais elle n'avait pas peur. Elle entendait les gens pleurer et geindre autour d'elle et trouvait ces réactions tout à fait normales. « Si j'étais à leur place, je réagirais probablement comme eux », se dit-elle. Seulement voilà, elle n'était pas à leur place. Elle savait que la majorité d'entre eux effectuaient un voyage – à Niagara Falls, leur avait dit Anaïs – et que ce malheureux « contretemps » allait gâcher leurs vacances. Marilyn les comprenait, car elle-même avait déjà ruiné les siennes. Oh ! pas seulement à cause de ce stupide braquage, mais surtout avec ce qui s'était passé ce matin.

– Tu n'as pas compris ce que j'ai dit, toi ?

L'homme à la veste de cuir s'élança vers la table du fond, à sa gauche. Curieuse, Marilyn avança d'un pas.

Elle aperçut un couple encore assis. Son cœur fit un bond lorsqu'elle reconnut l'homme de la station-service. Les deux fesses collées sur sa chaise, le type regardait le braqueur avec défi. « Quel con ! » pensa-t-elle. Elle fit un pas de plus et remarqua les deux garçons cachés sous la table.

– Je ne le répéterai pas deux fois ! hurla la barbichette en pointant son arme vers l'homme qui s'obstinait à rester assis.

– Levez-vous donc, idiot ! cria une voix masculine au fond de la salle.

Aussitôt, la jeune femme blonde se leva et fit signe à son compagnon de l'imiter.

– Il y a des enfants sous la table, dit-elle.

– Tu penses peut-être que je ne les ai pas vus ?

Le braqueur se pencha.

– Sortez de là, vous deux !

Le jeune blondinet s'extirpa de la cachette en premier et se jeta dans les bras de son père. Le second bougea, mais en se levant, il se frappa violemment la tête contre le rebord de la table. Marilyn réprima un fou rire. « Bien fait pour toi, petit morveux ! »

Steve posa une main nerveuse contre sa taille et ce contact imprévu la fit sursauter. La jeune fille n'osa pas le regarder. Peut-être avait-il déposé son autre main sur la hanche d'Anaïs ? C'était tout à fait logique, mais Marilyn ne voulait pas le savoir, ne voulait pas le voir de ses yeux. Elle aurait préféré le repousser, mais ce toucher sur sa peau était tout ce qu'il lui restait. L'homme à la barbichette se tourna vers eux. Marilyn n'eut pas peur. Tout ce qu'elle ressentit à ce moment-là fut de l'agacement quand l'homme leur cria :

– J'ai dit : les mains en l'air !

EMMANUEL

12 h 21

Emmanuel s'étonnait de l'attitude de Phil. Son complice semblait de plus en plus agité. Étrangement, cette soudaine nervosité agissait presque comme un catalyseur pour lui. Le fait de se sentir seul dans une situation lui faisait perdre tous ses moyens alors qu'être deux dans le même bateau lui enlevait la moitié d'un poids. Emmanuel se sentait plus détendu, plus en confiance que ce matin.

Et, bonne nouvelle, ses mains ne tremblaient plus.

Mais il songea au plongeur et son cœur s'emballa de nouveau. Peut-être se trouvait-il dans la cuisine en ce moment, en train de téléphoner à la police ? Emmanuel regarda son complice. Celui-ci lui faisait dos et ordonnait aux deux gamins de sortir de sous la table. S'il s'absentait pour quelques minutes, peut-être que Phil ne le remarquerait pas ? En vitesse, il courut jusqu'à la cuisine. Il la trouva vide, la porte de sortie toujours entrouverte. Il hésita, puis se précipita dans l'arrière-cour. Il fit quelques pas, mais n'aperçut personne. Il contourna le mur à sa gauche et jeta un œil sur le côté du bâtiment. Aucune trace du plongeur.

C'est alors qu'il vit l'échelle, déposée à l'horizontale et appuyée contre le mur de brique. Pourquoi ne l'avait-il pas détectée plus tôt ? Emmanuel leva la tête et scruta la surface plate du toit. L'édifice ne dépassait pas les quatre mètres, mais sans échelle, un homme n'aurait pu y grimper. Il la tourna à la verticale et gravit les barreaux deux par deux. En quelques enjambées, il eut une vue complète du toit. Personne. Le jeune homme jura, descendit deux ou trois marches et sauta en bas. Il retourna derrière le bâtiment et son regard se posa sur le tas d'ordures laissé pêle-mêle près du conteneur à déchets. Pourquoi n'y avait-il pas pensé plus tôt ? Un homme, même corpulent, pouvait facilement s'y cacher. Emmanuel s'avança vers les détritus et inspecta l'intérieur du conteneur. La puanteur lui sauta violemment au visage. D'une main dédaigneuse, il souleva quelques sacs à ordures, mais nul ne se trouvait caché dessous. « Est-ce que ce plongeur existe vraiment ? » s'interrogeat-il avec colère.

Le jeune homme donna un coup de pied contre la clôture et regarda à travers les champs. Si ce type s'était sauvé par là, il devait déjà se trouver loin maintenant. Emmanuel réfléchit un instant. Et s'il était simplement dissimulé contre la façade du restaurant, camouflé sous un arbre ou tapi près d'une voiture ? Peut-être... Mais Phil allait s'impatienter. Il avait déjà perdu assez de temps, il devait retourner à l'intérieur.

Frustré, Emmanuel regagna la cuisine et referma la porte derrière lui. Il fut soudain assailli d'un doute : et si ce plongeur était le fameux complice de Phil ? Mais oui ! Voilà qui expliquerait sa surprenante disparition ! Le rapprochement lui sembla si évident qu'il s'en voulut de ne pas l'avoir fait plus tôt. Il traversa la cuisine à grandes enjambées. Il se parlait à lui-même, maudissant Phil de les avoir ainsi floués. Dans sa colère, il leva le bras et accrocha par mégarde un objet déposé sur le comptoir. Un bruit sourd retentit. Il se retourna. Ce n'était qu'une simple boîte à pizza tombée sur le plancher. Emmanuel jura et quitta la pièce.

De retour dans la salle à manger, il s'avança vers le vestibule et regarda à l'extérieur. De là, il n'avait qu'une vue partielle du stationnement. Si le plongeur se trouvait dehors, il y avait de faibles chances qu'il puisse l'apercevoir. Phil lui fit signe de se déplacer plus près. Le jeune homme s'exécuta, mais s'abstint de regarder Gabrielle. D'ailleurs, il ne réussissait à poser les yeux sur aucun client. Les deux cuisiniers s'étaient mêlés aux autres otages. Celui à la chevelure grise avait retiré son filet de sur sa tête, comme s'il n'avait pu tolérer cette inélégance, même dans un moment pareil. Peut-être que l'un d'eux était le fameux complice ? L'homme grisonnant avait affiché un air désinvolte lors de son arrivée dans la cuisine, alors qu'il aurait dû entendre ce qui se tramait dans la salle à manger. Emmanuel ignorait comment tout ça avait débuté, si Phil avait crié ou les clients, hurlé. Les deux serveuses, vêtues de leur affreux uniforme d'un rose criard, se tenaient près des cuisiniers et ne paraissaient pas non plus en état de choc. Seule la fille avec un anneau dans le sourcil jetait de petits regards affolés autour d'elle. La rouquine restait immobile et observait la scène en silence. Le complice imposé par Phil se trouvait parmi les cinq employés, Emmanuel en était convaincu.

— Il n'y avait personne d'autre dans la cuisine ? demanda Phil. Juste ces deux types ?

Il hésita. Peut-être était-ce l'occasion de tester la participation possible du plongeur ?

– Euh, oui, mentit-il. Ils m'ont dit que le plongeur n'était pas rentré aujourd'hui... Il est malade...

Ses paroles sonnaient faux, mais Phil parut satisfait et se contenta de répondre :

– Tant mieux, un de moins dans les pattes !

Cette réponse affola Emmanuel. Si ce type n'était pas le complice – ce qui semblait apparemment être le cas –, il devait certainement chercher un poste de police à l'heure qu'il était. S'il n'avait pas déjà contacté les policiers avec son cellulaire. Les cuisiniers n'avaient donc pas menti : le plongeur fumait une cigarette lorsqu'il avait fait irruption dans la cuisine. Installé dans la ruelle, près de la porte, ce Jimmy avait peut-être entendu ce qui se magouillait à l'intérieur. Ses deux collègues se moquaient de lui. Il était normal qu'il ait tendu l'oreille.

– T'es dans la lune ou quoi ?

Phil semblait encore plus tendu que tout à l'heure. Emmanuel se demanda s'il devait lui parler du plongeur. S'il lui avouait, l'autre l'obligerait peut-être à retourner dehors et à le rechercher. Emmanuel n'en avait aucune envie. Phil serait furieux et tout ça ne ferait qu'empirer davantage la situation. Il choisit de se taire.

– Tout le monde reste calme, déclara Phil. Je ne ferai de mal à personne. Si vous coopérez, tout se passera bien et ce sera vite terminé.

Malgré ces paroles, quelques dames âgées continuèrent à sangloter. Phil parcourut nerveusement la salle des yeux.

— Maintenant, vous allez tous vous installer au fond, indiqua-t-il en pointant le mur perpendiculaire aux fenêtres. Vous vous alignerez les uns à côté des autres. Mesdames, apportez votre sacoche et laissez-la tomber à vos pieds, compris ?

Dans une symbiose presque parfaite, Emmanuel vit les gens s'exécuter docilement. Les femmes prirent leur sac à main et se dirigèrent vers le fond de la salle. Même Gabrielle se pencha vers sa mallette et la serra jalousement contre sa poitrine comme si elle contenait des documents précieux. Pourtant, elle était vide. Pour finir, les hommes allèrent sagement se planquer à côté des femmes, leurs mains toujours dressées dans les airs.

Tous, sauf un.

Il s'agissait d'un petit homme corpulent exhibant de façon presque ridicule une moustache démodée retroussée vers le haut. Il se tenait immobile près d'une vieille dame aux cheveux rouges qui peinait à se tenir debout. Les deux mains déposées contre son énorme ventre, l'homme dévisageait Phil avec une expression de dégoût. Puis, sa tête pivota et ses yeux se posèrent sur Emmanuel. Un frisson parcourut le corps du jeune homme. Les lèvres de l'homme étaient si pincées qu'un mince filet blanc dessinait grotesquement sa petite bouche.

— T'as entendu ce que j'ai dit, toi ?

Phil s'avança vers le gros homme et le pointa avec son arme. La dame âgée poussa un petit cri.

— Ne vous en faites pas, Agathe, ça va bien aller.

– Tu m'as compris ? Les mains en l'air.

– Oui. Sinon quoi ?

Les battements du cœur d'Emmanuel s'accélérèrent. Cet otage n'allait pas commencer à faire des histoires ? Et si Phil perdait les pédales et lui tirait dessus ? Il regarda son ami. Avec stupeur, il remarqua son doigt glisser vers la détente.

– Maurice ! cria une voix masculine parmi les voyageurs. Pourquoi vous ne levez pas vos mains comme tout le monde ? Faites donc ce qu'il vous dit !

Mais le gros homme ne bougea pas.

– S'il vous plaît, monsieur, faites ce qu'il demande et ça ira beaucoup plus vite.

Gabrielle venait de parler. Sa voix était douce, presque implorante. Inclinée vers l'avant, la jeune femme fixait le client récalcitrant avec supplication. Celui-ci lui jeta un coup d'œil, et aussitôt, son visage s'empourpra. Il retira les mains de son ventre et les dressa dans les airs.

Le corps d'Emmanuel fut saisi de légers tremblements. Il détestait la tournure que prenaient les événements. Rien ne semblait se dérouler comme prévu : le plongeur qui disparaissait, Gabrielle qui flirtait avec un client et un autre qui en faisait à sa tête. Non, vraiment, tout ça n'était pas de bon augure.

– Maintenant, j'ai besoin de quelqu'un parmi vous.

Phil marcha de long en large parmi les otages et les détailla lentement à tour de rôle. Les visages se tordaient et s'esquivaient dès qu'il y posait les yeux. Ces pauvres gens croyaient sans doute qu'en regardant ailleurs, ils éviteraient d'être sélectionnés. Phil jouait le jeu, évidemment, question de semer le doute dans leur esprit. Emmanuel savait qu'il arrêterait son choix sur Gabrielle. Il obligerait d'abord la jeune femme à se diriger vers lui, et ensuite, il l'empoignerait fermement par les épaules. Bien sûr, son amoureuse se débattrait pendant quelques instants pour la forme, mais elle finirait par se soumettre. Les autres clients n'y verraient que du feu et Gabrielle réussirait à les convaincre de coopérer. Ne venait-elle pas d'y parvenir si facilement avec le gros homme ? Il avait suffi qu'elle ouvre la bouche pour qu'il s'exécute docilement. Emmanuel savait tout ça, mais un drôle de pressentiment l'assaillait quand même.

Et si Phil devait choisir quelqu'un d'autre ?

Ce dernier s'arrêta devant une fille blonde qui portait une robe d'été rouge parsemée de fleurs. Elle se tenait le dos bien droit et regardait le braqueur sans sourciller. Le jeune homme à côté d'elle lançait à Phil un regard suppliant qui contrastait avec l'attitude de son amie.

– J'aime bien les blondes, fit Phil, sarcastique.

La fille avança calmement d'un pas, comme pour dire : « Prenez-moi, je suis prête. » Emmanuel s'impatientait de ce petit manège et craignait que cette fille ne soit choisie. Mais aussitôt, Phil se détourna du trio et recula. Enfin, il s'approcha de Gabrielle.

– Il y a une autre belle blonde ici, affirma-t-il avec le sourire. Elle avait l'air plutôt convaincante tout à l'heure...

Le père de famille s'interposa.

– Si vous touchez à cette femme...

– Toi, tu recules ! objecta Phil.

L'homme se planta devant Gabrielle.

– Prenez quelqu'un d'autre, mais ne touchez pas à... à *ma femme*, cracha l'homme d'une voix menaçante.

Une sourde douleur traversa la poitrine d'Emmanuel. C'en était trop ! Ce type dépassait les bornes ! D'un geste vif, il fonça droit sur l'homme et pointa son arme contre sa tempe avant de faire signe à Phil.

– Tu y vas, oui ? Qu'est-ce que t'attends ? Prends-là !

Phil s'élança sur la jeune femme, l'empoigna violemment par le bras et l'entraîna vers lui. De sa main libre, Emmanuel projeta l'homme vers l'arrière et celui-ci, sans tomber, perdit légèrement l'équilibre. Le jeune homme recula et se planta derrière les tables, face aux clients. Personne ne semblait avoir bougé, mais on entendait des cris et des pleurs dispersés.

Voulant éviter la confrontation, Emmanuel jeta un œil vers la fenêtre du vestibule. C'est alors qu'il l'aperçut. Au fond du stationnement, près de la route, une forme humaine avait tourné le coin avant de disparaître. Il n'aurait pu dire si cette silhouette appartenait à un homme ou à une femme, car tout ce qu'il avait eu le temps de distinguer était une grosse masse blanche et noire. Peut-être s'agissait-il d'un client qui avait tout vu de l'extérieur et qui prenait ses jambes à son cou ? Emmanuel en doutait fortement. Il savait qu'il s'agissait du plongeur.

Bien sûr, un client pouvait surgir à tout moment – ils avaient même envisagé cette possibilité –, mais il était peu probable que ce fût le cas. Cette personne se serait enfuie en voiture et non à pied. Le plongeur s'était probablement caché dans un coin et avait attendu cette occasion pour prendre la fuite. C'était l'évidence même. Peut-être avait-il déjà arrêté une voiture sur son chemin ?

Quel malheureux hasard ! Il avait suffi qu'Emmanuel entre dans la cuisine au moment même où cet abruti fumait sa cigarette dans la ruelle pour que tout le plan tombe à l'eau. Cette pensée faillit le faire sourire. Peut-être n'était-il pas trop tard. Il pourrait encore sortir et rattraper l'homme sur la route. Le plongeur ne devait sûrement pas être très loin. Ne pesait-il pas quelque trois cents livres ? Mais Emmanuel se sentait trop lâche pour agir. Et puis, d'ailleurs, que parviendrait-il à faire ? Forcer ce type à retourner au restaurant et ainsi risquer de se faire remarquer par les automobilistes qui passaient par là ? Non, c'était trop risqué. Ils étaient foutus, de toute façon. Il en était certain.

~ 8 ~

LÉO

12 h 25

Léo éprouva une vive douleur dans la poitrine. Même si son cœur était en excellent état – du moins, c'est ce que son médecin lui avait certifié le mois dernier –, il craignait l'imminence d'une crise cardiaque. Ce n'était pas tant le *hold-up* en tant que tel qui le paralysait ainsi, mais plutôt le fait que s'il le voulait – ou en avait le courage –, il pouvait intervenir et tenter de renverser la situation. Son arme était chargée. Il devait simplement plonger la main à l'intérieur de son veston et menacer les braqueurs de tirer. Les deux hommes ne lui prêtaient aucune attention particulière et personne ne se doutait qu'il possédait un revolver. Il surprendrait donc tout ce beau monde, à commencer par ces voyous.

Mais justement, tout le problème résidait là. Ces deux types le prendraient-ils au sérieux s'il leur braquait soudainement son arme en plein visage ? Auraient-ils seulement peur de lui, Léo, pauvre homme malheureux et mal dans sa peau, au point de jeter leur propre revolver par terre ? S'il devait rater son coup et que les choses s'enveniment davantage ? Il pouvait se faire tuer, ou pire, provoquer un bain de sang ! Il voulait mourir, mais pas de cette façon. Lui seul était roi et maître du lieu et de l'heure de sa mort. S'il devait perdre la vie par balle, son propre doigt aurait l'honneur d'appuyer sur la détente. Pas celui d'un ignoble voleur. Et que diraient ses passagers s'ils le voyaient sortir une arme de sa poche ? Quel scandale ! Bien qu'il sût ses jours comptés sur cette terre, il n'avait pas du tout envie de terminer sa carrière – et son dernier voyage, de surcroît – sur une note aussi déshonorante. Il s'était toujours montré un chauffeur exemplaire et il désirait le rester jusqu'au dernier jour. En réalité, ce n'était pas tant tous les voyageurs qui le préoccupaient que Florence.

– Mon Dieu, mon Dieu, mais où est donc Louisa ?

Florence répétait cette phrase à mi-voix pour la quatrième fois. Elle jetait des coups d'œil constants vers le corridor menant aux toilettes.

– Elle se cache sûrement, murmura Léo à son oreille. Elle a dû entendre les voleurs...

– Mais si elle ne les a pas entendus ? Qu'elle arrive ici comme si de rien n'était et que...

Elle s'interrompit, troublée par l'éventualité de cette possibilité.

– Et que... Qu'ils la voient et la tuent ?

Florence prononça ces derniers mots dans un sanglot. Elle porta la main à son cœur et se mit à pleurer. Spontanément, Léo lui prit la main avec douceur. Comme si ce geste contenait le réconfort attendu, elle serra ses doigts si fort qu'il sentit que ses os étaient sur le point de craquer.

– Tous ceux qui ont des cellulaires, vous les lancez par terre, compris ! fit l'homme au crâne rasé.

Il maintenait solidement son otage, une main agrippée à sa taille et l'autre qui pointait l'arme vers les clients. Il avançait à petits pas et la fille le suivait péniblement. Les lèvres de la jeune femme remuaient et semblaient murmurer. La pauvre devait probablement supplier ce truand de la lâcher. Léo fut impressionné par le sang-froid de cette fille. Bien sûr, elle tentait de petits gestes avec les épaules pour se dégager, mais elle ne se débattait pas comme une hystérique, ne pleurait pas et, surtout, ne semblait pas paralysée par la peur. Il n'osait pas imaginer Florence, cette charmante et douce dame, dans les pattes de cet homme. Cette pensée lui donna des sueurs froides. Si tel avait été le cas, il n'aurait pas hésité une seconde à sortir son arme.

– Et vous, vous avez un cellulaire ?

L'autre braqueur, le barbu avec la casquette rouge, se dressait maintenant devant lui. Sa voix était retenue, presque hésitante. Il tendit la main dans sa direction, prêt à recueillir l'objet dans sa paume. Lorsque Léo l'avait vu repousser avec violence le père de famille, il avait craint le pire. Mais curieusement, aucune dureté n'émanait des yeux de ce jeune homme. Il inspirait plutôt de la douleur. Il le regardait, les sourcils froncés, comme si tout ça était hors de son contrôle, qu'il n'avait pas vraiment choisi d'être là, mais qu'il subissait lui aussi la situation. Léo lâcha la main de Florence et tâta l'intérieur de son veston, à la recherche de son téléphone. Il se rappela l'avoir laissé à la maison. Ses doigts effleurèrent son arme et son cœur fit un bond. Il secoua la tête.

– Je... je... n'ai pas mon cellulaire sur moi. Je... l'ai oublié.

C'était la vérité. Pourtant, Léo eut l'impression de mentir. Il lui semblait que ses paroles avaient sonné faux. Le jeune homme le toisa quelques instants, perplexe, en se demandant s'il devait le croire ou se jeter sur lui pour vérifier.

À cet instant précis, Léo eut l'idée de sortir son arme. C'était le bon moment, croyait-il. Il n'aurait qu'à braquer son Walther sur le jeune homme et l'obliger à jeter son revolver par terre. Probablement qu'un autre client – Robert ou le père des deux garçons – aurait la présence d'esprit de ramasser l'arme, et ainsi, l'aider à dominer les deux hommes. Léo se sentit transporté par une bouffée de confiance. Grâce à lui, ils s'en sortiraient tous vivants. Pour une fois dans sa vie, il serait le héros, l'homme dont tout le monde se souviendrait. Il devait agir, vite et rapidement. Il mit la main à l'intérieur de son veston. Son cœur battait à tout rompre.

– Qu'est-ce que tu fous, merde ?

Le jeune homme à la casquette se retourna vers son complice.

– Tu les ramasses, ces cellulaires, ou quoi ?

– Ils n'en ont pas tous !

Le barbu s'éloigna de Léo et se dirigea vers les autres clients, à la droite du chauffeur.

– Est-ce qu'il y en a d'autres qui ont des téléphones ? demanda-t-il, impatient et heureux d'en finir. Il se présenta devant Agathe, qui lui répondit d'un ton sec :

– Vous croyez qu'une vieille femme comme moi se promène avec un cellulaire ? Je ne sais même pas comment ça fonctionne !

Léo vit Robert tendre son apparcil au braqueur à la casquette rouge.

– Bon, on va passer aux choses sérieuses, lança son complice.

La main de Léo retomba mollement le long de son corps. Son cœur battait toujours aussi vite, mais plus pour les mêmes raisons. Il avait laissé passer sa chance, et maintenant, il était trop tard. Il s'en voulut d'être cet homme qu'il détestait depuis toujours : un peureux et un lâche.

JUSTIN

12 h 28

Justin glissa lentement ses doigts vers la petite poche où était camouflé l'objet. Il ne l'avait pas remis aux braqueurs et ils ne lui avaient rien demandé. Dans leur esprit, un enfant de cet âge ne se baladait pas encore avec un cellulaire. Depuis que l'homme au manteau de cuir avait empoigné Roxane, Justin ne reconnaissait plus son père. Christophe se tenait derrière lui, les poings fermés contre ses frêles épaules, et ne quittait pas la fille des yeux. Il ne semblait pas avoir peur comme les autres clients ; seule la colère paraissait l'habiter. À tout moment, Justin redoutait qu'il se jette sur le voleur et lui fracasse le crâne contre une table. C'était l'image qui défilait dans sa tête, une scène vue plusieurs fois au cinéma. Avec douleur, il repensa à la phrase qu'il avait lancée : « Prenez quelqu'un d'autre, mais ne touchez pas à ma femme ! » Prenez n'importe qui, même mon fils, mais de grâce, ne touchez pas à cette femme. Comme si cette mystérieuse blonde représentait la chose la plus précieuse de sa vie. Rien au monde ne comptait plus à ses yeux. Une personne qu'il venait à peine de rencontrer, qui s'était imposée à leur table et que son père appelait déjà *sa femme*. Combien de fois avait-il entendu le nom de sa mère être traîné dans la boue par sa famille ? Pas une seule fois il n'était intervenu pour la défendre.

Il le vit ouvrir la bouche.

— Pourquoi lui faites-vous du mal ? Prenez donc ce que vous voulez et laissez-la tranquille !

— Toi, tu la fermes, OK ? cria l'homme à la barbichette en dirigeant son arme sur lui. Je ne lui ferai rien si tout le monde coopère bien.

Il regarda les autres clients.

— Vous avez entendu ? La vie de cette fille est entre vos mains.

D'un geste vif, le braqueur glissa la main à l'intérieur de sa veste de cuir et en ressortit un sac en plastique. Il le tendit ensuite brutalement à son otage.

— Maintenant, elle va se déplacer avec le sac et vous allez y mettre ce que je vous demanderai, d'accord ? Si tout se passe bien, elle rentrera vite chez elle et vous aussi. Sinon...

L'homme souleva la crosse de son revolver et caressa la joue de la fille avec l'arme. L'otage frissonna et ferma les paupières quelques instants. Justin sentit les poings de son père se resserrer davantage. Ben se pencha vers lui et lui chuchota à l'oreille :

— Ton père perd les pédales. Il va tous nous faire tuer !

Justin baissa la tête et n'en crut pas ses yeux. Son cousin avait mouillé son pantalon. Un frémissement traversa le corps de l'enfant. Ce n'était pas une sensation due à la peur ou à la colère, mais plutôt quelque chose qui ressemblait à une montée d'adrénaline. Il réalisa qu'il n'avait pas vraiment peur. « Et si c'était moi l'otage ? » pensa-t-il.

Il serait resté stoïque, il ne se serait pas débattu dans les bras de ce type. De toute façon, le supplice n'aurait certainement pas duré longtemps, car la police devait déjà être en route – ne l'était-elle pas toujours dans les films ? De plus, au cinéma, on ne tuait jamais les enfants, on ne leur faisait jamais de mal, alors... Et lorsqu'on recevait une balle perdue – dans un bras ou une jambe, par exemple –, on vous l'enlevait aussitôt et tout semblait vite revenir à la normale. À la grande finale, il aurait été le héros, on l'aurait honoré pour son courage et sa bravoure. On aurait dit de lui : « Avez-vous vu comment cet enfant est resté calme et admirable ? Grâce à lui, on a tous eu la vie sauve ! » Pour une fois, Justin n'aurait plus été le petit garçon timide, la victime qu'il avait toujours été.

Et surtout – peut-être était-ce même sa principale raison –, il aurait évité d'aller chez sa grand-mère.

– Bon, maintenant, les bijoux ! réclama l'homme en cuir. Je veux tout avoir : bracelets, montres, chaînes et bagues !

Le braqueur et l'otage se présentèrent devant le groupe de personnes âgées. Justin avança le pied. Le regard de l'homme à la casquette se posa sur lui.

– Eh toi ! Recule !

Mais Justin demeura immobile.

– Qu'est-ce que tu fais ? Recule ! dit son père en le tirant vers lui.

– Il attire l'attention sur nous ! fit Ben, la voix à demi paniquée.

Justin entendit son cousin déglutir bruyamment. Il regarda la main du barbu. Pas celle qui tenait le revolver, mais l'autre. Elle tremblait.

– Pourquoi ne laissez-vous pas partir les enfants, bande d'abrutis !

Justin reconnut la voix du monsieur avec la drôle de moustache.

– Eh toi, le gros, on t'a sonné ? fit l'homme au crâne rasé.

– Les enfants n'ont rien à voir là-dedans !

– Ah oui ? Et où ils iraient ? Attendre sagement leur père dans la voiture, peut-être ? ricana le braqueur.

Ce dernier alla se poster devant une femme du groupe.

– Les bijoux ! grogna-t-il.

La femme ne broncha pas.

– S'il vous plaît, madame, faites ce qu'il demande, pressa la jeune otage d'une voix douce. Plus vite vous obéirez et mieux ça ira.

Justin vit la femme se faire violence et enlever sa bague – son alliance, il le savait, car elle se trouvait dans son annulaire gauche –, son collier et ses boucles d'oreilles. Docilement, elle les déposa dans le sac tenu par la fille. Lorsque vint le tour de l'homme qui se trouvait à sa gauche, il nota que celui-ci transpirait à grosses gouttes.

– Ton portefeuille, ta montre !

Le client tendit la main vers sa poche arrière et sortit son portefeuille. Il retira sa montre et fourra le tout dans le sac avec rancœur.

Justin observait la scène et savait que dans quelques instants, il serait le prochain. Or, il ne possédait ni argent ni bijoux sur lui. Il n'avait que sa montre sport offerte par sa mère à Noël. Et bien sûr, son cellulaire. Soudain, une idée géniale lui vint à l'esprit : il pourrait téléphoner en douce à la police. Il glissa de nouveau sa main jusqu'à sa poche et commença à défaire le velcro. Ses doigts touchèrent le téléphone. Mais comment faire pour le prendre, l'ouvrir, composer le numéro et parler sans se faire remarquer ? L'homme à la casquette n'avait pas bougé et son regard balayait nerveusement la pièce.

Justin empoigna le cellulaire et le fit glisser le long de sa poche. Il n'avait qu'à l'extraire et à appuyer à la hâte sur les trois chiffres. Toutefois, plus il pensait à cette éventualité, plus son cœur s'agitait dans sa poitrine. Il se sentait de plus en plus petit. Il regarda l'homme à la casquette rouge. Immobile, il avait fourré sa main tremblante dans sa poche. Ce type ne semblait pas aussi méchant que le chauve, même s'il avait sauvagement poussé son père tout à l'heure. Plus Justin l'étudiait et moins il lui faisait peur. Dans les films d'action, il y avait le bon et le méchant. Le bon finissait toujours par tuer le méchant. Dans la vraie vie, les choses ne se passaient pas forcément de cette façon.

Et les enfants n'étaient pas toujours épargnés.

Soudain, une silhouette apparut derrière le barbu. Une femme d'âge mûr surgit du corridor. La dame fit quelques pas et s'arrêta net. Elle porta la main à sa bouche et Justin s'attendit à l'entendre hurler. Mais elle ne fit rien de tel. Elle regardait la scène d'un air ahuri et ses yeux se posèrent sur le groupe de personnes âgées. Les deux voleurs lui faisaient dos et ne semblaient pas deviner sa présence. Pourtant, se dit Justin, tous les clients du resto avaient dû l'apercevoir.

Après quelques secondes, la dame hocha la tête comme si elle répondait à une suggestion du genre : « Retourne te cacher » ou bien « Appelle la police ! » Mais pourquoi restait-elle plantée là ? Si les deux bandits la découvraient, ils la tueraient, il en était certain. Justin croisa le regard de l'homme au crâne rasé. Aussitôt, sa main lâcha le cellulaire, qui retomba au fond de sa poche. Son cœur s'emballa, de peur que celui-ci ait remarqué le regard insistant qu'il avait porté sur la dame. Il vit le braqueur tourner lentement la tête vers l'arrière. Justin risqua un œil vers le corridor, à l'endroit où elle se tenait. Dans un grand soupir qui ressembla à un hoquet, l'enfant relâcha l'air contenu dans ses poumons.

La femme avait disparu.

LOUISA

12 h 33

Lorsque Louisa regagna la toilette des dames, elle s'accrocha de toutes ses forces au lavabo. « C'est impossible que je meure ici. Mon Dieu, non. » Elle porta la main à son front et se mit à sangloter. Elle se demanda comment elle avait bien pu faire pour retourner sur ses pas et ouvrir la porte sans tomber ou, pire, sans recevoir une balle dans le dos. Ces hommes étaient armés, elle les avait bien vus. Ils lui tournaient le dos, mais Louisa avait eu le temps d'apercevoir les revolvers fixés au bout de leurs doigts. Elle refusait de croire à l'image de sa petite sœur Florence, alignée comme une sardine à côté de ses amis, les bras en l'air et à la merci de deux tueurs ! Pas ici, dans le restaurant tranquille d'un bled perdu, et surtout pas aujourd'hui, le jour où elle se permettait enfin des vacances. C'était impossible ! On ne voyait ce genre de choses que dans les films américains. Jamais dans la vraie vie. Et encore, dans le monde réel, les voleurs attaquaient les banques et non de modestes commerces comme celui-ci.

Louisa n'arrivait pas à comprendre pourquoi tout son groupe se trouvait dans la salle alors qu'elle avait été épargnée, qu'elle était en sécurité. Tout ça parce qu'elle avait confondu la toilette des hommes de celle des dames. « Ce ne sera plus pour très longtemps, se dit-elle, car les deux hommes m'ont certainement vue. » D'une seconde à l'autre, l'un des deux pénétrerait dans les cabinets et viendrait la chercher, s'il ne la tuait pas sur place. Son corps fut pris de convulsion et une envie de vomir lui monta à la gorge. « Je vais mourir ici avant même qu'ils n'arrivent. » Louisa pleura de plus belle. Elle pensa à Florence, probablement morte de peur, et s'en voulut d'être dans cette pièce, momentanément à l'abri. Elle se remémora le regard de sa sœur, lancé du bout du restaurant. Ses yeux lui avaient fait signe de s'en aller, de retourner se cacher dans les toilettes. Pauvre Florence ! Louisa regretta de lui avoir proposé ce voyage. Si Gaston avait accepté de l'accompagner, il serait à sa place en ce moment, plutôt que d'être assis à visionner un vieux film d'Elvis Presley. Elle pouvait presque l'entendre lui murmurer : « Je t'avais dit que c'était dangereux de partir là-bas. Il y a des fous partout, surtout en Ontario. » C'était son genre de commentaire, lui qui avait réponse à tout et qui voyait toujours venir après coup.

Puis, Louisa pensa à Robert. Elle le revit debout, à côté de Danièle, les bras à demi levés. Le pauvre suait à grosses gouttes. Le devant de sa chemise était complètement trempé. Ses yeux s'étaient aussitôt posés sur elle et Louisa avait vu ses lèvres bouger. « Va-t'en ! » Elle avait obéi et rebroussé chemin, convaincue de sentir la douleur d'une balle dans son dos avant même de tourner le coin. Mais elle était encore vivante.

Elle tendit l'oreille. Des éclats de voix provenaient de la salle à manger, des voix d'hommes surtout. Qu'attendaient-ils pour venir la débusquer ? Le supplice d'attendre et d'imaginer le pire l'effrayait davantage que de se sentir en sécurité. Une seconde nausée la prit. Elle se retint pour ne pas vomir, car le bruit attirerait les voleurs jusque-là. Louisa prit deux grandes inspirations et son haut-le-cœur s'estompa légèrement.

À quoi bon demeurer à l'abri, s'interrogea-t-elle, à quoi pouvait-elle bien servir en restant cachée ? Si, au moins, elle s'était munie d'un téléphone cellulaire, elle aurait pu appeler du secours. Mais elle avait toujours refusé d'en acheter un, malgré les conseils de ses filles. « Pour quoi faire et pour appeler qui ? Si j'ai besoin de téléphoner, je vais appeler avec l'appareil de la maison. » « C'est justement pour appeler en dehors de la maison ! » lui avaient-elles répliqué. « Il y a des téléphones publics pour ça ! » s'était obstinée Louisa. Elle ne supportait pas d'être en public et de voir tous ces gens crier à travers leur appareil, comme s'ils conversaient toujours avec des sourds. Elle ne se voyait pas, assise seule au milieu d'un centre commercial avec un téléphone vissé sur l'oreille, à parler, ou plutôt à hurler à Florence les potins des derniers jours. D'ailleurs, ces petits engins paraissaient si compliqués à utiliser ! Louisa n'était pas une femme très moderne et elle le savait très bien. Il lui arrivait même de rester trop longtemps attachée aux vieilles choses. Aujourd'hui, elle s'en voulut d'être si archaïque.

Louisa pensa à ses filles et de nouvelles larmes lui montèrent aux yeux. « Mon Dieu, mes deux enfants ! Je ne les reverrai peut-être jamais », se dit-elle le cœur serré. Elle tenta de se rappeler leur dernière rencontre, leur dernière conversation. Les avait-elle embrassées, leur avait-elle dit combien elle les aimait ? Non, bien sûr, on ne disait pas facilement ce genre de choses dans la famille. Pourquoi n'avoir pas fait un effort et ne pas leur avoir dit ce jour-là ? Prendraient-elles soin de leur père, iraient-elles le voir, l'appelleraient-elles régulièrement ? Louisa saisit sa tête entre ses mains et pleura à chaudes larmes. Non, elle ne pouvait pas mourir aujourd'hui. On avait trop besoin d'elle. Elle refusait de mourir ainsi, seule, enfermée dans les toilettes d'un restaurant perdu de l'Ontario, loin des siens.

Et si Florence et Robert mouraient de l'autre côté et qu'elle survivait ? Si les voleurs provoquaient un carnage dans la salle à manger et que seule sa petite personne était épargnée, comment réussirait-elle à continuer d'exister ? Comment aurait-elle la force de retourner chez elle et de mener sa vie normalement ?

Elle entendit des cris. Son pouls s'accéléra. Terrifiée mais attirée par les bruits, Louisa s'approcha de la porte et y colla l'oreille. « Crise cardiaque » furent les mots qu'elle crut discerner. Des voix d'hommes s'élevèrent dans le groupe. Louisa respirait si fort qu'elle distinguait mal ce qui se disait de l'autre côté. Et si le son de sa respiration saccadée attirait l'attention sur elle ? Les deux hommes devineraient qu'un intrus se cachait dans les toilettes. Dans un ultime effort, Louisa tenta de retenir son souffle, mais sa poitrine lui faisait mal.

Puis, la voix de Danièle cria distinctement: « Mon Dieu, Robert ! Non ! » Louisa porta la main à sa poitrine. Il s'agissait bien de ça ! Robert subissait une autre crise cardiaque ! Elle s'agrippa de nouveau aux lavabos. La pensée horrible que Robert puisse mourir là, terrassé par un infarctus causé par une prise d'otages alors qu'ils étaient censés partir en vacances, lui fut insupportable. Telle une révélation, une gifle reçue en plein visage, elle se fit la promesse suivante : s'ils s'en sortaient tous sains et saufs, elle quitterait Gaston et irait vivre avec Robert. Bien sûr, l'idée ne se formula pas en mots, mais plutôt en pensées, comme une certitude qui frappe de plein fouet. Elle était en état de choc, mais pourtant, sa lucidité la surprenait elle-même. Elle prit la décision de sortir.

Louisa respira un bon coup et ouvrit la porte des toilettes.

STEVE

12 h 31

Voilà, c'était maintenant leur tour. Avec Marilyn d'un côté et Anaïs de l'autre, Steve se trouvait entre les deux femmes qu'il aimait. Ce fut à lui que le braqueur à la barbichette s'adressa en premier :

– Donne-lui tout ce que tu as !

Steve soupira. Il avait eu la brillante idée d'apporter son sac à dos au restaurant. Il avait cru plus sécuritaire de le traîner avec lui plutôt que de le laisser dans la voiture. Tu parles ! Il fut obligé de le mettre dans le sac de l'otage. À l'intérieur se trouvaient les passeports – le sien et celui d'Anaïs –, les billets d'avion ainsi que tout leur argent. Intrigué par son contenu, l'homme au crâne rasé l'ouvrit et compta les billets. Le montant s'élevait à près de cinq cents dollars, ce qui représentait une somme énorme pour Anaïs et lui. Le braqueur fourra les coupures dans sa poche et examina les billets d'avion.

– Et où vont-ils, les chanceux ? se moqua celui-ci.

Steve espérait qu'il ne garde pas les billets – à quoi leur serviraient-ils de toute façon ? Leur nom y était déjà inscrit – ni leur passeport. Au bout de quelques secondes, il fut exaucé : le voleur ne conserva que l'argent et lui remit le sac à dos. Il s'esclaffa.

– De toute façon, ça n'a plus d'importance, car ils vont sûrement manquer leur avion ! T'as autre chose, mon beau ?

Anaïs s'avança. D'un geste brusque, Steve la retint par le bras. Heureusement, elle avait eu la bonne idée de ne pas porter de bijoux et de laisser ses objets de valeur dans ses bagages, dans le coffre de sa voiture.

Steve retira sa montre sans grande valeur, achetée dans une pharmacie quelconque et la fourra dans le sac.

– Et vous mes jolies ?

Le truand s'approcha de Marilyn.

– Montre ce que tu as dans le cou. Intéressant...

Steve fut étonné par la réaction de son amie : avec un haussement d'épaules, la jeune femme détacha son collier de perles et le tendit à l'homme avec indifférence, comme si le bijou n'avait aucune valeur à ses yeux. Elle semblait même heureuse de s'en débarrasser. Cette fille était parfois imprévisible.

Le duo de braqueurs s'éloigna d'eux et se déplaça en direction des autres clients. L'otage avançait au même rythme que son agresseur. La jeune femme conservait un calme surprenant malgré la gravité de la situation. De temps en temps, Steve la voyait remuer les lèvres et parler à son assaillant. Chaque fois, le gars lui répliquait : « Ta gueule et avance ! » Mais la blonde gardait son sang-froid. Steve l'admirait. D'une certaine façon, le braqueur avait choisi la bonne personne. Ce genre d'hommes pouvait être dangereux. Un rien suffisait à les faire exploser. Les choses auraient probablement été différentes s'il avait eu une hystérique entre les bras. Dire qu'il avait failli désigner Marilyn. Quel soulagement !

Non, sans le savoir, ce salaud avait bien choisi.

— Elle joue, murmura Marilyn.

Steve se tourna vers son amie.

— Quoi ?

— La fille, l'otage, elle joue.

— De quoi tu parles ?

Marilyn montra le braqueur et son otage du menton.

— Regarde !

Steve les détailla. D'une seule main, l'homme saisissait la fille par la taille et de l'autre, il brandissait son revolver et s'adressait aux autres clients.

— Vos bijoux ! Votre argent ! Je veux tout !

Le jeune homme observa la blonde. Celle-ci les regardait à tour de rôle avec une expression rassurante qui semblait dire : « Faites ce qu'il vous demande et tout va bien aller. »

— Tu ne vois pas qu'il y a quelque chose qui cloche ? demanda Marilyn.

En effet. L'otage ne faisait aucun effort pour se dégager. La main de son agresseur semblait déposée mollement contre ses hanches. Peut-être ne voulait-elle pas le contrarier, mais n'était-ce pas dans la nature humaine de vouloir fuir le danger ?

— Tu crois que ...

— Eh ! Il y a un problème, vous deux ?

Le braqueur les épiait du coin de l'œil.

— Non... Non, ça va, répondit Steve.

— Oui, il y en a un justement !

Steve se retourna vers Marilyn. Heureusement, elle avait parlé à voix basse, se rassura-t-il. À la distance où se trouvait l'homme, il ne l'avait probablement pas entendue. Cependant, Marilyn insista. Elle avança d'un pas et fixa le voleur au crâne rasé avec défiance. Steve lui chuchota :

— Mais t'es folle ! Arrête.

— Elle joue la comédie, dit-elle plus fort.

— Quoi ? Qu'est-ce que tu dis ?

L'homme à la barbichette pointa son arme vers la jeune fille. Il entrouvrit la bouche, les narines gonflées d'impatience. Steve sentit qu'il était sur le point de craquer. Marilyn semblait l'avoir déstabilisé. Il craignit de voir Marilyn recevoir une balle en pleine poitrine. Cette pensée fut insoutenable. Sans réfléchir, il fit un pas en avant et se planta devant son amie.

— Non, non elle n'a rien dit, c'est la peur qui...

— Mais qu'est-ce que tu fais ? souffla Anaïs.

Steve l'ignora. Il vit la blonde préciser – ou plutôt murmurer – quelque chose à son agresseur. Trois ou quatre mots seulement, mais de la façon dont elle s'exécuta – en penchant légèrement la tête sur le côté –, on pouvait deviner une certaine familiarité entre eux. Cependant, l'homme ne réagit pas. Puis, Steve vit la main de la fille se poser sur la sienne, un peu comme une petite tape d'encouragement. C'était très subtil et peut-être fut-il le seul à le deviner. Dès lors, Steve crut à la découverte de Marilyn. Le gars à la casquette rouge laissa tomber le collier de perles par terre. Il le ramassa et Steve remarqua les spasmes qui secouaient les mains du voleur.

– On finit, oui ? fit celui-ci avec impatience. J'ai hâte de partir d'ici !

L'homme à la veste de cuir considéra son partenaire et sembla émerger de sa torpeur. Il parut soudain se rappeler qu'ils avaient des choses à faire, qu'ils étaient venus dans cet endroit pour commettre un vol et qu'il fallait se dépêcher.

– C'est tout ? rugit-il à la cliente à laquelle il venait de prendre la montre.

– Je peux prendre sa place ? Elle doit être fatiguée, la pauvre.

Steve n'en crut pas ses oreilles. La voilà encore qui rappliquait ! Marilyn s'était exprimée à haute voix cette fois-ci. Du moins, suffisamment pour que les deux bandits puissent l'entendre. Elle avait répliqué d'un ton presque joyeux, en levant sa main plus haut, comme une écolière voulant attirer l'attention de son professeur. Quelques têtes stupéfaites se tournèrent vers la jeune étourdie.

– Pourquoi tu fais ça ? Arrête !

Steve ne chuchotait plus. Il crut même avoir crié lui aussi. Il la prit par les épaules et l'attira contre lui. Marilyn le regarda et sourit faiblement. Ce sourire n'avait rien de jovial, ni même d'innocent, mais était plutôt triste à mourir. C'était le sourire de quelqu'un qui n'avait plus rien à perdre. Non seulement leur voyage à Cuba était fichu – *hold-up* ou pas, cette escapade était une mauvaise idée –, mais leur amitié était aussi perdue. Marilyn ne lui pardonnerait pas ses agissements de la matinée et encore moins ce qu'il avait répondu à Anaïs plus tôt. « Il ne s'est rien passé chez elle. Qu'est-ce que tu penses ? J'étais juste fâché contre elle ce matin. Tu la connais, elle n'était pas prête. Il a presque fallu que je l'aide à finir sa valise. Ça m'a mis en colère parce que j'avais peur qu'à cause d'elle, on manque l'avion. Elle trouvait ça drôle et elle s'amusait à me mettre ça sur le dos ! Tu sais, quand elle commence à faire l'actrice... » Ce n'était pas tant les mots qu'il regrettait, mais plutôt la façon dont il les avait prononcés. Il avait pris un ton offusqué, presque dédaigneux, paraissant même insulté à l'idée qu'Anaïs puisse insinuer une relation entre Marilyn et lui. Il savait combien elle en avait été blessée, mais qu'aurait-il pu dire d'autre ? « Imagine-toi donc que ce matin, je suis tombé amoureux d'elle. C'est drôle la vie, hein ? »

Soudain, l'homme au manteau de cuir lâcha son otage et la poussa violemment sur le côté. La fille perdit pied et tomba par terre. Le sac qu'elle tenait se renversa sur le sol.

– Eh là, faites attention ! fit une voix.

– Vos gueules ! hurla la barbichette. Je ne veux plus rien entendre.

Il regarda son complice.

– Toi ! Ramasse le sac !

L'homme à la casquette ignora l'ordre et s'approcha de la blonde. Il lui tendit le bras et l'aida à se remettre sur pied. Une fois debout, la fille le repoussa et recula. Elle se passa nerveusement une main dans les cheveux et posa son regard sur Marilyn. L'expression de son visage n'était plus du tout la même. La jeune femme semblait désorientée et beaucoup plus paniquée que lorsqu'elle avait été menacée. Elle regardait autour d'elle, ne semblant plus savoir où aller. « Elle se demande si elle doit partir ou rester », déduisit Steve. Ce qui venait de se passer n'était sûrement pas prévu au programme. L'homme à la casquette la fixa un moment, incrédule, puis s'approcha de son compagnon.

– Qu'est-ce qui te prend ? Pourquoi t'as fait ça ?

L'autre ne prit pas la peine de répondre à la question et s'approcha de Marilyn.

– C'est quoi ton problème ?

Il pointa la fausse otage du doigt.

– Cette fille-là, je ne la connais pas, je ne l'ai jamais vue de ma vie ! C'était elle ou toi. Je te l'ai dit, j'aime les blondes. Tu veux que ce soit toi ?

Steve se sentit obligé d'intervenir.

– Pourquoi veux-tu absolument prendre quelqu'un ? À quoi ça te sert ? Vous êtes tous les deux armés et tout le monde vous donne ce qu'il a sans rechigner ! Tu n'as pas assez de couilles pour affronter ça tout seul ? Il te faut une femme pour...

La barbichette s'avança vers le jeune homme.

– Arrête, Phil, ne fais pas le con...

L'autre s'arrêta et se tourna vers son complice.

– Mais pourquoi t'as dit mon nom ? hurla-t-il.

12 h 35

Cette fois, le cœur de Léo était au bord de l'explosion. Il assistait à la scène presque en nage. C'était le moment ou jamais. Il se devait d'agir. Les choses dégénéraient et lui seul avait le pouvoir d'intervenir. Il devait sortir son arme et faire en sorte que tout s'arrête. L'otage était maintenant hors de danger. Tout ce qu'il avait à faire était de mettre les deux hommes en joue et de les prier de jeter leur arme, sinon... Sinon quoi ? Il les tuerait ? Pourtant, on agissait ainsi dans les films et la méthode marchait à tout coup. Mais pour ça, il se devait d'être calme et tenter de convaincre les gens qu'il avait le contrôle de la situation. En fait, il lui fallait simplement donner l'image de ce qu'il n'était pas en réalité.

Personne ne lui accordait d'attention. C'était le bon moment pour sortir son arme et surprendre les voleurs. Pour les impressionner, pour montrer qu'il ne rigolait pas, il pourrait même tirer un coup dans les airs. Son cœur battait à toute allure et Léo sentait de grosses gouttes dégouliner le long de son dos. Il faisait une chaleur torride et avec ce veston... Il avait laissé passer une belle occasion précédemment, il ne devait pas se dégonfler une seconde fois. Il savait – il se connaissait trop bien –, que s'il n'agissait pas tout de suite, jamais il ne le ferait. L'homme à la barbichette s'approcha de la jeune fille blonde qui avait parlé. Léo prit une grande inspiration et plongea la main à l'intérieur de son veston. Il sentit l'arme sous ses doigts.

– Oh, mon Dieu ! Il est en train de faire une crise cardiaque !

Léo reconnut la voix d'Agathe. Il entendit des cris, puis aperçut une silhouette s'affaler sur le sol. Un petit attroupement se forma rapidement autour du corps. « Mais on le fait exprès ou quoi ? » pensa Léo en retirant sa main.

– Merde ! C'est quoi ça ? demanda celui qui s'était fait appeler Phil en s'avançant vers le groupe.

L'homme à la casquette rouge l'imita. Les yeux de Léo s'arrêtèrent sur la blonde, la victime de la prise d'otage. La jeune femme se tenait en retrait, presque vis-à-vis de la cuisine, et l'observait. L'avait-elle vu tripoter l'intérieur de sa veste et deviné ses intentions ?

– Il faut l'aider ! Il ne doit pas rester là.

Léo se préoccupa à nouveau du groupe. Il fit quelques pas et aperçut Robert penché sur le corps. Maurice, étendu de tout son long, gémissait par petits coups. Il ne semblait pas inconscient. Avec difficulté, le gros homme porta les mains à son cou et tenta de dénouer le col de sa chemise.

– Mais aidez-le ! cria Agathe en agitant les bras. Vous ne voyez pas qu'il étouffe !

– C'est ce que je fais, madame ! répliqua sèchement Robert.

Il se tourna vers Phil.

– Il faudrait appeler une ambulance !

L'homme à la casquette voulut s'accroupir près du corps. Aussitôt, son complice le repoussa.

– Laisse-le, je m'en occupe ! Toi, retourne en arrière et surveille-les !

Phil s'approcha et toucha Maurice.

– Il respire encore. Ce n'est même pas une crise cardiaque ! répliqua-t-il en s'éloignant du groupe.

– Espèce de monstre ! l'invectiva Agathe, hors d'elle.

– Léo ! Venez m'aider.

Le chauffeur obéit et se baissa aux côtés de Robert. Celui-ci lui dit tout bas :

– Ce petit salaud a raison. Je crois qu'il fait plutôt une crise d'angoisse...

Léo ne répondit pas. Son pouls s'emballait tellement qu'il se demandait si ce n'était pas lui qui allait en subir une. Robert s'inclina davantage vers Maurice et lui marmotta quelque chose que Léo ne parvint pas à saisir.

– Quoi ? demanda le gros homme, le souffle court.

– Où est votre revolver ?

– Mon quoi ?

Robert eut un geste d'impatience et regarda autour de lui. Le braqueur à la veste de cuir jetait de petits coups d'œil inquiets dans leur direction.

– Votre revolver ! répéta Robert. C'est le temps...

– Mais je vais mourir, hoqueta Maurice.

– Non, vous n'allez pas mourir. Donnez-moi votre arme ! Je sais que vous en portez une !

– Ce n'est pas vrai. Je n'en ai pas, répondit Maurice dans une plainte qui ressemblait à un sanglot d'enfant.

– Comment ça, vous n'en avez pas ? Mais...

Robert se rendit compte qu'il avait haussé le ton. Il s'approcha davantage.

– Vous avez dit que vous transportiez une arme sur vous !

Maurice se mit à gémir.

– Je n'ai jamais dit ça.

– Mais...

– Je n'en ai jamais eu..., avoua-t-il en pleurnichant.

– Comment ça, « jamais eu » ? Vous n'étiez pas dans la police ?

L'autre sanglota de plus belle.

– Je n'ai jamais été policier non plus. Je disais ça pour me rendre intéressant...

– Abruti ! cria Robert en se relevant.

– Aidez-moi, je vais mourir.

– Mais non ! Vous n'êtes pas en train de mourir ! C'est seulement une crise d'angoisse, pas une crise cardiaque !

Impatient, Phil se rapprocha des trois hommes.

– Il ne va pas crever, le gros, hein ?

– C'est que...

Léo se décida de nouveau à passer à l'action et il plongea sa main à l'intérieur de son veston. Aussitôt, Phil braqua son arme vers eux.

– Levez-vous, vous deux !

Encore une fois, Léo retira sa main et se leva, mais Robert resta accroupi près du malade. Il dévisagea le malfrat.

– Il faudrait peut-être appeler une ambulance quand même...

L'homme pointa son revolver sur lui.

– Mon Dieu, Robert ! Non ! cria Danièle.

Phil s'impatienta :

– T'as entendu ce que je t'ai dit ? Lève-toi !

GABRIELLE

12 h 34

Du plus loin qu'elle se souvienne, Gabrielle avait toujours obtenu ce qu'elle désirait. À commencer par ses parents – complètement gagas dès sa naissance –, ses professeurs, ses camarades de classe, et bien sûr, les hommes. Elle n'avait jamais eu à crier, à menacer, ni même à supplier. Il lui suffisait d'ouvrir la bouche pour qu'on lui déroulât le tapis rouge. Un seul sourire et tous les espoirs étaient permis. Bien sûr, sa beauté sauvage et racée expliquait bien des choses, mais une aura particulière semblait entourer cette fille gâtée par la nature. Bien peu de gens, au cours de ses vingt-six ans d'existence, avaient eu l'odieux de lui dire non. Au contraire, les candidats s'étaient toujours bousculés au portillon. Gabrielle avait rapidement su comment s'entourer, choisir les personnes qui pourraient bien la servir, tout en se considérant choyés et privilégiés de faire partie des élus. Rarement elle avait connu la solitude ou avait eu à attendre qui que ce soit. Gabrielle avait toujours été une meneuse sans en avoir l'air et les gens avaient tendance à la suivre dans la direction qu'elle seule voulait bien emprunter. Si, par hasard, quelqu'un faisait un faux pas, d'un simple sourire, elle le ramenait dans le droit chemin, celui qu'elle désirait qu'il prenne.

Mais aujourd'hui, sans s'y attendre, le cours des choses avait commencé à dévier. Déjà, ce matin, lorsque Phil lui avait parlé de ce fameux complice, elle avait, pour une rare occasion, été quelque peu déstabilisée. Toutefois, Gabrielle étant Gabrielle, elle avait refusé de croire qu'une fille comme elle puisse se faire doubler. Elle était vite retombée sur ses pattes, car elle ne pouvait se permettre de perdre pied. D'ailleurs, elle avait rapidement douté de l'existence de ce partenaire. Si Phil avait effectivement fait appel à quelqu'un de l'extérieur, jamais il ne lui en aurait parlé. S'il l'avait fait, c'était uniquement pour lui donner l'impression de la tenir en laisse et ainsi éviter de se faire lui-même doubler.

Or, depuis une heure, la dégringolade avait véritablement commencé. L'effet « Roxane » n'avait plus du tout le même poids. Le charme était rompu. Lorsque Phil s'était approché d'elle avec ses pupilles dilatées, Gabrielle avait tout de suite compris qu'il n'avait pas respecté sa promesse de ne pas consommer et qu'un simple sourire ne suffirait plus à le faire revenir dans la bonne voie. Elle avait bien tenté de le raisonner, car elle connaissait l'effet de la coke sur son ami, mais pour toute réponse, elle n'avait eu droit qu'à un : « Ta gueule et avance ! » De mémoire, la jeune femme ne se souvenait pas avoir déjà été traitée de cette façon. Lorsque Phil l'avait lâchée pour de bon et projetée contre la table, elle n'avait pas seulement perdu pied au sens propre, mais aussi au figuré. Et c'était doublement douloureux.

Pour la première fois de sa vie, Gabrielle se sentait seule et abandonnée. Abandonnée comme le serait une représentante pharmaceutique de trente ans prise en otage dans un restaurant perdu de Morrisville. Aujourd'hui, le charme de Gabrielle n'opérait plus. Emmanuel s'était approché d'elle et l'avait aidée à se relever, mais une fois sur pied, elle n'avait pu faire autrement que de le repousser. Roxane n'aurait jamais laissé un de ses agresseurs la toucher, et encore moins l'aider.

Son regard s'était fixé sur la jeune fille blonde qui l'avait démasquée. Gabrielle n'éprouvait aucune colère, seulement de la surprise. Pour la première fois, elle avait rencontré quelqu'un de plus fort qu'elle.

– Qu'est-ce qui te prend ? Pourquoi t'as fait ça ? cria son amoureux à l'endroit de Phil.

Pauvre Emmanuel ! Il suivait encore le plan, docilement, comme elle le lui avait montré. Qu'est-ce qui lui était passé par la tête d'entraîner ce garçon là-dedans ? Ce n'était pas sa place. Aveuglée par l'amour du jeune homme, Gabrielle avait stupidement cru qu'il pourrait la suivre là où elle en avait envie. Emmanuel était quelqu'un de bien. Il n'appartenait pas au type de gars à tenir un revolver dans sa main. Cependant, elle ne pouvait pas revenir en arrière et devait penser avant tout à elle. Il fallait surtout qu'elle continue d'agir comme si elle ne connaissait pas les braqueurs.

Elle sentit un regard posé sur elle, de plus en plus pesant. Elle ne put s'empêcher de tourner la tête. Christophe entourait les épaules de son fils et la regardait avec insistance. À l'instant où ses yeux rencontrèrent les siens, l'homme lui fit signe de partir. Gabrielle craignit un instant qu'il se jette sur elle et en profite pour jouer les surhommes. Au lieu de ça, il désigna la cuisine du menton. Fuir, évidemment... C'était la seule chose logique à faire. Fuir et appeler du secours. De toute façon, il était hors de question de rester dans la salle, à la merci de Phil qui disjonctait.

Sans trop savoir pourquoi, une force l'immobilisait. La seule idée d'avoir organisé toute cette mascarade pour partir les mains vides suffisait à la clouer sur place. Gabrielle regarda le sac étalé sur le sol. Quelques téléphones cellulaires et un bracelet en or jonchaient maintenant le plancher. Il y avait de l'argent, des montres, des chaînes, des bracelets en or et bien plus encore. Au fond de ce fourre-tout, chaque main tremblante avait déposé de précieux objets. Gabrielle n'avait qu'à tendre le bras et à le ramasser. Or, si elle s'exécutait, elle deviendrait leur complice et serait marquée au fer rouge elle aussi. La jeune fille blonde l'avait déjà démasquée. Mais qui croirait cette fille ? Tout le monde devenait un peu hystérique durant une prise d'otage. Une fois la mésaventure terminée, chacun aurait sa propre version des faits sur ce qu'il aurait vu ou non.

Puis, tout s'anima devant elle. Des cris s'élevèrent et un homme s'écroula au sol. Il ne manquait plus que ça ! Quel gâchis ! Elle qui avait cru son plan si infaillible ! Depuis quand un *hold-up* était-il infaillible ? Comment Gabrielle avait-elle pu être aussi idiote pour croire que sa seule présence et sa bonne étoile suffiraient à éviter toute anicroche ? Tout compte fait, ils ne valaient pas mieux que ces abrutis dans *Pulp Fiction.* Elle balaya la salle du regard. Tout le monde l'ignorait, sauf le chauffeur d'autobus. L'homme paraissait nerveux et semblait se demander ce qu'elle fichait encore là, alors qu'elle aurait dû s'enfuir et demander du secours. Acculée au pied du mur, elle tourna les talons et se dirigea vers la cuisine. Avant de pousser la porte, elle eut un dernier regard vers Emmanuel. Il lui faisait dos, attiré par l'homme étendu sur le sol. Une vague d'émotions noua la gorge de la jeune femme. Elle l'abandonnait là même s'ils étaient censés partir ensemble. Dans sa voiture. Avec tristesse, Gabrielle s'engouffra dans la pièce voisine. Elle aimait bien ce jeune homme, peut-être pas autant que lui, mais d'une manière différente. Il était si beau et l'amour qu'il lui portait l'avait transportée pour un moment. Cependant, Emmanuel manquait d'envergure. Elle avait cru qu'un *hold-up* pourrait le transformer, mais elle l'avait mal choisi. Elle se maudit d'avoir fait confiance à ce crétin de Phil et se jura qu'une fois à Montréal, il aurait affaire à elle.

Pourquoi était-elle passée par la cuisine au lieu de sortir par la porte d'entrée ? Elle devrait maintenant contourner le bâtiment et passer devant les deux fenêtres avant de rejoindre sa voiture. Elle n'avait pas vraiment réfléchi avant de pousser la porte, comme s'il était tout à fait naturel de s'enfuir par là. Elle avança d'un pas contrarié et, par mégarde, coinça le talon de l'une de ses chaussures. Elle baissa la tête et jura entre ses dents. Elle avait mis le pied sur une boîte à pizza et son talon avait traversé le carton. « Merde ! Je vais avoir de la sauce à pizza partout sur mes souliers neufs ! Il ne manquait plus que ça ! » En colère, elle retira son pied avec précaution. Lorsque le talon se libéra, le couvercle se souleva à moitié, puis se referma. Gabrielle retint son souffle. Lentement, elle se pencha et tendit une main tremblante vers la boîte. Ses yeux s'écarquillèrent lorsqu'elle saisit doucement le couvercle et aperçut le contenu de la boîte.

EMMANUEL

12 h 37

Emmanuel eut l'impression de se trouver dans l'un de ces fameux cauchemars où il se réveillait en sursaut, soulagé que rien ne soit réel. Il avait l'habitude de ce genre de rêves dans lesquels il faisait partie de la scène tout en n'étant, en réalité, qu'un spectateur. Les autres personnages s'animaient autour de lui et bien qu'il fasse partie de l'action, personne ne le voyait ou ne lui accordait d'importance. Bien sûr, certains de ses gestes pouvaient avoir une incidence sur les événements, mais il ne contrôlait jamais rien et n'avait aucune idée du dénouement de l'histoire. Il éprouvait exactement les mêmes émotions à ce moment précis. Il considérait le tout d'un œil extérieur, comme si sa présence était futile et inutile. Il venait de suggérer à Phil d'appeler une ambulance pour le pauvre homme affalé sur le sol, mais son complice l'avait ignoré.

La vieille dame aux cheveux rouges le dévisageait avec colère.

— Faites quelque chose ! geignit-elle. Il va mourir !

Emmanuel s'approcha du corps et contempla le malheureux. La respiration de l'homme était saccadée, mais toujours présente. Il sanglotait comme un gamin.

— Eh toi ! Recule ! lui intima Phil.

Emmanuel fit la sourde oreille. Il se redressa et cria à la ronde :

298

— Il n'y a personne ici qui sache faire des massages cardiaques ?

La jeune femme aux cheveux bruns et bouclés leva timidement la main et tenta un pas dans sa direction. Mais aussitôt, Phil stoppa son geste.

— Pas la peine ! Le gros n'est pas en train de crever, il fait seulement une crise d'angoisse !

— Qu'est-ce que t'en sais ? répliqua Emmanuel.

L'autre pointa le voyageur qui s'était penché le premier sur le malade.

— C'est lui qui l'a dit tout à l'heure ! Je l'ai entendu !

Emmanuel consulta l'homme, qui opina du bonnet.

— Je ne suis pas sûr à cent pour cent, ajouta ce dernier. C'est peut-être une crise cardiaque.

— On devrait l'asseoir. On ne peut pas le laisser par terre.

— Quoi ? On n'en a rien à faire de lui ! Laisse-le là.

Le jeune homme ignora une nouvelle fois son complice et s'avança vers le gros homme. Aussitôt, il sentit un objet métallique appuyé contre sa tempe.

— Je t'ai dit de le laisser là ! Retourne à ta place.

Emmanuel sentit ses jambes ramollir. Une envie de se jeter sur Phil et de lui tirer une balle dans le crâne lui traversa l'esprit, mais il se redressa et regarda par-dessus l'épaule de son partenaire. Il eut un choc. Ce n'était pas Phil qu'il remarqua en premier, mais plutôt l'absence de Gabrielle. Elle avait filé en douce. Voyant le regard surpris d'Emmanuel, l'autre se retourna à son tour.

– Où est-elle passée ? dit-il en toisant Emmanuel avec méfiance, comme si celui-ci y était pour quelque chose.

Partie, évidemment ! Envolée ! Emmanuel sentit son estomac se contracter. Puis, avec douleur, il reconnut le bruit d'un moteur à l'extérieur. Il courut jusqu'à l'une des fenêtres et souleva le store. Il aperçut la voiture de Gabrielle reculer et traverser le stationnement à toute vitesse. L'idée folle de sortir et de se lancer à sa poursuite lui passa par la tête. À la seconde suivante, la voiture avait disparu. Il ne vit plus que la poussière valser sur le bord de la route. Tout ça n'était pas prévu. Emmanuel était censé partir avec elle dans sa voiture, tandis que Phil devait filer dans la sienne. Il se retrouvait mainte-nant coincé là, avec un gars qui perdait de plus en plus son sang-froid. Et la police n'allait sans doute pas tarder à débarquer. Depuis combien de temps le plongeur était-il parti ? Ça faisait des lunes qu'il avait tourné le coin de la rue. Depuis, il avait pu appeler les autorités au moins cent fois. La panique s'empara du jeune homme. Pas seulement parce qu'il se retrouvait seul avec Phil, mais aussi à cause d'un horrible pressentiment : celui de ne plus jamais revoir Gabrielle.

– Qu'est-ce que tu fous, merde ! On a un braquage à finir ! Va ramasser le sac ! lui ordonna Phil.

Une fureur s'empara d'Emmanuel. Tout était la faute de ce détraqué de Phil. Il s'en était mis plein les narines et le résultat était désastreux ! L'homme étendu par terre se redressa tranquillement. Sa respiration semblait revenue à la normale. Le chauffeur d'autobus et l'autre homme aidèrent le malheureux à se relever et l'installèrent sur une chaise. Complètement indifférent à ce qui se passait derrière lui, Phil fit face à Emmanuel. Il le regardait avec défi, l'œil belliqueux, l'air de dire : « Tu veux te battre avec moi ? Vas-y, approche. » Il ne vit pas le chauffeur d'autobus se redresser et enfouir la main à l'intérieur de son veston. Il s'agissait d'un petit homme ordinaire, au physique quelconque et à l'allure taciturne qui n'était pas du genre à jouer les héros pour épater la galerie. Pourtant, à ce moment, il tenait un revolver entre ses mains. Il tremblait. L'homme balbutia quelques mots, inaudibles aux oreilles d'Emmanuel, et avant même qu'il eût le temps de réagir, il visa Phil dans les jambes. Ce dernier s'écroula et se tordit de douleur. Du sang coula le long de son mollet. Des cris s'élevèrent aussitôt parmi les clients. Les deux cuisiniers, en retrait à l'extrême gauche du restaurant, s'avancèrent. La serveuse rousse leur fit signe de rester à leur place, tandis que celle qui arborait un anneau dans le sourcil hurlait à pleins poumons.

Après quelques secondes de confusion, Phil se ressaisit et se releva avec peine. Le chauffeur d'autobus semblait en transe. Il regardait le voleur, le bras toujours tendu devant lui.

Emmanuel se précipita vers lui.

– Lâchez ça, monsieur.

Le chauffeur ne broncha pas.

– Lâchez votre arme, répéta-t-il doucement.

Phil, qui tentait de garder l'équilibre sur son seul pied valide, dirigeait son flingue vers son assaillant.

– Tu te crois malin, hein ?

– Non, répondit l'autre, la voix chevrotante. Vous, lâchez votre arme en premier !

Phil se mit à rire et visa l'homme en pleine poitrine. Aussitôt, celui-ci s'écrasa par terre. Le bruit du coup résonna violemment dans les tempes d'Emmanuel. Le jeune homme fut pris d'un vertige et faillit tomber. Une dame se mit à crier et s'élança vers le corps. D'autres personnes l'imitèrent. Emmanuel se retint pour ne pas hurler à son tour. Avec peine, il s'approcha et regarda le blessé d'un œil horrifié. Il vit du sang, mais remarqua que le type bougeait encore. Il gémissait, le souffle coupé et se tenait la poitrine à deux mains. Son arme s'était retrouvée par terre, aux pieds de Phil. Celui-ci se pencha et s'empara du revolver ensanglanté. Il le fourra dans la poche de son jeans et fit signe à Emmanuel de reculer.

– Qu'est-ce qui t'as pris ? s'indigna enfin ce dernier.

– C'est lui qui m'a tiré dessus en premier !

Emmanuel regarda son complice avec une expression de dégoût. Phil n'en eut cure et s'adressa à tous les clients :

— Il y a un autre petit malin qui veut en recevoir une aussi ?

Encore une fois, Emmanuel eut l'impression de vivre un cauchemar, là où l'horreur dépassait toute logique et où le réveil se faisait attendre. Complicité de meurtre, voilà ce qui l'attendait ! Quels amateurs ils avaient été ! Une vraie bande de ploucs ! Le genre de ceux qu'on retrouvait dans les comédies noires, mais sans le *happy end* de la fin. Et encore ! Il aurait lu cette histoire dans un roman qu'il n'y aurait même pas cru !

Puis, du coin de l'œil, il aperçut une silhouette se dessiner derrière lui. Emmanuel tourna lentement la tête. Il ne la vit qu'une seconde, une seule seconde, et se retourna aussitôt. Leur regard ne s'étaient pas croisés, car la dame fixait le fond de la salle, là où se trouvait le blessé. Emmanuel pensa un moment avoir perdu la tête. Il l'entendit ensuite prononcer un « Oh, mon Dieu ! » terrorisé. Même de dos, il reconnut le son de sa voix. Sa tante Lou, de son vrai nom Louisa, se tenait derrière lui. Il hallucinait, c'était évident. Ou plutôt, le cauchemar l'avait rendu cinglé. Soudain, Emmanuel se rappela ses dernières paroles prononcées au téléphone : « Je pars en vacances quelques jours, mais on se rappelle à mon retour » Il se souvint vaguement d'un voyage en Ontario, mais Lou avait-elle parlé des chutes du Niagara ? Pourquoi n'avait-il pas fait plus attention ? Pourquoi ne l'avait-il pas questionnée davantage, jusqu'à lui demander dans quel restaurant elle s'arrêterait en chemin ? Simplement parce que tout ça était impossible, voyons ! Une telle coïncidence était pratiquement improbable.

Emmanuel resta pétrifié. Il se trouvait tout près de la cuisine. Deux pas, peut-être trois, le séparaient de la porte. Il lui suffisait de la pousser et de disparaître. Lou l'avait-elle reconnu ? L'avait-elle seulement regardé ? Si c'était le cas, sa vie était foutue. Complètement. Il ne lui resterait plus qu'à coller le canon de son revolver contre sa tempe. Et tirer.

— Qu'est-ce qu'elle fait là, elle ?

Phil remarqua Louisa et leva son arme. Une expression de démence animait maintenant son visage. Des cris s'élevèrent dans la salle. Emmanuel crut voir les doigts de Phil presser la détente. Sans hésiter et sans même réfléchir, il tendit son arme vers son complice et le visa en pleine poitrine.

— Qu'est-ce que...

La balle l'atteignit à l'abdomen. Avant que Phil ne s'effondre, Emmanuel fit deux pas de côté et poussa la porte. Au moment où il pénétrait dans la cuisine, il entendit le bruit des sirènes. Au début, il crut que ses oreilles bourdonnaient et lui jouaient un vilain tour, mais lorsqu'il arriva dans la ruelle, il les entendit plus distinctement. Il ne s'agissait encore que d'un bruit sourd et lointain, mais à chaque seconde, il se rapprochait. Dans quelques minutes, ils seraient là. Avec une force qu'il ne croyait pas posséder, Emmanuel franchit la clôture et sauta de l'autre côté. Il s'engouffra à travers le champ de maïs devant lui et se mit à courir. Le bruit des sirènes approchait toujours, mais au bout d'un certain temps, elles cessèrent complètement. Emmanuel courut et courut jusqu'à en perdre haleine avant que ses jambes fléchissent sous ses pas et qu'il s'effondre par terre. Il pensa à sa tante. Il ne l'avait vue qu'une fraction de seconde et lui avait tourné le dos tout le long. Avec cette casquette et cette barbe, Lou ne l'avait probablement pas reconnu. Sinon, elle aurait réagi ! Emmanuel regarda derrière lui et ne vit que des épis de maïs. Toute trace du restaurant avait disparu.

JIMMY

Morrisville, 11 h 12

Jimmy soupira en constatant l'heure. Onze heures passées et Marie-Jeanne n'était toujours pas arrivée. Il était inquiet. Non pas qu'elle se montrât toujours ponctuelle, mais elle lui avait parlé de son intention de faire de l'auto-stop pour venir travailler. La voiture de la jeune fille était tombée en panne le matin même et elle ne connaissait personne pour venir la reconduire jusque-là. Malheureusement, il avait fallu que ça arrive aujourd'hui !

Marie-Jeanne était la seule employée du restaurant à ne pas habiter à Morrisville. Elle résidait à Saint-Nathan, le village voisin, situé à environ six kilomètres de *Chez Betty*. La collègue la plus proche dans les environs était Suzy, l'autre serveuse, mais Jimmy savait qu'elle refuserait de doubler le temps de son trajet pour aller chercher Marie-Jeanne. Et il ne fallait pas parler des deux cuisiniers ! Ils la regardaient tous les deux de haut. Le patron, bien sûr, se serait fait une joie d'effectuer ce petit détour – juste à cette pensée, le jeune homme fit la grimace –, mais le vieux était en vacances pour deux semaines. Et lui, Jimmy, n'avait pas de voiture.

Marie-Jeanne lui avait dit de ne pas se tracasser si elle arrivait en retard et de croiser les doigts pour éviter qu'elle tombe sur un maniaque. Elle avait amené cette précision en riant, mais il avait senti une pointe de reproche dans sa voix. Elle semblait affirmer : « Si tu avais une voiture, ce serait beaucoup moins compliqué ! »

Le fait qu'il ne possédait pas de voiture était une honte dans la vie de Jimmy. Une tare, même. Dans deux mois, il aurait trente ans, et jamais il n'avait pu amasser suffisamment d'argent pour pouvoir s'en payer une. Et ce n'était pas avec son emploi de plongeur qu'il réussirait à économiser. Son père, qui travaillait à quelques kilomètres de *Chez Betty*, le déposait en passant chaque matin et le ramenait le soir. Il ne faisait pas de détour pour laisser Jimmy à la porte. Il le déposait en chemin, à un kilomètre de marche du restaurant, et l'attendait au même endroit à la fin de la journée. « Ça va te faire du bien de marcher un peu. Ça te fera perdre du poids », lui disait souvent le paternel. Cependant, les bienfaits de la marche n'avaient aucun effet sur le jeune homme. Il s'essoufflait rapidement et ne parvenait jamais à perdre une seule once de graisse. Il pesait deux cent quatre-vingt-cinq livres et ses petites marches de santé – comme les appelait son père – ne faisaient qu'accentuer son humiliation. Jimmy arrivait chaque jour au restaurant à bout de souffle, le corps trempé de sueur. Évidemment, il ne s'aidait pas beaucoup en fumant un paquet de cigarettes par jour et en s'empiffrant de cochonneries à longueur de journée. Il savait que son mode de vie n'était pas sain, mais il manquait de courage pour se prendre en main. Dans une petite ville telle que Morrisville, ne pas avoir de voiture était presque considéré comme un handicap. Le service de transport en commun était pratiquement inexistant, et si l'on voulait s'amuser un peu – aller dans un bar pas trop minable ou au cinéma, par exemple –, il fallait sortir de la ville.

Jimmy n'avait jamais eu de petites copines – à part quelques flirts sans conséquence avec des filles à la réputation surfaite – et outre son poids, il attribuait ce triste sort à l'absence de voiture dans sa vie. Comment une fille pourrait-elle accepter de sortir avec lui s'il ne pouvait l'emmener nulle part ? Heureusement, il ne lui manquait plus beaucoup d'argent pour réaliser son rêve, car Jimmy ne possédait pas des goûts de luxe. Il se contenterait aisément d'un ancien modèle. Le vieux Bill ne lui avait-il pas promis sa Mustang usagée en échange de quatre mille dollars ? Autant dire que l'affaire était conclue, puisque aujourd'hui, grâce à Marie-Jeanne, sa vie allait changer.

Tandis qu'il ramassait négligemment la vaisselle sale laissée sur les tables, il jetait de petits coups d'œil inquiets vers les fenêtres de la salle à manger. Lorsqu'une voiture se pointait dans le stationnement, Jimmy étirait le cou dans l'espoir de voir apparaître Marie-Jeanne.

– Eh ! Jimmy ! Tu te dépêches un peu ? Il y a plein de tables que tu n'as pas encore débarrassées !

C'était Suzy. Jimmy la regarda, étonné. La serveuse n'avait pas l'habitude de lui parler sur ce ton. Elle dut s'en rendre compte, car elle finit par lui sourire faiblement. Elle paraissait fatiguée. Jimmy aimait bien cette fille, mais devant Marie-Jeanne, il prenait soin de ne pas trop lui témoigner de gentillesse. Il savait combien son amie la détestait. Alors, pour ne pas lui déplaire, il faisait mine de partager son ressentiment.

Jimmy aimait secrètement Marie-Jeanne.

Bien sûr, Suzy était beaucoup plus jolie avec ses belles boucles rousses et son corps élancé – c'était d'ailleurs une des raisons de la rivalité entre les deux filles –, mais Marie-Jeanne incarnait davantage son type de fille. Avec ses quelques kilos en trop, son *look* à la bohémienne et son anneau dans le sourcil, elle dégageait une insouciance qui lui faisait du bien. De toute façon, une fille comme Suzy était tout à fait inaccessible pour un gars tel que Jimmy. Certes, elle se montrait gentille avec lui, pourtant il voyait bien qu'elle le regardait parfois avec un certain mépris. C'était subtil, mais Jimmy possédait un radar pour ce genre de choses.

Marie-Jeanne, quant à elle, agissait avec lui comme personne d'autre ne l'avait fait auparavant. Jamais elle ne faisait allusion à son poids ou à son apparence parfois négligée. Elle n'avait pas peur de le serrer dans ses bras et de lui témoigner de l'affection. Ces étreintes amicales n'allaient jamais plus loin, mais pour Jimmy, c'était déjà plus qu'il ne pouvait l'espérer. Pourtant, le jeune homme ne lui avait pas encore déclaré son amour, car il attendait le moment idéal. En fait, il tenait à accumuler d'abord assez d'argent pour s'acheter une voiture. Il s'imaginait qu'avec une bagnole, son estime de soi grandirait et le pousserait à moins manger. Il ferait plus d'exercices – car marcher n'en était pas un, bien sûr –, arrêterait de fumer et perdrait du poids. Avec une voiture, il pourrait quitter cette ville perdue et trouver un *job* beaucoup plus payant ailleurs. Pour lui, les choses changeraient et provoqueraient d'autres améliorations, comme dans un jeu de domino. Et alors, il avouerait son amour à Marie-Jeanne.

– Eh, le gros ! T'es dans la lune ou quoi ? Pousse-toi, t'es dans le chemin !

Jimmy se retourna. Un grand moustachu avec des lunettes, habillé en bleu de travail, lui faisait signe de libérer le passage. Il s'agissait d'un employé de la scierie *Marcelin et fils* qui avait l'habitude de luncher au restaurant avec ses compagnons de travail. Placé entre deux tables, Jimmy bloquait le chemin avec sa corpulence. Embarrassé, il contourna la table pour laisser passer le client et s'éloigna du groupe. Il détestait se faire appeler « le gros ». Qu'avaient donc dans la tête ces gens qui osaient l'interpeller ainsi ? Pensaient-ils que ça l'amusait de se faire parler de la sorte, que ça ne l'affectait pas ? N'était-il pas digne de mériter un minimum de respect ? Jimmy remplit en vitesse son bac de vaisselle sale et pénétra dans la cuisine.

Olivier, le chef cuisinier, faisait cuire des pâtes. Son épaisse chevelure grise était aplatie par le filet qu'il portait à contrecœur sur la tête. Son aide-cuisinier, Marco, exhibait un crâne rasé et prétendait que c'était uniquement pour éviter d'enfiler ce maudit bonnet. « Quand je suis en vacances, je les laisse pousser. À ma retraite, ils seront longs jusqu'aux fesses », s'amusait-il à dire.

— Qu'est-ce que tu fous, Jimmy ? demanda Olivier. Il y a plein de vaisselle sale qui s'accumule.

— J'ai d'autres tables à libérer, mais ce ne sera pas long, chef.

— Arrête de m'appeler chef ! Je ne...

Jimmy ne lui laissa pas le temps de finir sa phrase et sortit de la cuisine. Il ne savait pas pourquoi il s'obstinait à surnommer Olivier ainsi alors que tout le monde l'appelait par son prénom. Ce mot lui venait naturellement à la bouche lorsqu'il s'adressait au cuisinier, un peu comme on appelle son médecin « docteur ». Jimmy avait d'autres préoccupations en ce moment que de tergiverser sur l'appellation du cuisinier.

Il passa la salle à manger en revue. Aucune trace de Marie-Jeanne. Le jeune homme commençait sérieusement à angoisser. Peut-être avait-elle de la difficulté à trouver quelqu'un sur la route, car peu de voitures passaient dans le coin. Pourtant, il ne pouvait s'empêcher d'imaginer les plus affreux malheurs. S'il fallait que Marie-Jeanne soit montée dans le véhicule d'un maniaque, qu'elle soit violée, ou pire, tuée et qu'on retrouve son corps sur le bord du chemin... Cette pensée le fit frémir. S'il devait lui arriver quelque chose, jamais il ne se le pardonnerait. Quel idiot ! Ce matin, il aurait dû demander à son père de faire un détour pour aller la chercher, quitte à payer son plein d'essence, au lieu de la laisser faire du pouce comme une mendiante !

Il ne se sentait pas bien. Il crevait de chaleur et des papillons commençaient à lui chatouiller le ventre. La climatisation était brisée, évidemment, comme ça arrivait fréquemment les jours de canicule.

Il vit une voiture se garer dans le stationnement. Il s'approcha de la fenêtre. Un grand garçon brun d'une vingtaine d'années émergea d'une Toyota Tercel. Aussitôt, Marie-Jeanne se dressa derrière lui. Un immense soulagement envahit le plongeur, et pour une rare fois dans sa vie, Jimmy sentit son corps devenir plus léger. Marie-Jeanne ouvrit la porte du restaurant et offrit de grands sourires au garçon, tandis que deux jeunes femmes marchaient derrière eux. L'employé ressentit un pincement de jalousie lui irriter le plexus solaire. Son amie ne fit pas attention à lui et s'accrocha au jeune homme encore quelques instants. Elle le gratifiait de mercis à n'en plus finir en se dandinant d'un pied à l'autre. Jimmy ne l'avait encore jamais vue se comporter de cette façon. Il en fut presque dégoûté. Elle arrivait avec une bonne demi-heure de retard et ne semblait pas s'en formaliser, pas plus qu'elle ne réalisait ce qui allait se passer aujourd'hui. Jimmy s'en voulut d'avoir été aussi inquiet pour elle. Il débarrassa en vitesse les autres tables qu'il avait négligées et retourna dans la cuisine.

Olivier et Marco discutaient et ne se soucièrent pas de sa présence. Jimmy avait envie de fumer une cigarette. Ce serait bientôt l'heure. Il devait patienter un peu. Suzy entra dans la pièce et vint placer une commande.

— T'as l'air pâle, Jimmy, dit-elle.

— Tu trouves ? Il fait tellement chaud ici...

– C'est sûr que dans ta condi...

Elle s'interrompit, mal à l'aise.

– Je veux dire, c'est vrai qu'il fait chaud, surtout dans la cuisine.

Marie-Jeanne fit enfin son apparition.

– T'as vu l'heure qu'il est ? déclara sèchement Suzy. T'as au moins une demi-heure de retard !

Interloquée, la jeune fille ouvrit la bouche et joua les offensées.

– Tu penses que c'est ma faute, peut-être ? Ma voiture est tombée en panne et j'ai dû faire du pouce !

– Vraiment, Marie-Jeanne ? répliqua Marco. T'aurais dû nous le dire, on serait allés te chercher.

La serveuse se tourna vers l'aide-cuisinier et le gratifia d'un grand sourire sarcastique.

– Ah, oui ? Vraiment ? T'aurais fait un grand détour pour venir m'emmener au travail, moi, une simple serveuse ?

Elle prit de grands airs et porta la main à son cœur.

– De toute façon, j'étais en très charmante compagnie.

Elle regarda Suzie.

– J'étais assise à côté du plus beau gars que j'ai jamais vu de toute ma vie ! Et je suis sûre que je lui suis tombée dans l'œil !

En temps normal, le plongeur aurait appuyé les propos de son amie, mais l'attitude de celle-ci le révoltait. Peut-être se croyait-elle tout permis, car elle prétendait qu'il s'agissait de sa dernière journée de travail aujourd'hui. « Avec l'argent qu'on va se faire, Jimmy, on sera plus obligés de remettre les pieds ici », lui avait-elle encore répété le matin même. Elle éprouvait sans doute du plaisir à braver les autres employés, tellement détestés, mais était-elle obligée d'en rajouter avec cet inconnu ?

– Bonjour, Jimmy. Ça va, toi ?

Pour la première fois depuis son arrivée, Marie-Jeanne semblait remarquer son existence. La jeune fille passa une main dans son dos dodu. Ce toucher, qui aurait habituellement excité Jimmy, lui fit plutôt l'effet d'une douche froide. Il lui murmura sur un ton de reproche :

– Je m'inquiétais pour toi... Je veux dire, j'avais peur que tu ne viennes pas et que le plan tombe à l'eau.

Marie-Jeanne sourit et lui déclara d'une voix mielleuse, mais suffisamment basse pour que les cuisiniers ne puissent pas l'entendre :

– Voyons, Jimmy, tu sais bien que je ne t'aurais pas laissé tomber.

Le jeune homme eut honte. Il ne voulait pas que Marie-Jeanne interprète son irritation comme de la jalousie, mais il ne désirait pas non plus qu'elle s'imagine que seul l'argent l'intéressait.

— Tout va bien aller, dit-elle.

Son sourire avait disparu.

— Si tu veux, on abandonne...

Elle se rebiffa.

— T'es fou ? Pas question !

Marco se tourna dans leur direction.

— Vous faites des messes basses, vous deux...

La jeune fille ignora la remarque et se frotta davantage contre Jimmy.

— Tu n'as pas oublié de mettre l'écriteau dans la porte, j'espère ?

— C'est la première chose que j'ai fait en entrant ce matin. Tu n'as pas remarqué ? demanda sèchement le plongeur.

— Non, je... pas vraiment.

Évidemment, elle était trop occupée à flirter avec cet adonis !

– Tu l'as mise du bon côté, j'espère ? Du côté « ouvert » ?

– Pour qui tu me prends, Marie-Jeanne ?

– Eh ! Dites donc, vous en avez des secrets à vous dire ce matin !

Marco s'approcha des deux amis, une louche à la main.

– Je dois aller me changer ! coupa brutalement la jeune fille.

– C'est vrai, il ne faut pas que t'oublies de mettre ta belle robe rose *sexy*, ironisa l'aide-cuisinier.

Marie-Jeanne lui fit un doigt d'honneur et quitta la cuisine avec humeur.

*   *
*

Jimmy faisait la vaisselle en suant à grosses gouttes. Normal, puisqu'il faisait une chaleur infernale dans la cuisine. « Quel mauvais sort, pensa le jeune homme, que la climatisation soit tombée en panne précisément aujourd'hui ! » Il se demanda dans combien de temps il devrait agir. Marie-Jeanne lui avait dit que tout débuterait aux alentours de midi. Il consulta sa montre. Il était midi et cinq. Chaque fois que la porte de la cuisine s'ouvrait, Jimmy y portait les yeux avec anxiété. S'il s'agissait de Marie-Jeanne, son cœur s'emballait. Par deux fois, elle entra et lui fit un léger signe de tête qui signifiait : « pas encore ».

– Si tu veux, tu peux aller fumer, lui dit Olivier. C'est l'heure de ta pause.

– Je peux attendre encore un peu.

Jimmy avait terriblement envie d'une cigarette et sentait le besoin d'en griller une en attendant le signal de Marie-Jeanne. Il se retint à contrecœur.

À midi quinze, la jeune fille ouvrit la porte de la cuisine. Elle portait deux assiettes dans les mains et semblait nerveuse. Elle déposa les couverts sur le comptoir avec un léger tremblement dans les doigts. Jimmy sut que le moment était arrivé. La serveuse le regarda, baissa légèrement le menton et sortit. Le jeune homme rougit et sentit son cœur palpiter à travers sa poitrine.

– Elle te plaît bien, cette fille, hein ?

– Quoi ?

– Marie-Jeanne, répéta Marco. Elle te plaît ?

Jimmy ne répondit pas et extirpa un paquet de cigarettes de sa poche.

– Je vais aller fumer.

Le plongeur ouvrit la porte donnant sur la ruelle et sortit dans la cour. Il laissa la porte entrouverte et entendit les deux cuisiniers ricaner. À un autre moment, il aurait tendu l'oreille pour écouter leur conversation – c'était plus fort que lui, même si ce n'était pas toujours flatteur –, mais aujourd'hui, il n'avait pas le temps. De toute façon, il se doutait bien de ce qu'ils étaient en train de se dire : « Regarde Jimmy, il est amoureux... Pauvre Jimmy, elle le mène par le bout du nez et il la suit comme un petit chien... » ou encore « Comment peut-il encore fumer ? Surtout avec son poids... Pauvre garçon ! Il ne s'aide vraiment pas... » Les discussions habituelles, finalement.

Jimmy remit le paquet de cigarettes dans sa poche et se dirigea vers le côté de l'édifice. L'échelle était là, bien en place. Heureusement, le patron avait l'habitude de la laisser traîner le long du mur, même s'il ne s'en servait que quelques fois par année pour aller nettoyer les gouttières. Hier après-midi, durant sa pause cigarette, Jimmy l'avait dépliée et installée contre le toit sans que personne se doute de quelque chose. Il s'approcha de l'échelle et posa son pied sur le premier barreau. Des fourmillements s'emparèrent de ses orteils. Il avait le vertige. Pourtant, la bâtisse n'était pas très haute – seulement quatre mètres – et le toit était plat. Il n'y avait donc aucun risque de dégringoler en bas.

Jimmy tendit l'oreille. Il redoutait de voir apparaître Olivier ou Marco. Pourtant, aucun des deux ne venait le rejoindre durant ses pauses dans la ruelle. Bien au contraire, ils se moquaient de lui parce qu'il supportait cette odeur de fond de poubelle seulement pour avoir le luxe de griller une cigarette. Le plongeur monta en vitesse la douzaine de barreaux – en fait, beaucoup plus vite que son gros corps pouvait le lui permettre –, et atteignit le toit, la main sur la poitrine. Il sentit son pouls se débattre follement et dut s'accroupir quelques instants pour reprendre son souffle. Il fallait remonter l'échelle au plus vite sur le toit, mais il n'avait plus de forces. Il prit de grandes inspirations et tenta de se calmer.

Jimmy ignorait à quel moment le type entrerait dans la cuisine pour braquer les deux cuisiniers ni quand il sortirait dehors pour le chercher, si seulement il le faisait. Le plongeur dressa de nouveau l'oreille, mais ne perçut aucun son provenant de la cuisine. Tout ce qu'il entendait était le souffle de sa propre respiration. Il demeura assis durant plusieurs minutes jusqu'à ce qu'il sentît son pouls revenir lentement à la normale. Il regarda sa montre. Pas plus de cinq minutes s'étaient écoulées depuis qu'il était sorti de la cuisine. Jimmy se leva et, avec peine, tira lentement l'échelle vers lui en tentant de faire le moins de bruit possible. Heureusement que le ventilateur de la cuisinière était bruyant. On ne risquait pas de l'entendre de l'intérieur. Jimmy s'accroupit à nouveau et sortit son paquet de cigarettes. Il en porta une à sa bouche et hésita. Et si le type apercevait de la fumée provenant du toit ? Il jura intérieurement et remit son plaisir dans le paquet. Il lui semblait que son envie de fumer n'avait jamais été aussi forte que maintenant.

Soudain, la porte de la cuisine s'ouvrit avec fracas. Jimmy se cabra et retint son souffle. Une voix hurla : « Mais il n'y a personne dehors ! » Des bruits de pas se firent entendre le long du bâtiment. Pour se forcer à rester immobile, le plongeur contracta tous les muscles de son corps. Au bout d'un moment, il entendit le type demander faiblement : « Vous croyez qu'il s'est enfui ? » Puis, plus rien. Jimmy attendit plusieurs secondes encore, puis se mit à plat ventre. Il rampa lentement jusqu'à l'extrémité du toit et risqua un œil vers le sol. Le gars avait disparu. Peut-être reviendrait-il le chercher plus tard, mais pour l'instant, il devait faire vite et retourner dans la cuisine, en espérant que plus personne ne s'y trouvait. Il replaça l'échelle contre le sol et, d'un pied chancelant, redescendit les barreaux de l'échelle sans regarder en bas. Il déposa l'objet à l'horizontale le long du bâtiment, à sa place habituelle. De retour dans la cuisine, Jimmy se dirigea machinalement vers le coffre-fort situé dans une petite pièce adjacente. D'ordinaire, cette pièce était verrouillée à clé. Mais pas aujourd'hui.

Seuls Marie-Jeanne et le patron possédaient la clé. En général, c'était surtout ce dernier qui s'occupait de la petite caisse et qui allait déposer l'argent à la banque deux ou trois fois par semaine. Mais parfois, le vendredi, Marie-Jeanne en était chargée, car le patron l'aimait bien – trop, en fait, au goût de Jimmy. Son amie lui avait déjà avoué qu'elle prenait quelques billets par-ci, par-là sans que le proprio ne se rende compte de rien. Il fallait dire que le vieux était souvent plus occupé à mater sa jeune serveuse qu'à s'occuper de son argent. Marie-Jeanne fermait les yeux sur les mains baladeuses du patron et excusait ses agissements auprès de Jimmy : « Je le laisse faire parce que je sais qu'un jour, je partirai d'ici avec du fric plein les poches... Avec son argent et il ne s'en rendra même pas compte, le crétin... » Ce jour-là était arrivé.

Plus de douze mille dollars étaient entassés dans cette petite caisse. Un seul prétexte leur suffisait pour s'en mettre plein les poches sans se faire prendre : un *hold-up*. Jimmy ne savait pas comment toute cette histoire avait débuté ; il ignorait qui se trouvait dans la salle à manger en ce moment et qui était ce type qui l'avait poursuivi jusque dans la ruelle. Tout ce que Marie-Jeanne lui avait confié était qu'un *hold-up* aurait lieu aujourd'hui vers midi, qu'elle connaissait un des types – un de ses cousins, mais sans en dire plus – et que ce serait sans danger. Au signal, Jimmy devait sortir se cacher dans la ruelle pour ensuite placer l'argent dans le lieu prévu, au bon moment. Par la suite, ils diviseraient le magot en trois parts et ne remettraient plus les pieds dans ce restaurant. Jamais on ne les soupçonnerait de quoi que ce soit et on ne croirait pas qu'un bon garçon comme lui pourrait être mêlé à tout ça.

Jimmy ouvrit la porte du coffre-fort, prit la petite caisse en métal entre ses mains potelées et l'ouvrit. Plusieurs liasses de billets y étaient déposées, les unes à côté des autres. Contempler autant d'argent lui coupa le souffle à nouveau. Il ignorait si le total s'élevait bien à douze mille dollars – à quoi devaient bien ressembler douze mille dollars assemblés en petits paquets ? –, mais il ne prit pas la peine de les compter. Il faisait confiance à Marie-Jeanne. Jimmy s'empara d'une boîte à pizza et y plaça les billets en rangs d'oignons. Il brocha ensuite la boîte d'un seul côté, la déposa sur le comptoir et retourna vers la porte menant à la ruelle. Après deux pas, il s'arrêta net. Si quelqu'un d'autre entrait, trouvait la boîte et gardait l'argent ? Les deux complices du cousin de Marie-Jeanne n'étaient pas censés découvrir ce fric. Leur magot se trouvait de l'autre côté, dans la salle à manger.

Et si l'homme qui avait braqué les cuisiniers revenait dans la pièce pour le chercher et trouvait la boîte ? Ou si, par hasard, les flics rappliquaient avant que le *hold-up* ne soit terminé ? Tout cet argent serait foutu ! Et s'il s'en prenait une petite part, juste au cas où leur plan échouait ? Bien sûr, il l'avouerait à Marie-Jeanne et, advenant le cas, elle aurait sa part elle aussi. Si, au contraire, tout se déroulait bien, ils rajouteraient cet argent au magot et partageraient le tout. De cette façon, personne ne serait perdant. Finalement, piger dans la cagnotte n'était qu'une simple avance de fonds. Jimmy trouva son idée géniale et défit l'agrafe. Il plongea sa main dans la boîte et prit quelques liasses de billets. La sensation de tenir cet argent – son argent – dans ses mains le fit presque trembler. Surexcité, il les fourra dans ses poches. Il agrafa de nouveau la boîte à pizza, la redéposa sur le comptoir et ressortit dans la ruelle.

Une fois dehors, le jeune homme respira avec peine. Il n'arrivait pas à croire qu'il venait d'accomplir une chose pareille. Ça n'avait été qu'un jeu d'enfant. Il sourit. Le pire était passé. Tout ce qu'il lui restait à faire était de fuir les lieux. Mais il se sentait épuisé et ne voyait pas comment il parviendrait à courir jusqu'à la route. Il retourna sur le côté du restaurant et s'appuya contre le mur, à l'endroit où reposait l'échelle. Puis, la porte de la cuisine claqua à nouveau et des bruits de pas se dirigèrent vers lui. Paniqué, Jimmy colla son gros corps le long du mur, la paume des mains pressées contre la brique usée, et attendit. Il ne pouvait pas rester là. Le braqueur n'aurait qu'à faire quelques enjambées pour se trouver près de lui. Toujours appuyé contre le mur, le plongeur écarta les jambes et fit de larges pas sur le côté. Avec peine, il réussit à traîner son poids jusqu'à la façade du restaurant, face au stationnement. Il s'arrêta sous le gros arbre. D'où il était, personne ne pouvait l'apercevoir de l'intérieur. À bout de souffle, Jimmy s'accroupit et attendit. Si le type le suivait jusque-là, il était foutu.

Soudain, le tintement métallique de l'échelle résonna derrière lui. Le voleur montait sur le toit. Jimmy entendit des bruits de pieds grincer contre les barreaux de métal.

Puis, le silence régna. Le plongeur conserva sa position encore un moment et pria en silence : « Pourvu qu'il ne trouve pas la boîte à pizza. »

Au bout d'un moment – quatre, dix ou vingt minutes, il avait perdu le fil –, Jimmy se ressaisit, se redressa et marcha parmi les voitures stationnées. Il accéléra le pas et fila droit jusqu'à la route. Il jeta un bref coup d'œil vers le restaurant et remarqua les stores baissés comme l'avait prévenu Marie-Jeanne. Seuls les clients se trouvant devant la porte d'entrée pouvaient le voir. Jimmy prit un risque et s'élança en travers du stationnement, vers sa gauche. Ses jambes éprouvèrent de la difficulté à supporter sa lourdeur, mais il parvint tout de même à gagner la route à l'abri des regards. Lorsqu'il fut certain de ne plus être à portée de vue de *Chez Betty*, le jeune homme s'alluma une cigarette. Il en fuma une, puis une deuxième. Pour la première fois de sa vie, Jimmy était fier de lui et pouvait enfin se permettre de rêver. Il pensa à Marie-Jeanne et à la façon dont il se déclarerait à elle.

Et aussi à la marque de la voiture qu'il allait s'acheter.

~ 10 ~

Un mois plus tard

LOUISA

Laval, 13 h 30

– Bon, je sors un peu, Louisa. Tu n'as besoin de rien ?

– Quoi ? Non, non, répondit la dame d'une voix pâteuse.

Étendue sur son lit, elle commençait à peine à sommeiller lorsque Gaston était entré dans la chambre. Elle se redressa sur ses coudes.

– Où vas-tu ?

– Acheter de nouveaux essuie-glaces pour la voiture.

– Ah ! répondit-elle d'une voix lasse.

Lorsque son mari sortit de la pièce, Louisa reposa sa tête sur l'oreiller. Pour une fois qu'elle parvenait à s'endormir, il fallait qu'il vienne la réveiller. Il n'aurait pas pu lui dire qu'il sortait faire des courses tout à l'heure, lorsqu'elle lui avait annoncé son désir d'aller s'étendre un peu ? N'avait-il pas remarqué qu'elle dormait enfin ? Louisa leva les yeux au ciel. Voyons, Gaston ne s'arrêtait jamais à ce genre de choses. Elle tenta de se rendormir, mais le sommeil ne vint pas. Elle empoigna la fiole déposée sur sa table de chevet, prit un cachet de somnifère et le porta à sa bouche. Elle n'aimait pas l'idée d'avaler ce genre de médicaments l'après-midi, mais le médecin lui avait conseillé d'en prendre au besoin. « Vous avez subi un violent choc nerveux, madame, lui avait-il dit, compatissant. Il est normal que vous éprouviez du mal à dormir. » Mais après un mois, il fallait bien qu'elle en revienne. Oh ! elle ne pensait plus à cet événement à toutes les secondes de la journée, mais dès que sa tête se posait sur l'oreiller, ses pensées s'affolaient ! Louisa recracha le comprimé et le remit dans son flacon. « Si je dors tout l'après-midi, je ne dormirai plus cette nuit. » D'un bond, elle se redressa et sortit du lit.

Sa fille aînée viendrait la voir ce soir. Hier, la cadette avait passé toute la soirée avec elle. Mère et fille étaient allées au cinéma et cette sortie lui avait fait du bien. Depuis le *hold-up,* ses filles se relayaient pour passer un maximum de temps avec elle. Louisa ne s'en plaignait pas, bien au contraire. Ce n'était pas vraiment auprès de Gaston qu'elle pouvait trouver du réconfort. Elle évitait même d'aborder le sujet avec lui. Lorsque les policiers étaient venus la reconduire à la maison, ce soir-là, il leur avait sorti tout un baratin : « Je lui avais dit de ne pas y aller... Je savais que c'était dangereux... Ces petits restaurants-là, sur le bord de la route, sont de vrais attrape-hold-up et bla, bla, bla... » Bien entendu, il avait été soulagé d'apprendre qu'on ne lui avait rien volé.

Et son attitude par rapport à Maurice, n'en parlons pas ! Il était à plaindre, le pauvre, prétendait Gaston. N'avait-il pas été victime d'une crise d'angoisse ? Le gros homme avait suffisamment été embarrassé sans qu'on lui tourne le dos en plus. Depuis l'événement, son mari était aux petits soins pour le voisin d'en dessous. Il lui montait ses sacs d'épicerie, l'aidait volontiers à descendre les marches de l'escalier... Et quoi encore ? Gaston ne lui en voulait pas d'avoir menti sur son identité. Au contraire, il disait maintenant à qui voulait l'entendre qu'il avait toujours su que Maurice n'était pas un vrai policier. Son voisin était un homme seul qui avait besoin d'un peu de compagnie, alors il n'avait fait que jouer le jeu. De toute façon, Maurice était un ancien gardien de sécurité, un boulot pas tellement éloigné de celui de policier, non ? Au moins, le voisin grassouillet n'embêtait plus Louisa à présent. Il s'était même excusé de l'attitude qu'il avait adoptée dans l'autobus. Il n'avait pas voulu l'importuner, prétendait-il. « Puisque vous voyagiez seule sans votre mari, j'ai eu tendance à jouer les protecteurs avec vous. » Cette explication n'avait pas vraiment convaincu Louisa, mais elle avait tourné la page. Depuis, lorsqu'elle le croisait dans l'escalier, l'homme affichait un profil bas. Il secouait doucement la tête en guise de salutation et détournait le regard. Évidemment, plus personne n'avait entendu parler de lui au club de l'âge d'or. Pas même Agathe.

Louisa se versa un verre d'eau froide et le but d'un trait. Elle allait passer à travers cette épreuve, elle le savait bien. Il lui faudrait du temps. C'était ce que tout le monde lui disait, d'ailleurs. Il fallait juste qu'elle efface de sa tête l'image de ce corps tombant sous les balles. C'était une des dernières choses qu'elle avait vues avant de s'évanouir. Le reste n'était qu'un amalgame de bruits des sirènes, d'ambulances, de voitures de police, de pleurs de sa sœur... Non, il fallait vraiment qu'elle chasse ces idées de son esprit. Mais il restait la peur. On n'avait pas retrouvé le deuxième braqueur et la police le recherchait toujours. Selon divers témoignages de clients, cet homme lui avait sauvé la vie en tuant son complice. C'était lui ou elle, avaient-ils prétendu. Louisa restait sceptique. Les gens disaient tellement de choses lorsqu'un tel événement survenait. Chaque témoin défendait un point de vue différent, et parfois, ne voyait que ce qu'il avait envie de voir. Comme cette folle d'Agathe qui avait déclaré, avec des sanglots dans la voix : « C'est moi qu'il visait, mais il a raté sa cible ! » Personne n'avait gobé cette histoire, mais Louisa ne savait plus qui croire. La chose avait-elle de l'importance ? Ces deux hommes se trouvaient probablement sous l'effet de la drogue. Comment savoir ce qui se tramait dans le cerveau d'un esprit tordu et sadique ?

Son neveu Emmanuel était venu la voir la veille, dans la matinée, et cette visite lui avait fait du bien. Il l'avait serrée longuement dans ses bras et réconfortée avec chaleur. Louisa avait pleuré et les larmes s'étaient également nichées dans les yeux du jeune homme. Voir sa tante ainsi bouleversée l'avait chagriné. « Ce garçon est si sensible », avait constaté Louisa avec émotion. Il l'avait rassurée, lui disant de ne pas s'en faire avec l'autre braqueur en liberté puisqu'il devait déjà être loin à l'heure qu'il était. Puis, Emmanuel lui avait parlé de son nouveau travail en imprimerie, chez *Papyrus Design*. Louisa sentait que son neveu se trouvait enfin sur la bonne voie. Le jeune homme était parti en lui promettant qu'un de ces jours, l'été prochain si tout allait bien, il l'emmènerait aux chutes du Niagara et que ce voyage serait le plus beau de toute sa vie.

Florence avait téléphoné ce matin. Depuis son congé de l'hôpital, l'état de Léo s'était grandement amélioré. Il avait perdu beaucoup de sang à son arrivée et les médecins avaient craint un moment pour sa vie. Mais l'opération s'était bien déroulée ; ils avaient réussi sans problème à extraire la balle, logée au milieu de l'abdomen. Le chauffeur s'était vite rétabli. Il avait eu beaucoup de chance : quelques centimètres plus loin et la balle aurait atteint la moelle épinière. Les médecins avaient affirmé à Florence avoir rarement vu un patient s'accrocher à la vie de cette façon. Pour le moment, Léo logeait chez sa sœur, à Montréal, car il s'était séparé de sa femme. Quelle ironie, pensa Louisa, que ce couple se soit brouillé juste avant que ce terrible événement ne survienne ! Florence lui avait rendu visite à plusieurs reprises. Pour le moment, ils n'étaient que des amis. Sa sœur n'était pas pressée ; elle avait attendu très longtemps et n'espérait plus vraiment avant de rencontrer ce chauffeur. Louisa était émue et si heureuse en pensant à elle.

Lorsqu'elle se remémorait l'événement, bien plus que la peur et la vue du sang remontaient à la surface. Ce qui l'empêchait de dormir depuis un mois n'était pas seulement relié aux effets du choc post-traumatique.

Louisa n'en avait parlé à personne et gardait ça pour elle, comme un inavouable secret. Elle aurait voulu l'effacer de sa mémoire, mais elle en était incapable. Elle avait beau éviter Robert et ses regards invitants, elle n'arrivait pas à oublier la promesse qu'elle s'était faite dans les toilettes. Dans dix jours, Gaston et elle fêteraient leur trente et unième anniversaire de mariage. Elle savait que dans neuf ans, à la même date, ils célébreraient leurs quarante ans de vie commune. Jamais elle ne partirait, jamais elle n'aurait le courage de le quitter et d'aller vivre avec quelqu'un d'autre. Louisa n'était pas une femme comme ça, et à son âge, on ne changeait pas. On ne refaisait pas sa vie à soixante-six ans. Que diraient les gens, que penseraient son entourage, sa famille et ses amis si elle quittait Gaston pour un autre homme ? Un ami marié par-dessus le marché ? Et plus que tout, elle ne pourrait pas vivre avec la culpabilité d'avoir détruit un ménage et ruiné la vie d'une femme : Danièle. Il était facile de se faire des promesses lorsqu'on se croyait sur le point de mourir. Parfois, c'était même une question de survie. Mais lorsque la vie reprenait son cours normal, les choses s'avéraient rarement aussi simples. Même si elle savait que plus un jour ne passerait sans qu'elle regrette ce choix, jamais elle ne reviendrait sur sa décision. Et c'était bien le pire.

Louisa prit son verre, le remplit à nouveau et se dirigea vers sa chambre. Elle s'assit sur son lit et saisit la fiole de somnifères entre ses doigts. Elle en avala un et se dit que, pour une fois, elle pouvait faire une exception.

EMMANUEL

Saint-Zotique, 10 h 32

– T'as été chanceux.

Emmanuel ne répondit pas.

– Tu veux qu'on en parle ?

Le jeune homme n'éprouvait aucune envie d'en parler, de revenir sur cette journée. Tout ce qu'il avait eu à dire, à demander et à blasphémer à propos de cet après-midi maudit, il le lui avait déjà répété au moins mille fois dans sa tête. Il lui avait même parlé à voix haute, comme un dément. Comme si Gabrielle s'était trouvée en face de lui, en chair et en os. Pourquoi était-elle partie ? Pourquoi l'avait-elle laissé tomber ? Pourquoi ne lui donnait-elle pas de ses nouvelles ? Pourquoi ne retournait-elle même pas ses appels ? Maintenant qu'elle se trouvait là, bien réelle dans sa petite robe bleue moulante, Emmanuel préféra se taire, car il aurait eu l'impression de se répéter. Un mois à radoter les mêmes choses, c'était long.

– Tu te sens coupable ? demanda-t-elle.

– Je n'ai pas envie de parler de ça !

– Il s'est mis à tirer sur les gens, Manu...

Emmanuel se prit la tête et se massa les tempes. La migraine n'allait pas tarder à venir. Depuis un mois, ces maux de tête étaient devenus choses courantes. En général, s'il avalait rapidement deux cachets d'*Advil*, la céphalée avait moins de chances de s'installer. Par contre, s'il attendait trop longtemps, il se retrouvait couché dans son lit avec une débarbouillette sur les yeux et la nausée au bord des lèvres. Cependant, Emmanuel n'avait pas le courage de se lever et de se traîner jusqu'à la salle de bains. L'image de Phil lui revint aussitôt en tête. Comme chaque fois, il revit la scène défiler devant ses yeux, comme une bobine de film qu'on déroulait à son insu. Tout ça s'était passé si vite que, quelquefois, sa mémoire lui jouait des tours. La scène se transformait sans cesse dans son esprit jusqu'à prendre des proportions ridicules. Ainsi, d'une fois à l'autre, il voyait Phil s'écrouler devant lui, du sang sortant de sa bouche et son corps inanimé frappant violemment le sol. Bien que dans les faits, Emmanuel était entré dans la cuisine avant que Phil ne s'affale par terre, cette image était presque devenue réelle dans son esprit. Il avait beau se convaincre qu'il n'avait pas voulu tuer Phil – mais seulement protéger sa tante Lou –, rien n'y faisait. Chaque fois, il finissait par entendre le bruit sourd du corps tomber. Et ce bruit résonnait longtemps dans ses tympans.

Emmanuel leva la tête et, pour la première fois, il examina Gabrielle. Se retrouver en face d'elle lui faisait mal. Il savait que tant qu'elle resterait là, même s'il avalait la bouteille d'*Advil* au complet, la migraine s'insinuerait pour de bon dans son crâne. Un silence pesant s'installa entre eux. Gabrielle avait retrouvé son apparence normale et naturelle, avec sa belle chevelure de feu et ses yeux verts, non fardés. Elle portait une élégante robe d'été bleu poudre. Emmanuel détestait cette couleur, mais sur le corps de Gabrielle, elle resplendissait.

Les jambes croisées, la jeune femme le regardait sans rien dire. C'était la deuxième fois qu'elle mettait les pieds dans le petit appartement d'Emmanuel.

Sa première visite datait de peu de temps après leur rencontre. Elle était venue l'aider à transporter quelques affaires chez elle. Oh ! pas grand-chose ! Seulement quelques vêtements, sa brosse à dents et sa collection de CD. Gabrielle avait insisté pour voir dans quel type d'endroit vivait son amoureux. Les meubles étaient laids – pour la plupart empruntés ici et là ou carrément récupérés sur le bord du chemin – et aucune des couleurs ne s'harmonisait. Les pièces étaient surchauffées et la décoration laissait à désirer – seules quelques affiches de groupes rock égayaient un peu les teintes ternes de l'appartement et cachaient en partie les fissures mal bouchées des murs. Il n'y avait pas de moustiquaires aux fenêtres et la poussière des rues s'incrustait dans le logement. Ce jour-là, Emmanuel s'était donné un mal de chien pour rendre l'endroit fréquentable et accueillant. Il avait nettoyé partout, frotté chaque recoin – pour la plupart jamais récurés depuis des années – et acheté des fleurs qu'il avait disposées bien en évidence sur la table de la cuisine. Gabrielle n'était restée que quelques minutes, une demi-heure tout au plus, mais elle avait trouvé l'appartement charmant. « Chaleureux » était même le mot qu'elle avait employé.

Aujourd'hui, il n'y avait plus aucune fleur sur la table et la saleté avait repris sa place habituelle. Malgré la présence de Gabrielle – ou plutôt surtout à cause de sa présence –, il n'y avait plus rien de chaleureux dans cet appartement. Bien sûr, lorsqu'elle lui avait téléphoné une demi-heure plus tôt, le cœur du jeune homme avait battu follement dans sa poitrine. « On doit se parler, Emmanuel. J'ai des choses pour toi », lui avait-elle dit d'un ton calme mais grave. Quatre semaines s'étaient écoulées sans entendre le son de sa voix... Quatre semaines où il avait espéré, prié, puis fini par comprendre. Ce coup de fil et ce fol espoir qui s'était de nouveau enflammé. Quand il lui avait ouvert la porte, une gifle ne lui aurait pas fait plus mal. Gabrielle tenait dans sa main un sac de voyage et son sac à main accroché à son épaule. Toutes les affaires d'Emmanuel s'y trouvaient : ses vêtements, lavés, repassés et pliés avec soin, sa brosse à dents et sa collection de CD.

Il détourna les yeux et fixa un point sombre sur le mur.

— Je peux avoir un verre d'eau ? demanda la jeune femme.

— Vas-y. Il y en a dans le frigo, dit-il sans la regarder. Les verres sont dans l'armoire, à ta gauche.

Gabrielle se leva. Emmanuel ne put s'empêcher de tourner la tête et de la détailler. Elle avait de nouvelles chaussures blanches aux pieds. Son teint, d'habitude si blanc, avait pris une légère coloration.

— Oh ! Manu ! Tu n'as pas gardé tout ça ?

Il tendit le cou. Gabrielle feuilletait les coupures de journaux oubliées sur le comptoir de la cuisine. Emmanuel se leva et s'approcha.

— J'allais les jeter, dit-il avec empressement.

Elle le fixa, sceptique.

– Je te jure, j'allais les jeter avant que t'arrives. Je les avais oubliées, c'est tout.

Il disait vrai. Il les avait conservées un moment en se promettant de s'en débarrasser le plus tôt possible. Puis, il les avait oubliées. Pourtant, après le coup de fil de Gabrielle, Emmanuel les avait retrouvées dans le tiroir de sa table de chevet. Il allait les mettre aux ordures quand on avait sonné.

Il prit le paquet sur le comptoir et ouvrit la poubelle avec son pied.

« HOLD-UP ET PRISE D'OTAGES QUI TOURNE MAL DANS UN RESTAURANT DE L'ONTARIO : UN MORT ET UN BLESSÉ. »

Le titre lui sauta en plein visage et un haut-le-cœur lui transperça l'estomac. Il n'avait pas besoin de lire la suite, tout était déjà gravé dans sa mémoire.

« UN DES DEUX FORCENÉS ABAT SON COMPLICE SOUS LES YEUX HORRIFIÉS DES OTAGES. »

Pris d'un vertige, Emmanuel se dirigea vers la table et se laissa choir sur une des chaises. Gabrielle s'approcha, voulut le serrer dans ses bras, mais le garçon la repoussa. Elle glissa doucement sa main contre son épaule. Ce geste lui fit l'effet d'une décharge électrique.

– C'était un accident, dit-elle posément. Phil avait perdu les pédales.

« SELON LES TÉMOINS, LE TIREUR A ABATTU SON
COMPLICE DE SANG-FROID AVANT DE PRENDRE LA
FUITE... »

— J'aimerais mieux qu'on ne parle plus de ça Gaby,
OK ? demanda-t-il, la voix brisée.

— Comme tu veux.

La jeune femme ouvrit son sac à main et en sortit
un carnet de chèques. Elle griffonna rapidement sur le
bout de papier et le posa à l'envers sur la table. Emmanuel la regarda sans dire un mot. Gabrielle posa son
index sur le chèque et le glissa lentement vers lui. Il
l'ignora.

— Pourquoi fais-tu ça ? questionna-t-il.

— Je me sens responsable pour tout... Je sais que tu
as accepté pour l'argent...

— J'ai fait ça pour toi !

En fait, Emmanuel n'avait plus besoin de cet argent
maintenant. *Papyrus Design Imprimerie* l'avait rappelé
deux semaines plus tôt pour lui avouer avoir fait le
mauvais choix. « Êtes-vous toujours intéressé à travailler
pour nous ? » avait demandé le patron avec espoir. Fou
de joie, Emmanuel tenait mordicus à annoncer cette
nouvelle à Gabrielle. Au lieu de ça, il baissa la tête.

« LE FORCENÉ S'ENFUIT EN LAISSANT TOUT DERRIÈRE
LUI. BIJOUX ET ARGENT DES VICTIMES LAISSÉS SUR
PLACE. LES RECETTES DE LA JOURNÉE TOUJOURS
DANS LA CAISSE ENREGISTREUSE... »

Gabrielle prit le chèque et le tendit de nouveau au jeune homme. Emmanuel leva la main d'un geste las et tourna la tête. Elle n'insista pas, déposa le papier sur la table et se leva.

« ... LE GÉRANT AFFIRME POURTANT QUE LE COFFRE-FORT À ÉTÉ RETROUVÉ VIDE DE SON CONTENU. LA SERRURE N'A PAS ÉTÉ FORCÉE, MAIS UN TOTAL D'APPROXIMATIVEMENT 15 000 DOLLARS AURAIT DISPARU. LES EMPLOYÉS NIENT TOUTE IMPLICATION. LA POLICE ENQUÊTE. »

Une question brûlait les lèvres de l'homme. Il se lança :

– Gaby ?

– Oui ?

D'un geste nonchalant, elle saisit son chéquier.

– Quand tu es entrée dans la cuisine...

– Oui ? demanda-t-elle doucement sans le regarder.

– Tu n'as rien vu de spécial ?

Elle ouvrit lentement son sac à main et y déposa son carnet de chèques.

– Comme quoi, par exemple ?

Elle lui fit face et le considéra avec perplexité.

– Comme...

« Comme le coffre-fort ouvert, par exemple. Avec de l'argent dedans. Ou peut-être as-tu surpris quelqu'un en train de l'ouvrir ? Enfin, quelque chose qui expliquerait la disparition de l'argent », pensa Emmanuel. Tout ça était ridicule. Où voulait-il en venir, au juste ? Il refusait de croire que Gabrielle ait pu être mêlée à tout ça. D'ailleurs, il ne savait plus pourquoi il s'était posé cette question. Il désirait simplement oublier toute cette histoire. Sa migraine l'importunait. Il porta deux doigts à son front et se massa avec de petits mouvements circulaires. Gabrielle l'observait calmement, semblant attendre la suite.

– Non, rien, dit-il. Oublie tout ça.

La jeune femme parut lasse tout à coup. Elle reprit son stylo déposé sur la table et le fourra dans son sac.

– Tu sais, Manu..., commença-t-elle, hésitante, malgré ce qui s'est passé, je veux que tu saches que t'es vraiment quelqu'un de bien, dit-elle en empruntant un ton grave.

« LE FORCENÉ, DÉCRIT PAR LES TÉMOINS COMME UN CRIMINEL ARMÉ ET DANGEREUX, EST RECHERCHÉ... »

Emmanuel baissa encore la tête. Il aurait aimé qu'elle lui caresse la joue comme autrefois et lui soulève le menton pour le forcer à la regarder. Mais elle n'en fit rien.

– Il faut que j'y aille maintenant, dit-elle avec délicatesse.

Le cœur du jeune homme se contracta. Gabrielle prit son sac à main et se dirigea lentement vers le corridor. Il la suivit. Comme il la trouvait désirable dans cette robe bleue ! Il s'approcha d'elle. Cette fois-ci, c'est elle qui recula. Une nouvelle question se retrouva sur les lèvres du jeune homme.

– Je suppose que c'est la dernière fois qu'on...

Il ne termina pas sa phrase, car une boule lui serrait douloureusement la gorge.

– Oui. J'ai...

Il ne voulait pas l'entendre, il ne voulait pas que ces mots sortent de sa bouche. Emmanuel leva son bras en l'air comme pour lui signifier : « Ça va, j'ai compris. Tu n'es pas obligée d'en rajouter ! »

– Tu sais, Manu, j'ai...

– Oui, je sais, dit-il faiblement.

Il se dirigea vers la porte en espérant qu'elle lui emboîte le pas. Il l'ouvrit et se retourna. Gabrielle se tenait derrière lui et le toisait. Son regard était à la fois doux et triste. Elle fit quelques pas vers lui et le serra dans ses bras. Le contact de son corps contre le sien l'accabla de douleur. Emmanuel la repoussa. C'était la dernière fois qu'il la voyait, qu'il la touchait. Cette pensée le fit souffrir, mais sa présence à ses côtés bien plus encore. Gabrielle ouvrit la bouche. Il aurait voulu se boucher les oreilles et hurler en même temps, comme le font les enfants qui refusent d'entendre les phrases désagréables.

– Tu sais, Manu, finit-elle par dire de sa voix suave. Je ne t'oublierai jamais et... je... je te souhaite bonne chance. Tu le mérites vraiment.

Une fois seul dans l'appartement, Emmanuel s'enferma dans la salle de bains. Sa migraine lui mitraillait violemment les tempes. Il ouvrit la pharmacie et prit le flacon d'*Advil* avec impatience. Il ne fallait pas pleurer ; son mal ne ferait qu'empirer. De toute façon, même s'il avait voulu, aucune larme n'aurait pu couler. Il se regarda dans la glace. Son reflet était redevenu exactement comme avant cette sale journée : cheveux courts, barbe rasée, il portait de nouveau ses vingt-trois ans.

« LE FORCENÉ, UN HOMME DANS LA TRENTAINE SELON LES TÉMOINS, DE CORPULENCE ET DE TAILLE MOYENNE... »

Emmanuel se rappela le portrait-robot qu'on avait fait de lui dans les journaux. Quelle horreur ! Affublé d'une longue barbe et les cheveux en bataille, le croquis ressemblait davantage à un clochard qu'à un jeune homme de vingt-trois ans. Il avait jeté cette horrible casquette, et depuis, se promenait presque toujours avec ses lunettes de soleil, même les jours de pluie. Jamais on ne pourrait l'associer au *hold-up*, pensa-t-il.

Pourtant, il avait eu la frousse quelques jours auparavant lorsqu'il avait croisé ce jeune couple présent au restaurant. C'était mardi dernier ; il marchait au centre-ville de Montréal et, arrivé à l'angle des rues Jeanne-Mance et Sainte-Catherine, il les avait aperçus à côté de lui, main dans la main. Emmanuel les avait tout de suite reconnus : le grand jeune homme aux cheveux bruns et la blonde qui avait démasqué le jeu de Gabrielle. Le teint bronzé et l'air enjoué, le couple ne s'était pas soucié un seul instant de sa présence. La blonde avait exécuté quelques pirouettes à la Marilyn Monroe sous l'œil amusé de son compagnon. Emmanuel les avait suivis un moment des yeux, mais le couple était parti en direction opposée.

Il retourna dans la cuisine et avisa le chèque déposé sur la table. Combien Gabrielle lui avait-elle laissé ? Deux cents, cinq cents, mille dollars ? Pourquoi ? Garder cet argent ne pourrait jamais effacer ce qu'il avait fait et remplacer ce qu'il avait perdu ce jour-là. Bien au contraire. Ce fric lui rappellerait sans cesse cette sale journée et lui jetterait à la figure ce qu'il était maintenant devenu : un assassin. Emmanuel ouvrit le flacon et avala deux comprimés d'*Advil.* Il ne pouvait se permettre de passer un après-midi au lit, une débarbouillette sur le front, et ainsi s'absenter pendant une journée de travail.

Lorsqu'il déposa son verre sur le comptoir, Emmanuel remarqua le collier de perles. Étrangement, Gabrielle ne l'avait pas vu. Si les coupures de journaux n'avaient pas attiré son regard en premier, ce bijou ne lui aurait certainement pas échappé. Il s'agissait de l'unique butin que le jeune homme avait réussi à empocher ce jour-là. Lors du *hold-up*, il l'avait mis dans sa poche sans vraiment y réfléchir. Combien valait-il ? Emmanuel l'ignorait totalement. Il avait d'abord pensé l'offrir à Gabrielle, mais n'ayant plus de ses nouvelles, il s'était vite ravisé et avait décidé de le revendre. Puis, ce matin, lorsqu'elle l'avait appelé, il l'avait aussitôt ressorti et placé en évidence sur le comptoir. Quel idiot ! Heureusement, Gabrielle ne s'était rendu compte de rien. Maintenant, Emmanuel ne savait plus quoi faire de ce collier. Peut-être irait-il un jour l'échanger contre de l'argent ? Mais peut-être aussi aurait-il la chance de l'offrir à quelqu'un d'autre. À une femme qui en vaudrait vraiment la peine.

Le chèque attira de nouveau son attention. Ses doigts se posèrent sur le papier. Le dernier souvenir de Gabrielle... Elle l'avait pris dans ses mains, l'avait touché, peut-être y avait-il encore son odeur ? Il hésita à le prendre et à le renifler. « Idiot ! Oublie-la ! » Emmanuel soupira. Dans un geste brusque, il prit le chèque et, sans le regarder, le froissa et le jeta à la poubelle.

JUSTIN

Boucherville, 18 h 45

Justin se réveilla en sursaut. Ses chaussures aux pieds, il était étendu par-dessus ses couvertures. Il regarda l'heure. Il était dix-huit heures quarante-cinq. Son père viendrait le chercher dans quelques minutes. L'enfant s'était assoupi sans le vouloir. Il avait encore une fois rêvé au *hold-up*. Comme précédemment, il incarnait l'otage et Ben se faisait tirer dessus. Justin s'éveillait toujours ainsi : il se trouvait dans les bras du voleur à la barbichette, calme et stoïque, tandis que Ben recevait une balle perdue. Jamais il ne voyait son cousin s'écrouler ni même souffrir, car ses yeux s'ouvraient toujours à ce moment fatidique. Depuis un mois, ce rêve revenait régulièrement. En fait, surtout durant les week-ends où il partait chez son père. Justin n'en parlait à personne, surtout pas à sa mère. Il craignait de l'inquiéter et qu'elle ne le force à consulter un psychologue. Elle en avait déjà parlé à deux ou trois reprises depuis l'incident. Patricia était folle d'inquiétude depuis ce jour-là et s'en faisait inutilement pour lui. Le garçon ne se sentait pas « malade » ni même affecté par cet événement.

Il avait changé, tout simplement. Il était maintenant un héros. La preuve était écrite sur papier. Justin avait conservé la coupure du journal qui en faisait mention :

> « UN JEUNE GARÇON DE NEUF ANS MET FIN À UNE PRISE D'OTAGES. IL APPELLE LA POLICE ET, SE CROYANT CERNÉ, UN DES FORCENÉS ABAT SON COMPLICE. »

Les journalistes l'avaient assailli et pressé de questions. Ils raffolaient de ce genre d'histoires et s'étaient jetés sur lui comme des vautours. Comment avait-il fait pour appeler devant ses ravisseurs ? N'avait-il pas eu peur ? Justin s'était montré intimidé devant cette meute et avait répondu : « Je ne me souviens plus trop à quel moment j'ai réussi à sortir mon cellulaire de ma poche. Il y a eu des coups de feu et... » N'était-ce pas pendant que les braqueurs s'entretuaient ? avaient suggéré les journalistes. Justin ne se rappelait plus de sa réponse, mais les journaux avaient rapporté :

« Pendant que les clients hurlaient dans un bain de sang, le jeune garçon a su garder son calme et sortir son cellulaire de sa poche. " Et j'ai simplement appelé la police", a répondu avec candeur le blondinet garçon. »

Ce jour-là, il n'était pas allé chez sa tante Sonia comme prévu. Son père avait reconduit Ben chez lui et Justin avait insisté pour dormir chez sa mère. Véritable miracle, sa grand-mère avait pris du mieux et quitté l'hôpital les jours suivants. Justin n'avait pas revu son cousin depuis. Il le reverrait dans quelques mois, pro-bablement à Noël, mais désormais, il n'avait plus peur. Plus jamais il ne pourrait l'attaquer ou lui faire du mal comme avant, car il ne se laisserait pas faire. Depuis ce jour, Justin était maintenant devenu un enfant intou-chable.

– Justin ! Ton père arrive.

L'enfant se leva et regarda par la fenêtre. Il vit la Lexus noire se garer dans l'entrée du garage comme d'habitude. Son père l'attendait encore dans la voiture. Mais il n'était pas seul.

– Tu descends ? Je n'ai pas envie de l'entendre klaxonner.

Justin savait que s'il ne sortait pas d'ici deux minutes, le klaxon retentirait dans tout le quartier. Il prit son sac et descendit au premier. Sa mère l'attendait au bas des marches. Elle paraissait inquiète. Patricia serra son fils dans ses bras et lui fit promettre de téléphoner s'il lui arrivait quelque chose. Justin promit et embrassa sa mère sur la joue. Son sac sur les épaules, il sortit rejoindre son père. Il ouvrit la portière arrière de la voiture et s'installa sur la banquette.

– Bonjour, mon grand !

Christophe était tout sourire. Il portait une chemise sport verte qui saillait sur ses muscles. Il avait fait couper ses cheveux et paraissait plus jeune de quelques années. Depuis sa rencontre avec cette fille, son père n'était plus le même. Il se montrait plus doux, plus tolérant et affectueux avec lui. Pour la première fois, Justin voyait son père amoureux. Et ce nouveau statut l'avait complètement transformé.

Le gamin porta son attention sur la fenêtre de la maison et aperçut Patricia derrière les rideaux. Autre changement notoire : Christophe la salua en lui envoyant la main avec chaleur.

– Bonjour, Justin, fit la fille.

– Bonjour.

Il regarda la passagère. Vêtue d'une robe bleu poudre, ses longs cheveux roux en bataille s'étalaient le long de son épaule. La jeune femme lui décocha un sourire, puis se tourna vers son père. Christophe lui prit la main et y déposa un baiser. Lorsque Justin l'avait rencontrée pour la première fois, la semaine précédente, il avait reçu un choc. « Mais vous étiez l'otage ! » s'était-il écrié. Elle s'était aussitôt mise à rire. « Toi aussi, tu trouves que je lui ressemble ? Ton père m'a dit la même chose. Juste d'y penser, ça me donne froid dans le dos ! » Christophe aussi avait ri. Elles s'apparentaient au premier regard, mais on s'apercevait vite qu'il n'y avait aucun rapport entre les deux femmes.

Une fois seul avec son père, Justin avait cependant insisté. « Mais arrête avec ça ! s'était impatienté Christophe. Cette fille ne lui ressemble pas tant que ça ! » Elles n'avaient pas du tout la même chevelure, la même grandeur ni la même allure. Leur voix et leur façon de s'exprimer paraissaient différentes. C'était vrai, concédait l'enfant. L'autre fille portait des lunettes, un épais maquillage, avait les yeux bruns et affichait un air distingué et hautain que celle-ci ne possédait pas. Depuis ce jour, son père ne lui trouvait plus aucun trait commun avec la blonde de l'Ontario. Malgré tout, Justin demeurait convaincu que ces deux femmes étaient la même personne.

« La mystérieuse femme blonde disparaît dans la nature. Complice ou otage ? Les opinions sont partagées [...] La police se perd en conjonctures. »

– Est-ce qu'on fête ça en allant manger au restaurant ? demanda la fille.

– Bien sûr, répondit Christophe avec enthousiasme. Ce soir ?

– Pourquoi pas ?

Elle se mit à rire.

– Tu pourrais l'annoncer à ton fils, non ?

Justin regarda son père, mais celui-ci ne répondit pas. Il jeta un œil dans le rétroviseur et leur regard se croisèrent. Christophe se tourna vers lui.

– Finalement, je vais ouvrir ma succursale à Montréal.

La fille posa ses yeux verts sur Justin avec satisfaction.

– Et Gabrielle... est ma nouvelle partenaire d'affaires, compléta-t-il en prenant la main de la jeune femme.

Justin la dévisagea. Celle-ci concentra son attention sur son père avec affection. Dire que deux semaines plus tôt, elle s'était présentée à la compagnie de son père en prétextant chercher un travail de secrétaire. Christophe l'avait engagée sur-le-champ et, quatorze jours plus tard, elle était déjà son associée. « Quel heureux hasard ! » pensa le garçon avec ironie.

– Où t'as envie de manger, mon grand ? demanda Christophe. Un resto français, du chinois, de l'italien ?

– Ça m'est égal, répondit-il.

La jeune femme gloussa.

– Moi, je ne dirais pas non pour un bon resto français.

– Va pour la France, alors !

Avec bonne humeur, Christophe caressa la cuisse de sa partenaire.

– C'est mon jour de chance aujourd'hui, dit-il avec douceur.

La fille rit à nouveau et déposa une main sous la nuque de Christophe.

– Moi, mon jour de chance...

Elle fit une pause et eut un mouvement vers Justin. Elle cligna de l'œil et le gratifia d'un grand sourire. Puis, elle déposa tranquillement un baiser sur la joue de Christophe.

– ... c'est le jour où je t'ai rencontré.

Justin n'eut aucune réaction, mais il ne lâcha pas l'intrigante femme des yeux. Il n'avait plus aucun doute maintenant : le même clin d'œil, le même sourire coquin. Cette fille était la même que *Chez Betty*. Il le savait et n'en démordrait pas. Bien sûr, il ne le dirait à personne et n'embêterait plus son père avec cette histoire. Du moins, pas pour l'instant. Il garderait ça pour lui, comme un secret, en attendant le moment opportun. Car il savait que ce jour viendrait.

Et que ce jour-là, il la démasquerait.

100%

Imprimé sur du papier 100 % recyclé

Marquis imprimeur inc.

Québec, Canada
2009